동행

한국현대문학희망포럼 대표작 선집

소설가 **이광복** 한국문인협회 부이사장·한국소설가협회 부이사장

시인 **노창수** 한국문인협회 지회지부협력위원·전 한국문인협회 광주지회장

시인 **이혜선** 한국문인협회 이사·동국문학인회 회장

시인 **정성수** 한국문인협회 시분과회장·국제PEN한국본부 자문위원

시인 **강정화** 한국문인협회 문단윤리위원·한국시문학문인회 회장

시조시인 **권갑하** 한국문인협회 시조분과회장·한국시조시인협회 부이사장

시조시인 **김민정** 한국문인협회 문인권익옹호위원·나래시조시인협회 회장

아동문학가 **하청호** 한국문인협회 부이사장·한국아동문학인협회 자문위원

소설가 **김호운** 한국문인협회 이사·한국소설가협회 상임이사

소설가 **이영철** 한국문인협회 이사·한국소설가협회 이사

희곡작가 **김대현** 한국문인협회 희곡분과회장 직무대행·전 한국희곡작가협회 이사장

평론가 **장윤익** 한국문인협회 고문·국제PEN한국본부 고문

수필가 **박양근** 한국문인협회 정책개발위원·전 국제PEN한국본부 부이사장

수필가 **권남희** 한국문인협회 이사·한국수필가협회 편집주간

동행

한국현대문학희망포럼 대표작 선집

발행처 · 도서출판 청어
발행인 · 이영철
영 업 · 이동호
홍 보 · 박현우
기 획 · 천성래 | 이용희
편 집 · 방세화
디자인 · 김희주
제작부장 · 공병한
인 쇄 · 두리터

등 록 · 1999년 5월 3일
(제321-3210000251001999000063호)

1판 1쇄 인쇄 · 2017년 11월 1일
1판 1쇄 발행 · 2017년 11월 11일

주소 · 서울특별시 서초구 효령로55길 45-8
대표전화 · 586-0477
팩시밀리 · 586-0478

홈페이지 · www.chungeobook.com
E-mail · ppi20@hanmail.net
ISBN · 979-11-5860-510-0 (03810)

이 도서의 국립중앙도서관 출판시도서목록(CIP)은 서지정보유통지원시스템 홈페이지
(http://seoji.nl.go.kr)와 국가자료공동목록시스템(http://www.nl.go.kr/kolisnet)에서
이용하실 수 있습니다.(CIP제어번호: CIP2017026158)

동행

한국현대문학희망포럼 대표작 선집

우리 시대의 기념비적 작품집

　시중에는 각양각색의 좋은 작품집들이 넘쳐납니다. 참으로 흐뭇한 일입니다. 그뿐이 아닙니다. 오늘 이 시간에도 각종 작품집들이 여기저기서 봇물처럼 쏟아져 나옵니다. 이는 아주 바람직한 현상입니다. 문학작품이 줄기차게 간행된다는 것은 문단에 활력이 넘치고, 문인들의 창작활동이 그만큼 왕성하게 이루어지고 있음을 의미하기 때문입니다.

　하지만 부문별로 저마다의 개인 작품집이 주류를 이루는 작금의 현실에 비추어 여러 부문의 작품을 한몫에 섭렵할 수 있는 합동작품집은 그리 흔치 않습니다. 이 같은 현실을 직시한 우리 한국현대문학희망포럼은 뭔가 좀 특색 있는, 여느 개인 작품집들과는 차별화된 기념비적 작품집을 간행하기로 뜻을 모아 오래도록 연구를 거듭하던 중 마침내 이 대표작선집을 발간하게 되었습니다.

　한국현대문학희망포럼은 그 명칭이 시사하듯 한국 현대문학의 미래에 희망을 걸고 혼신의 힘으로 작품 창작에 매진하는 포럼입니다. 이와 함께 우리는 동시대를 살아가면서 한국문학 진흥에 관해 긴밀히 의논하고 소통하는 가운데 문단은 물론 더 나아가 문화예술계 전반의 발전방향에도 비상한 관심을 기

울이고 있습니다. 우리의 이러한 노력이 이 나라 문화 창달에 작은 밀알이라
도 될 수 있다면 더 바랄 나위가 없겠습니다.

그렇습니다. 우리는 이 대표작선집에 시와 시조와 소설과 평론과 수필과 아
동문학 등 다양한 작품들을 수록했습니다. 특히 운문과 산문. 원로와 중견의
작품을 적절히 배분하여 일목요연하게 정리했습니다. 따라서 이 대표작선집
을 통해 일부나마 우리 시대 한국문학의 특성과 지향점을 살펴볼 수 있으리
라 확신합니다.

아무튼 우리 한국현대문학희망포럼은 이 대표작선집 출간을 계기로 한국문
학의 지평을 넓히는 데 더욱 박차를 가하고자 합니다. 기꺼이 출판을 맡아주
신 청어출판사 관계자 여러분께 감사드리며, 독자 여러분의 아낌없는 성원을
기대합니다. 감사합니다.

한국현대문학희망포럼

차례

그 말을 듣는 순간, 나는 급소를 호되게 얻어맞은 듯한 아픔에 휩싸였다.

내가 그 알량한 체면을 지키기 위해 상처투성이의 구구한 이야기들을 애써 숨기고 있었던 것처럼

김 선생의 내면에도 겉으로 드러내고 싶지 않은 아픈 사연이 서리서리 얽혀 있었던 것이다.

이광복

동행
산행(山行)
먼 길

소설가 이광복(李光馥)

약력

1951년	음력 4월 30일(양력 6월 4일) 충남(忠南) 부여군(扶餘郡) 석성면(石城面) 증산리(甑山里) 원증산(元甑山) 마을에서 부친 이진구(李辰求, 一名 喜成) 님과 모친 윤대순(尹大順) 님의 4남 3녀 중 장남으로 출생. 본관은 한산(韓山). 누님 두 분과 동생 넷이 있음.
1953년	종가(宗家)의 후사(後嗣)로 백부 이창구(李昌求) 님과 백모 강만순(姜萬順) 님에게 입양(入養)되어 같은 마을에서 자람. 유년기에는 이 같은 사실을 모르다가 나중에야 알았음.
1964년	석양초등학교 졸업(제7회)
1967년	논산대건중학교 졸업(제17회)
1969년	서라벌예술대학 전국 고등학생 문예작품 현상모집 희곡부문 가작 1석 입선
1970년	논산대건고등학교 졸업(제19회)
1972년	노동청(현 고용노동부) 공보담당관실 근무
1973년	문화공보부 문예창작 현상모집 장막희곡 입선
1974년	극작워크숍 제2기 동인
1974년	동아일보사 『신동아(新東亞)』 논픽션 현상모집 당선
1975년	한국문인협회 『월간문학(月刊文學)』 편집부 기자
1976년	『현대문학(現代文學)』 9월호 소설 초회추천(初回推薦)
1977년	『현대문학』 1월호 소설 완료추천(完了推薦)
1979년	『월간독서(月刊讀書)』 장편소설 현상모집 당선
1983년	독립기념관건립추진위원회 전문위원
1989년	한국소설가협회 사무차장
1991년	한국소설가협회 사무국장
1992년	한국문인협회 이사(제19대, 이후 제20대~제26대 연임)
1993년	한국소설가협회 운영위원
1994년	한국소설가협회 『한국소설(韓國小說)』 편집위원
1995년	한국소설가협회 감사
1995년	국제PEN한국본부 이사(제28대, 이후 제29대~제34대 연임)
1995년	중경공업전문대학(현 우송대학교) 문예창작과 강사
1996년	'문학의 해' 조직위원회 행사분과 위원
1997년	해군사관학교 제52기 순항훈련 참관
1999년	한국소설가협회 중앙위원
2000년	김동리·박목월문학관 건립추진위원회 발기위원
2001년	국제PEN한국본부 문화정책위원장 겸 사무처장
2001년	한국소설가협회 이사
2001년	문학의집 서울 창립 회원
2003년	대한민국 명예해군(제7호, 현)
2005년	한국문인협회 편집국장(사무처장 대우)
2007년	한국문인협회 소설분과회장(제24대)
2007년	월간 『문학저널』 주간(현)
2009년	재경부여군민회 자문위원(현)
2010년	한국소설가협회 부이사장
2011년	한국문인협회 부이사장(제25대) 겸 상임이사
2011년	『월간문학』 주간(현)
2011년	『계절문학』(2015년 가을호부터 『한국문학인』으로 제호 변경) 주간(현)
2011년	안수길전집간행위원회 편집위원
2011년	(재)나누리장학재단 창립 이사
2012년	서울남부지방검찰청 시민위원(제4기)
2013년	한국문인협회 평생교육원 소설창작과 교수(현)
2013년	서울남부지방검찰청 시민위원(제5기)
2015년	한국문인협회 부이사장(재선, 제26대) 겸 상임이사(현)
2015년	제1회 세계한글작가대회 집행위원회 위원
2015년	문학신문(文學新聞) 고문(현)
2016년	한국소설가협회 부이사장(재선, 현)
2016년	한국문학진흥 및 국립한국문학관건립공동준비위원회 위원장(현)
2016년	제2회 세계한글작가대회 집행위원회 위원
2017년	문화체육관광부 문학진흥정책위원회 위원(현)
2017년	국립국어원 말다듬기위원회 위원(현)
2017년	국제PEN한국본부 자문위원(현)
2017년	사비신문 고문(현)
2017년	한국현대문학희망포럼 대표(현)

작품 활동

1978년	장편소설 『몽랑의 도시』(고려원) 간행
1979년	장편소설 『목신(牧神)의 마을』(월간독서출판부) 간행
1979년	장편소설 『목신의 마을』이 KBS-R 연속극으로 제작 방송됨
1980년	제1창작집 『화려한 밀실』(도서출판 금박) 간행
1980년	제2창작집 『사육제(謝肉祭)』(도서출판 열쇠) 간행
1980년	장편소설 『폭설』(신현실사) 간행
1980년	제1콩트집 『풍선 속의 여자』(육문사) 간행
1986년	제3창작집 『겨울여행』(문예출판사) 간행
1986년	전래동화 『에밀레종』(일신각) 간행
1988년	중편소설집 『사육제』(고려원) 간행
1989년	장편소설 『열망』(문예출판사) 간행
1990년	장편소설 『술래잡기』(문이당) 간행
1991년	장편소설 『목신의 마을』(문성출판사) 재간행
1991년	장편소설 『폭설』(민문고) 재간행
1991년	제2콩트집 『슈퍼맨』(예원문화사) 간행
1992년	단편 『절벽』이 KBS-TV 미니시리즈로 극화 방영됨
1993년	장편소설 『겨울무지개』(우석출판사) 간행
1994년	장편소설 『바람잡기』(남송문화사) 간행
1995년	장편소설 『송주임』(자유문학사) 간행
1995년	장편소설 『이혼시대(전3권)』(자유문학사) 간행
1995년	광복 50년 기록영화 『시련과 영광』(120분. 국립영화제작소) 대본 집필. 세종문화회관 상영, KBS-TV 방영
1996년	남미 이민 기록영화 『꼬레아 꼬레아니』대본 집필. K-TV 방영
1997년	장편소설 『삼국지(전8권)』(대교출판사) 간행
1998년	항해일지 『태평양을 마당처럼』(도서출판 지혜네) 간행
1998년	정부수립 50년 기록영화 『아, 대한민국』(120분. 국립영상제작소) 대본 집필. 세종문화회관 상영, KBS-TV 방영
1999년	장편소설 『한 권으로 읽는 삼국지』(대교출판사) 간행
2000년	징편소설 『안개의 집』(이노블타운) 발표
2001년	제4창작집 『먼 길』(행림출판사) 간행
2001년	장편소설 『사랑과 운명』(행림출판사) 간행
2002년	시베리아 횡단철도 기록영화 『한러친선특급』대본 집필. K-TV 방영
2003년	시사평론집 『세계는 없다』(도서출판 연인) 간행
2004년	장편소설 『불멸의 혼-계백』(조이에듀넷) 간행
2005년	정인호 애국지사 전기 『끝나지 않은 항일투쟁』(도서출판 신원기획) 간행
2007년	소설선집 『동행』(청어출판사) 간행
2010년	교양서적 『금강경에서 배우는 성공비결 108가지』(청어출판사) 간행
2011년	교양서적 『천수경에서 배우는 성공비결 108가지』(청어출판사) 간행
2011년	장편소설 『계백』(『불멸의 혼』 개작, 청어출판사) 간행
2012년	장편소설 『구름 잡기』(새미출판사) 간행
2013년	장편소설 『안개의 계절』(뒤뜰출판사) 간행
2016년	장편소설 『황금의 후예』(청어출판사) 간행
2017년	교양서적 『문학과 행복』(도화출판사) 간행

상훈

1987년	대통령표창 수상
1990년	제7회 동포(東圃)문학상 수상
1992년	제2회 시(詩)와시론(詩論)문학상 수상
1994년	제20회 한국소설문학상 수상
1995년	제14회 조연현문학상 수상
1995년	대통령표창 수상
2005년	제1회 『문학저널』창작문학상 수상
2005년	제19회 한국예총 예술문화상 공로상(문인부문) 수상
2007년	노동부장관 표창 수상
2012년	제28회 PEN문학상 수상
2014년	제14회 들소리문학상 수상
2014년	부여 100년을 빛낸 인물(문화예술부문) 수상
2016년	제30회 한국예총 예술문화대상(문인부문) 수상
2016년	제3회 익재(益齋)문학상 수상
2017년	제9회 정과정(鄭瓜亭)문학상 수상

동행

늦가을의 한낮 햇살이 눈부시게 쏟아지고 있었다. 언제 이처럼 계절이 바뀌었는지 송암리(松岩里)의 가을은 나를 더욱 슬프게 하였다. 저 멀리 망덕산(望德山)이 단풍으로 붉게 물들었고, 산 밑으로 펼쳐진 송암저수지 수면은 명경처럼 반짝거리고 있었다. 얼마 전까지만 해도 황금물결로 출렁대던 저수지 아래 드넓은 들녘은 이 근래 가을걷이가 끝나 허허롭기 짝이 없었고, 동구 앞 반석다리[盤石橋]를 지난 시내버스가 흙먼지를 일으키며 S자 모양의 자갈길을 따라 꾸불꾸불 서원리(書院里)로 들어가고 있었다.

나는 설화당(雪花堂) 툇마루에 느슨히 걸터앉아 담배를 피우면서 무심하게 깊어 가는 가을 풍경을 물끄러미 바라보고 있었다. 그때 행랑채 맨 끝 방 문이 열렸고, 사법고시를 준비하고 있는 김 선생이 엉거주춤 허리를 구부린 채 댓돌로 내려서는 것이었다. 그는 힐끔 이쪽을 쳐다보며 목례를 보내왔는데, 나 역시 가벼운 고갯짓으로 답례를 보냈다. 잠시 후 그는 굴뚝 모퉁이로 돌아나가 연못물이 흘러나가는 도랑에 소변을 좔좔 내갈기고는 체육복의 괴춤을 추스르며 어슬렁어슬렁 이쪽으로 다가왔다. 그가 말했다.

"날씨가 참 좋군요."

"그렇소. 공부 많이 하셨소?"

"아뇨. 머리가 맑지 않아서 그런지 공부도 잘 안 되는군요."

"거 참……."

14

"박 사장님. 산책이나 나갈까요."

"그럽시다."

우리는 대번 의기투합하여 설화당을 나왔다. 바람이 불어오자 은행나무에서 노란 잎이 떨어지며 팔랑팔랑 흩날렸고, 솟을대문 위로 맵시 있게 굽어 올라간 소나무를 향해 참새 떼가 우르르 내려앉고 있었다. 김 선생이 말했다.

"산에는 단풍 들고, 바람 끝이 제법 쌀쌀한 것을 보면 이제 곧 겨울이 오겠군요."

"계절의 변화를 누가 막겠소."

우리는 선문답을 주고받듯. 별로 실속 없는 대화를 주고받으며 마을 주민들의 발길이 가장 뜸한 실개천을 따라 느티나무 아래로 올라갔다. 여름내내 무성했던 길가의 잔디며 바랭이 같은 한해살이 잡초들도 누렇게 시들어가고 있었다. 지난번에도 김 선생과 나는 이 길을 걸은 적이 있는데. 이 길은 무엇보다도 인적이 드물어 우리 같은 외지 사람이 산책하기에는 안성맞춤이었다.

남의 마을에 와서 이 고장 주민들과 정면으로 마주친다는 것처럼 멋쩍은 일도 없었다. 다른 사람들처럼 당당한 입장이라면 몰라도 나 같은 처지에서는 사람들을 만난다는 그 자체가 어색하고 쑥스럽기 짝이 없었던 것이다.

마을길이 끝나는 곳에 작은 방죽이 있었다. 우리는 방죽 가장자리를 따라 다시 산길로 이어지는 설화산 초입에서 멈추었다. 숲으로부터 제법 썰렁한 바람이 불어오고 있었는데. 우리는 누가 먼저 제의한 것도 아니지만. 피차 약속이라도 한 듯 평상처럼 떡 벌어진 너럭바위에 엇비슷이 걸터앉아 잠시 맑은 공기를 마시기로 하였다.

방죽 뚝방에는 멍석에 널어놓은 고추들이 눈부신 가을 햇살을 받으며 잘 건조돼 가고 있었다. 그 위로 빨간 고추잠자리들이 떼 지어 날아다녔고, 이따금 투실투실 살진 방아깨비나 풀무치 같은 풀벌레들이 누르뎅뎅한 풀밭에서 투명한 날개를 펼친 채 푸릉푸릉 머리 위로 치솟아 오르곤 하였다. 김 선생이 물었다.

"박 사장님은 서울에 안 가세요?"

"글쎄요……."

나는 흐지부지 말끝을 흐렸다. 서울에 남아 있는 우리 아이들과 친구들의 모습이 눈에 삼삼했으므로 콧날이 시큰하였다. 마음만 먹으면 언제라도 갈 수 있는 서울이지만, 그러나 내게는 그럴 수 없는 말 못할 사연이 있었다.

문제는 사업 실패와 그로 인한 가정 파탄이었다. 결혼 이후 나는 아내와 종종 의견 충돌을 빚어 왔지만, 소위 아이엠에프(IMF) 구제 금융 체제가 시작되자마자 잇따라 얻어맞은 연쇄부도야말로 내 인생에 치명타를 안겨 주었다.

하기야 사업이 그런대로 잘 풀려 나갈 때에도 아내는 나를 탐탁찮게 여기고 있었다. 신혼 초기부터 그녀는 시도 때도 없이 내 비위를 건드리곤 했는데, 그나마 사업이 거덜 난 뒤로는 나를 남편이 아니라 하잘것없는 똥친 막대기쯤으로 취급하는 것이었다. 나름대로 피땀 흘려 일궈 논 사업이 하루아침에 결딴난 것도 억울한 일이건만, 다른 사람도 아닌 아내까지 나를 인간쓰레기쯤으로 취급할 때에는 참으로 분통이 터지다 못해 뼈에서 진땀이 날 지경이었다.

나는 그런 아내와 결별하기로 작정했다. 아직 정식으로 이혼 수속을 밟지는 않았지만, 어쨌든 우리는 사실상 결별 상태에 들어가 있었다. 그러잖아도 아슬아슬했던 우리 두 사람의 관계는 아이엠에프 한파로 완전히 동파되고 말았다. 말하자면 사업도, 사랑도, 가정도 모두가 돌아올 수 없는 강을 건너 재기불능의 상태로 들어선 셈이었다.

하지만 나는 여남은 살이나 연하인 김 선생에게 너절하기 짝이 없는 사생활의 전모를 속 시원히 털어놓을 수가 없었다. 특히 아내한테 버림받은 이야기는 차마 입에 담을 수가 없었다. 김 선생이 물었다.

"박 사장님은 서울에서 무슨 사업을 하셨어요?"

"지나간 일은 생각하고 싶지도 않소. 내 과거는 모두가 한갓 물거품에 지나지 않았으니까."

"주인아주머니한테 개략적인 말씀은 들었습니다. 박 사장님께서는 서울에 계실 때 아주 큰 사업을 했다고 그러시더군요."

주인아주머니란 설화당을 관리하고 있는 예산댁을 가리키는 말이었다. 본래 설화당은 조선왕조 중엽에 지은 어느 정승의 고택(古宅)으로 그 규모 또한 어마어마하였다. 고래 등 같은 안채를 비롯하여 사랑채, 행랑채, 정자 등 여러 동(棟)의 건물이 처마를 맞대고 있었으며, 특히 정원에는 희귀한 나무들과 기기묘묘한 석물, 그리고 연못이 절묘하게 어우러져 일종의 선경을 연출하고 있었다.

하지만 현재 설화당은 쇠락의 길을 걷고 있었다. 옛 주인들은 대대로 벼슬길에 올라 부귀영화를 누렸고, 그런 만큼 오랜 세월 하인들이며 식객, 심지어 아첨배들까지 문전성시를 이루며 북적거렸지만, 근대 이후 격동기를 거치면서 후손들이 별 볼일 없는 신세로 전락하여 객지로 나간 뒤에는 설화당 또한 거의 방치돼 가고 있는 형편이었다.

그나마 설화당이 지금처럼 그런 대로 원상을 유지하고 있는 것은 순전히 예산댁의 정성 덕택이라고 말할 수 있었다. 예산댁은 설화당 주인의 먼 인척으로 십여 년 전부터 이 집을 혼자 관리해 오고 있었다. 그녀는 환갑 진갑 다 지난 늙마에 홀로 설화당을 지켰고, 외지에서 찾아오는 고시생들이나 행상, 길 잃은 등산객 등 외지사람에게 헐값으로 숙식을 제공해

주는 것이었다.

어쨌든 몇 닢 비상금을 챙겨 집을 나온 이후 나는 몇 달 동안 독신자 합숙소와 대학촌의 하숙집을 전전하다가 고시생들로부터 이 산골에 설화당이라는, 나 같은 백수건달이 부담 없이 지낼 만한 한적하고 좋은 집이 있다는 것을 귀동냥하게 되었다. 그 직후 나는 그 지긋지긋했던 서울을 떠나 이곳으로 내려왔던 것이다.

이곳 송암리에 내려온 뒤로 내 삶에는 많은 변화들이 있었다. 나는 지난 몇 달 동안 설화당에 묵으면서 아내와의 갈등이며, 모진 세파에 시달려 발기발기 찢어진 심신을 어느 정도 다스릴 수 있었다. 아내 곁에 남아 있는 두 딸을 생각할라치면 그리움이 북받쳐 미치고 환장할 지경이었지만, 설화당에 머무르는 동안 내 삶이 죽어 가는 나무에 새 움 돋아나듯 새롭게 태어나고 있다는 것을 깨달을 때에는 기쁘기 한량없었다.

사실 집을 떠나기 전, 나는 몇 번인가 목숨을 끊어 세상을 버리려고 시도했었다. 구차스럽게 살아 봤자 별 의미도 없으련만. 그러나 스스로 목숨을 끊으려던 나의 기도는 번번이 실패로 돌아가곤 하였다. 목숨이란 참으로 고래 힘줄보다도 더 질긴 듯했다.

그런데 이 마을에 들어온 뒤로는 이것저것 잡다한 세상살이를 잊을 수 있었고, 며칠 전에는 마침내 일생일대의 중대 결심을 하기에 이르렀다. 그것은 출가입산을 의미했다. 내친 김에 아예 절에 들어가 삭발하고 수도승이 되기로 작정한 것이다.

며칠 전이었다. 나는 예산댁에게 이 고장에 무슨무슨 절이 있는지 알아보았고, 예산댁은 근동에 있는 절들을 주욱 꿰다가 망덕산 등성이를 넘어가면 남쪽 기슭에 고찰(古刹) 망덕사(望德寺)가 있다는 것을 일러 주었다. 물론 설화산에도 몇몇 암자들이 있었지만, 이왕 입산할 바에는 그래도 절다운 절로 들어가고 싶은 것이 간절한 내 소망이었다.

18

전생에 무슨 인연이 있었던 것일까. 망덕사는 짙은 호기심을 불러일으키면서 내 가슴속에 깊이 자리 잡게 되었다. 이제 내가 최종적으로 찾아가야 할 곳은 망덕사뿐이라는 생각과 함께 그 절에 들어가 승려가 되기만 하면 앞으로 남은 내 인생이 그런 대로 잘 풀릴 듯한 예감이 드는 것이었다.

그 날 이후 나는 반드시 망덕사를 찾아가리라 벼르고 있었다. 그런데 지척이 천리라고 했던가. 나는 빈둥빈둥 날짜만 축내면서 여태껏 그 계획을 실행에 옮기지 못하고 있었다. 천성적으로 게으른 탓도 있지만. 입산에 앞서 채무 청산이며 이혼 수속 등 몇 가지 정리해야 할 일들이 남아 있었으므로 아직 그 일을 결행하지 못하고 있었던 것이다. 내가 혼잣말처럼 말했다.

"언젠가 예산댁이 서울에서 무슨 일을 했었느냐고 묻기에 사실대로 말했었지……. 하기야 한때는 잘 나가던 적도 있었소. 아이엠에프 사태가 터지기 전만 해도 제법 큰 가구공장을 운영했었으니까. 하지만 모든 것이 일장춘몽이었소."

"하긴……. 저도 벌써 5년째 공부하고 있지만. 아직 뜻을 이루지 못한 채 이렇게 떠돌이 생활을 하고 있습니다. 산간 오지로 떠도는 동안 저도 어느덧 나이 30을 넘기고 말았지 뭡니까."

"아무쪼록 요번에는 꼭 좋은 결과가 있기를 바라겠소."

"고맙습니다."

김 선생은 스님처럼 두 손을 모으고 고개 숙여 감사의 뜻을 표했다. 그의 얼굴은 오늘따라 더욱 창백해 보였는데, 몇 해 동안 방 안에만 틀어박혀 공부하느라 제대로 햇볕을 보지 못한 탓이었다. 라이터로 담배개비에 불을 붙이고 나서 내가 물었다.

"김 선생. 혹시 사귀는 아가씨라도 있소?"

"웬걸요. 공부하기도 벅찬 마당에 여성을 사귄다는 것은 생각할 수도 없습니다."

"그래도 언젠가는 결혼을 해야 되지 않겠소?"

"해야겠죠. 지금도 부모님들의 성화가 대단하십니다. 하지만 저의 일차적 목표는 고시에 합격하는 일입니다. 그 이전까지는 연애다, 결혼이다, 그런 것을 생각하지 않기로 했습니다."

"여자를 선택할 때 정말 조심하시오. 결혼은 중대한 일이니까. 남자 입장에서만 그런 것이 아니라 여자 입장에서도 결혼은 절대로 쉽게 생각할 일이 아니오. 그러고 보니까 우리가 오다가다 만나 한솥밥을 먹게 된 지도 어언 석 달이 지났소 그려."

"그렇게 됐습니다. 저도 이젠 떠날 때가 된 것 같습니다."

"떠나다니……?"

"본래 고시생들은 한 군데 오래 붙어 있지 않습니다."

"그렇게 자주 옮겨 다니는 특별한 이유라도 있소?"

"있지요. 한 곳에서 오래 머물다 보면 나태해지기 쉽거든요. 더구나 아는 사람까지 생기게 되고……. 고시생에게 아는 사람이 생긴다는 것은 불행한 일입니다."

"그건 또 무슨 말이오?"

"어느 누구와도 정을 붙이지 말아야 한다는 뜻입니다. 한 번 정을 붙이면 공부에 지장이 생기니까요. 염불보다 잿밥에만 맘이 쓰이게 되면 곤란하잖습니까? 더욱이 다른 사람에게 이름이나 얼굴이 알려지는 것은 질색입니다. 시험을 치러서 단번에 합격한다면 몰라도 합격 여부는 아무도 예측할 수가 없잖습니까?"

나는 그제야 아, 그랬었구나, 하고 짤막한 탄성을 자아내며 고개를 끄덕였다. 내가 처음 송암리에 왔을 때만 해도 설화당에는 대여섯 명의 고시생이 있었고, 많을 때에는 여덟 명이 행랑채와 사랑채의 이 방 저 방에 틀어

박혀 공부했었는데, 그들은 잘해야 한두 달 머물다가 어디론지 훌쩍 떠나 가는 것이었다. 내가 물었다.

"그렇다면 김 선생은 어디로 떠날 생각이오?"

"특별히 정해진 곳은 없습니다. 며칠 동안 더 궁리해 볼까 합니다."

"그럼 이 동네로 오기 전에는 어디 있었소?"

"망덕사에 있었죠."

그의 입에서 망덕사라는 말이 튀어나오는 순간 나는 온몸이 찌르르 하는 전율을 느꼈다. 망덕사라면 머지않아 내가 입산하게 될, 그리하여 머리 깎고 새 삶을 살아가게 될 바로 그 절이기 때문이었다. 내가 되물었다.

"저 산 너머에 있는 망덕사 말이오?"

"그렇습니다. 망덕사는 제게 제2의 고향이라고 말할 수 있습니다. 거기는 제가 처음 고시 공부를 시작한 곳이기도 하지만, 전국 각지를 떠돌아다니다가 갈 곳이 마땅치 않으면 다시 찾곤 하지요. 망덕사에 있을 때가 가장 마음 편하고 공부도 잘 됐거든요. 지난봄까지만 해도 저는 신림동 고시촌에 있었어요. 근데 영 마음을 잡을 수가 없더군요. 고시촌 분위기가 제 취향과는 맞지 않았다고 할까. 어쨌든 그 분위기에 적응해 보려고 나름대로 노력도 했지만 그게 쉽지 않더라구요. 별 공부도 못 하고 두 달 있다가 다시 강원도 치악산으로 들어갔는데, 거기서는 시름시름 몸이 아파 고생만 하다 다시 망덕사로 돌아왔지요."

"그럼 아주 망덕사에 눌러 있지 그랬소?"

"그렇게 할 수만 있다면 오죽이나 좋겠습니까. 하지만 그것도 마음대로 안 됩니다. 조금 전에도 말씀드렸다시피 한 곳에만 오래 눌러 있으면 공부가 잘 안 되거든요. 지난여름, 망덕사에 있다가 공부가 잘 안 되길래 다시 거처를 옮겨야겠다고 생각했죠. 그때 마침 이 마을에 오고 싶은 생각이 들었습니다."

"그래서 설화당에 오셨군. 어쨌든 우리가 이렇게 만났다는 것 자체가 예사로운 일이 아니오. 그럼 한 가지 더 물어 봅시다."

"뭡니까?"

"망덕사와 그렇게 깊은 인연을 맺고 있다면 그곳 스님들도 아주 잘 아시겠소 그려?"

"조금 아는 편이죠."

"아는 편이라니……. 그건 또 무슨 말이오?"

"제가 실지로 공부했던 곳은 엄격히 말해서 망덕사 경내가 아니라 그 절입구에 있는 작은 마을이죠. 근데 대부분의 사람들은 그 마을까지 통틀어그냥 망덕사라고 부릅니다. 말하자면 절과 마을이 한데 어우러져 있는 형국이라고나 할까요. 아무튼 저는 망덕사 입구에 있는 보살님 집에서 공부했습니다. 그렇다고 망덕사 스님들을 전혀 모르는 것은 아닙니다. 어쩌다산책길에 일주문이나 대웅전 마당 같은 곳에서 스님들과 마주치면 그저인사 정도 드리곤 했지요."

"망덕사 입구에 마을도 있단 말이오?"

"민가가 여남은 가구 있지요. 그곳 사람들은 농사도 짓고, 약초도 캐면서 오순도순 살아간답니다."

"아, 말만 들어도 기막히군. 나도 사실은 그런 곳에 가고 싶었소."

"서울에는 아주 돌아가지 않을 생각입니까?"

"아니오. 언젠가는 돌아갈 생각이오. 하지만 세상만사가 모두 귀찮아 우선 공기 좋은 곳을 찾아 푹욱 쉬고 싶을 따름이오."

나는 입술에 침도 바르지 않은 채 마음에도 없는 말을 즉흥적으로 둘러댔다. 나이도 한참 적은 사람한테 거짓말을 한다는 것이 양심에 켕기긴 했지만. 그러나 지금 이 마당에서 콩이네 팥이네 긴 말 하고 싶지 않기 때문이었다. 김 선생이 물었다.

"집에서 가족들이 기다리지 않습니까?"

"그들이 기다리거나 말거나 관심 두지 않기로 했소. 집에 돌아가 봤자 마땅히 할 일도 없고……. 혹시 망덕사에는 스님이 몇 분이나 계신지 아시오?"

"정확히는 모르지만. 아마 서너 분 계실 겁니다. 그야 보살님께 여쭤보면 대번 알 수 있을 겁니다."

"어쨌든 좋소. 여기서 망덕사까지는 정확히 얼마나 됩니까?"

"자동차 편으로 가려면 망덕산을 끼고 한 바퀴 삥잉 돌아야 합니다. 그러자면 적어도 한 나절쯤 걸리겠죠. 그럴 바에는 등산하는 셈치고 직접 망덕산을 넘어가는 편이 훨씬 나을 겁니다. 제가 이 마을에 올 때에도 걸어서 저 산을 넘어 왔습니다. 망덕산은 역시 명산입니다. 정상에서 내려다보는 경치도 기막히지만 산 자체가 특이합니다. 맨 꼭대기에 장군바위가 있고. 그 밑에는 동굴과 옹달샘도 있지요. 제가 망덕사에 있을 때에는 한 달에 한두 번씩 저 산에 올라왔다가 내려가곤 했습니다."

그는 검지를 곧게 뻗어 망덕산을 가리켰다. 어느 사이엔가 망덕산 날망에는 구름이 낮게 드리워져 있었다. 그런 망덕산을 바라보면서 나는 김 선생의 말이 백 번 옳다고 생각하였다. 자동차를 타고 한나절 동안이나 엉뚱한 곳을 삥잉삥잉 도는 것보다 곧장 망덕산을 넘어 지름길로 질러가는 것이 훨씬 손쉽고 의미 있는 일이라고 판단되었던 것이다. 내가 물었다.

"김 선생. 날 망덕사까지 안내해 줄 수 있겠소?"

"지금요?"

"그렇소. 쇠뿔도 단 김에 빼랬다고 말 나온 김에 한번 가 봅시다."

"그건……."

김 선생은 하늘을 올려다보며 고개를 갸우뚱하였다. 어느덧 해는 중천을 벗어나 서쪽으로 비스듬히 기울어 있었고. 검은 구름 몇 점이 해를 가리며 망덕산 쪽으로 스멀스멀 흘러가고 있었다. 산간의 날씨는 참으로 예측하기 어려웠다. 조금 전까지만 해도 햇살이 눈부셨지만. 어느 사이엔가 망덕산 일대가 온통 구름으로 뒤덮이고 있었던 것이다. 내가 말했다.

"이곳에 몇 달 동안 머물면서 아직도 망덕사에 가보지 못했다는 것은 오로지 내 게으름 탓이었소. 마침 잘 됐지 뭐요. 우리 큰 맘 먹고 저 산을 넘어 봅시다."

"그야 어렵지 않지만……."

김 선생은 이것도 저것도 아닌. 어중간한 태도를 보이는 가운데 미적미적 뜸을 들이고 있었다. 그러나 내 마음은 벌써 망덕사에 가 있었고, 나는 그를 길라잡이로 끌어들이기 위해 집요하게 물고 늘어졌다. 필터 끄트머리까지 타 들어온 담배꽁초를 방죽으로 집어 던지면서 내가 말했다.

"김 선생. 머리도 식힐 겸 우리 함께 그곳에 가 보는 것이 어떻겠소? 며칠 후 김 선생이 설화당을 떠나면 나 혼자 가야 할 텐데……."

"하지만 지금은 좀……."

김 선생은 여전히 망설이고 있었다. 그는 머릿속으로 무엇인가 골똘히 계산을 하고 있는 듯했다. 하지만 나는 당장 망덕사로 달려가고 싶은 충동에 안달이 나서 견딜 수가 없었다. 내가 말했다.

"무리한 부탁인 줄 알지만. 나를 위해 시간 좀 내주시오."

"그렇게도 망덕사에 가고 싶으십니까?"

"그렇소. 난 오래 전부터 망덕사에 가 보려고 별러왔소. 그곳에 가면 내게도 무슨 희망이 있을 것 같아요."

"박 사장님 혼자서도 얼마든지 갈 수 있잖습니까?"

"나야 이 고장 지리를 잘 모르잖소. 더욱이 저 높은 산을 혼자 넘는다는 것이 어디 쉽겠소?"

"산에는 등산로가 있습니다. 좀 험하긴 하지만. 저쪽 서원리를 지나 계곡으로 들어가면 등산로가 나오지요."

"그래도 그렇지, 무슨 청승으로 혼자 저 엄청난 산을 넘겠소? 망덕사에 가 봤자 아는 사람도 없고…… 김 선생은 망덕사를 제2의 고향이라고 했잖소?"

"근데 저는 그 마을에 아는 사람이 너무 많아서 탈입니다. 사실은……"

김 선생은 무슨 말인가를 하려다가 꼴깍 집어삼켰다. 내가 사업과 가정에 얽힌 부끄러운 이야기를 굳이 털어놓지 않는 것처럼 그에게도 어쩌면 말 못할 사연이 있는 듯했다. 내가 말했다.

"타관에 아는 사람이 많다는 것은 얼마나 행복한 일이오? 나는 이 고장에 어느 누구도 아는 사람이 없소. 만약 망덕사에 아는 사람이라도 있었다면 나는 진작 그곳으로 떠났을 것이오."

"박 사장님은 공부하는 고시생도 아니면서 굳이 거처를 옮기려는 이유가 뭡니까?"

"한 군데 너무 오래 있으니까 싫증도 나고…… 좀 더 조용하고 한적한 곳으로 가서 오래 머물고 싶어요."

그 말도 사실은 임기응변에 지나지 않았다. 나는 오직 하루라도 빨리 망덕사를 사전답사하고 싶은. 그리하여 조속한 시일 안에 속세의 모든 인연을 훌훌 털어 버리고 싶은 조급한 욕망에서 진실과는 거리가 먼 얼토당토 않은 말을 거침없이 술술 내뱉고 있었다. 김 선생이 말했다.

"지금 출발하면 도착 시간이 좀 애매할 것 같아요."

"너무 늦었단 말이오?"

"아닙니다. 벌건 대낮에 도착한다는 것이 마음에 걸리는군요. 가급적이면 해가 져서 땅거미가 내릴 무렵 도착하는 것이 좋겠습니다."

김 선생은 납득하기 어려운 해괴한 이론을 펴고 있었다. 하필이면 해가 져서 어두워졌을 때 도착해야 할 이유가 무엇인지 나는 그의 속셈을 도저히 이해할 수가 없었다. 내가 물었다.

"저 산을 넘어 망덕사까지 가려면 얼마나 걸릴 것 같소?"

"글쎄요……. 망덕사에서 이쪽으로 넘어 본 적은 있지만, 이쪽에서 저쪽으로 넘어 본 적이 없어서 시간이 얼마나 소요될지는 잘 모르겠습니다. 아마 두어 시간 잡으면 되지 않을까 싶습니다."

망덕사까지 동행한다는 것이, 그리고 그곳 사람들을 소개해 준다는 것이 별로 어려운 일도 아니건만, 김 선생은 줄곧 이 핑계 저 핑계 여러 가지 애매모호한 구실을 달아 슬슬 꽁무니를 빼고 있었다. 이렇듯 우리가 의견 통일을 위해 서로 밀고 당기는 사이 구름은 망덕산 정상을 중심으로 더욱 넓게 퍼져 나가고 있었다. 내가 말했다.

"아무래도 서둘러야 할 것 같소. 날씨도 흐려지는 데다 산간에서는 해가 일찍 저물잖소?"

"괜찮습니다. 어차피 망덕사에 도착하면 하룻밤 묵고 와야 할 텐데 뭘 그러십니까? 이왕이면 보살님 댁 저녁식사 시간에 맞추어 도착하는 것이 좋겠습니다. 밥이 모자라면 보살님이 새 밥을 지어주실 겁니다. 물론 우리 주인아주머니한테도 말씀을 드리고 떠나야겠죠."

"그렇다면 오늘 동행해 주겠다 그 말이오?"

"하하하……. 박 사장님께서 그렇게 간곡히 사정하시는데 어쩔 수 없잖습니까?"

"고맙소. 자, 그럼 일단 설화당으로 가서 출발 준비를 서두릅시다."

우리는 곧 너럭바위에서 일어났고, 조금 전에 올라갔던 길을 되짚어 내려와 설화당으로 들어섰다. 그때 예산댁은 김치를 담그기 위해 안채 대청에서 마늘을 다듬고 있었다. 소쿠리에는 하얀 마늘이 담겨 있었고, 널따랗게 펼쳐 놓은 신문지 위에는 부스스한 마늘 껍질이 수북하게 쌓여 있었다. 김 선생이 예산댁에게 말했다.

"박 사장님 모시고 망덕사에 잠깐 다녀오겠습니다."

"왜 하필이면 이렇게 늦은 시간에 산을 넘으려고 그러실까. 날씨조차 저렇게 끄무레한데……. 오늘 같은 날 산을 얕잡아 보면 큰일 나요. 차라리 내일 아침 일찍 떠나지 그러세요?"

예산댁은 잔뜩 찌푸린 하늘을 가리키며 걱정스런 표정을 짓고 있었다. 그녀의 말에 자칫 김 선생의 생각이 달라질지도 모른다는 예감이 들었으므로 내가 잽싸게 말을 가로챘다.

"너무 걱정하지 마십시오. 저 정도 산이라면 해지기 전에 가뿐히 넘을 수 있을 겁니다."

"아이구, 박 사장님. 망덕산이 얼마나 큰 산인지 모르시는군요. 여기서 보기에는 하찮은 것 같지만 안으로 들어갈수록 엄청나게 깊어요. 전문적으로 등산하는 사람들도 종종 길을 잃곤 한답니다."

"김 선생이 길을 잘 아는데 뭐가 걱정이겠습니까?"

내가 자신 있게 말했고, 그 말의 꼬리가 미처 끝나기도 전에 김 선생이 재빨리 이의를 제기하고 나섰다. 그가 말했다.

"길을 잘 안다고 말씀드린 적은 없습니다. 다만, 망덕사에 있을 때 한 달에 한두 번씩 저 산에 올랐다고 했을 뿐입니다. 지난번 이 마을에 올 때에도 저쪽에서 이쪽으로 넘어왔지만, 아까도 말씀드렸다시피 이쪽에서 저쪽으로 망덕산을 넘어 본 적은 없다니까요."

"하하하……. 날카롭기가 면도날 같소. 역시 저명한 법률가가 되실 분은 다르다니까……."

나는 일부러 김 선생을 한껏 추켜세우며 너털웃음을 터뜨렸다. 그것은 어떻게 해서라도 기어이 망덕사에 가려는 나의 속내를 숨기고, 다른 한편으로는 김 선생의 마음이 흔들리지 않도록 잘 붙잡아 두기 위한 얕은 술책이었다. 손목시계를 보면서 김 선생이 말했다.

"자, 그럼 떠나실까요."

"그럽시다."

운동화 끈을 단단히 졸라 맨 뒤 우리는 다시 설화당을 나섰고, 은행나무가 드문드문 서 있는 마을 안길을 거쳐 동구 앞 반석다리를 건넜다. 잔뜩 찌푸린 구름 사이로 희미한 해가 두어 발쯤 남아 있었는데 바람결은 점점 더 쌀쌀해지고 있었다. 희한한 일이었다. 그렇게 청명했던 날씨가 잠깐 사이에 전혀 딴판으로 돌변하였고, 우리가 모래와 자갈로 다져진 S자 모양의 도로를 따라 서원리에 이르렀을 때에는 짙은 먹구름으로 주위가 컴컴해지고 있었다.

서원리는 저 옛날 망덕서원(望德書院)이 있었던 곳이지만, 서원은 이미 흥선대원군(興宣大院君) 시절에 헐렸고, 마을마저 쇠락할 대로 쇠락하여 삐뚜름하게 기운 농가와 잡초로 뒤덮인 폐가 몇 채가 드문드문 을씨년스럽게 흩어져 있었다. 우리는 도로가 끝나는 시내버스 종점을 지나 망덕산으로 들어섰고, 이어질 듯 끊어지고 끊어질 듯 이어진 오불꼬불한 등산로를 따라 본격적인 산행에 들어갔다.

아니나 다를까. 예산댁이 말했듯 망덕산은 당초 예상보다 훨씬 덩치가 크고 험준했다. 먼발치에서 바라볼 때에는 별로 대수롭지 않은 것처럼 보였지만, 막상 안으로 들어섰을 때에는 망덕산이야말로 상상을 초월할 만큼 골이 깊고 봉우리가 높다는 것을 감지할 수 있었다. 능선과 계곡에 숲이 울창했고, 보일락 말락 좁디좁은 등산로가 나 있긴 했지만, 군데군데 길이 끊어져 한 번 길을 잃었다 하면 앞을 분간하기도 쉽지 않았다.

엎친 데 덮친 격으로 우리가 중턱쯤 이르렀을 때에는 거센 바람이 불어왔다. 소나무 가지가 쉬익쉬익 울부짖었고, 바람이 스칠 때마다 참나무나 단풍나무 같은 활엽수에서는 낙엽이 한꺼번에 우수수 쏟아져 계곡으로 달려가곤 하였다. 김 선생과 나는 서로 약속이라도 한 듯 말을 삼가면서 등

짝에 진땀이 묻어날 정도로 발길을 재촉했지만. 우리가 마악 망덕산 중턱을 벗어날 무렵에는 이미 해가 져서 한 치 앞도 내다볼 수 없었다. 김 선생이 말했다.

"박 사장님……. 큰일 났습니다. 아무리 가을 해가 짧다고 하지만 이렇게 일찍 어두워질 줄은 몰랐습니다."

"좀 더 일찍 출발했어야 하는 건데……."

나는 급기야 김 선생을 원망하기 시작했다. 당초 망덕사 이야기가 나왔을 때. 그는 어째서 그처럼 뜻뜻미지근하게 질질 시간을 끌며 애를 먹었는지 모를 일이었다. 조금만 서둘렀더라도 진작 망덕사에 도착했을 텐데. 김 선생이 괜히 시간을 끌며 뭉기적거리는 바람에 우리는 칠흑 같은 산 속을 헤매게 된 것이었다.

하늘을 올려다보았지만. 달은 고사하고 별 한 점 보이지 않았다. 산 속이 어떻게 어두웠던지 곁에서 누군가가 뺨을 치고 달아난다 해도 모를 지경이었다. 김 선생은 아예 짐승처럼 납작 엎드려서 길을 찾느라 두 손을 더듬거리고 있었다. 나도 그 뒤를 따라 엉금엉금 기었다. 만약 아무 데나 발을 잘못 디뎠다가 자칫 실족하는 날에는 어느 골짜기에 처박힐지 모르는 형편이었다.

힐끗 뒤를 돌아다보면. 까마득히 먼 저 아래로 서원리와 송암리 일대의 불빛들이 시야에 들어왔다. 점점이 흩어져서 반짝반짝 빛나는 불빛들은 마치 무슨 보석을 연상케 하였다. 짙은 어둠에 갇힌 우리는 길을 찾기 위해 안간힘을 쓰고 있었다. 아무것도 보이지 않는 상태에서 미친 년 머리카락처럼 뒤엉킨 가시덤불을 헤치고. 거의 수직으로 깎아지른 아스라한 암벽을 기어오른다는 것은 그야말로 죽을 맛이 아닐 수 없었다.

나는 김 선생을 놓칠까 봐 기를 쓰고 그의 꽁무니를 따라붙었다. 가시덤불에 긁힌 손은 이미 피투성이가 되어 있었고. 암벽은 얼음처럼 차가웠으므로 금세 손바닥이 바위에 얼어붙을 것만 같았다. 입김으로 손을 녹여보려 했지만. 입에서는 소태처럼 쓰디쓴 냄새가 풀풀 피어올랐고, 입김만으로 손을 녹인다는 것은 언 발에 오줌 누기나 다를 바 없었다.

손이 얼마나 곱았던지 이제는 감각조차 없어졌다. 팔다리가 뻐근하게 저려왔고, 살을 에는 날 돋친 바람에 콧날이며 귓불이 떨어져 나갈 것만 같았다. 등줄기에는 생땀이 소나기처럼 줄줄 흘러내리고 있었다. 그때 꿈결인 듯 예산댁의 목소리가 어렴풋이 들려왔다.

아이구. 박 사장님. 망덕산이 얼마나 큰 산인지 모르시는군요. 여기서 보기에는 하찮은 것 같지만 안으로 들어갈수록 엄청나게 깊어요. 전문적으로 등산하는 사람들도 종종 길을 잃곤 한답니다.

그 말이 귓가에 앵앵거리고 있을 때. 힘껏 움켜쥐었던 돌부리가 휘청하는 듯한 느낌을 받았고, 돌부리가 휘청한다고 느끼는 바로 그 순간 나는 뒤로 벌렁 나자빠지며 정신을 잃었다. 얼마나 지났을까. 뼛속까지 얼어붙는 듯한 오한을 느끼며 다시 정신을 차리고 눈을 떴을 때에는 내 뒤통수가 김 선생 무릎 위에 얹혀 있었다. 불현듯 서울에 남아 있는 아이들의 모습이 눈앞에 어른거려 거의 미치고 환장할 지경이었다. 따스함이 느껴지는 허연 입김을 내뿜으면서 김 선생이 물었다.

"박 사장님. 이제 정신이 좀 드십니까?"

"도대체 어떻게 된 일이오?"

"저 위에서 떨어지셨습니다."

"아흐. 이럴 수가⋯⋯."

나는 그제야 암벽 돌부리가 아닌. 암벽 위에 건성으로 얹혀 있던 돌멩이를 잘못 잡고 힘을 쓰는 바람에 벼랑으로 굴러 떨어졌다는 것을 알게 되었다. 암벽의 높이는 서너 길이나 되었다. 그런데도 상처 한 군데 없이. 거짓말처럼 멀쩡한 것을 본다면 참으로 천우신조란 말 이외에는 달리 설명할 길이 없었다. 암벽에서 추락할 때, 머리가 바위에 부딪쳤더라면 뇌진탕으로 즉사했거나, 아니면 설령 목숨만은 건졌다 해도 몸뚱이가 묵사발이 되어 중상을 면치 못했을 것이었다.

정신을 차린 뒤에 알게 된 일이지만, 그때 나를 살려준 것은 순전히 가랑잎이었다. 내가 추락한 곳에는 가랑잎이 두툼하게 쌓여 있었고, 그 가랑잎이 솜이불처럼 푹신하게 충격을 흡수함으로써 무사할 수 있었던 것이다. 김 선생이 말했다.

"참으로 다행입니다. 박 사장님께서 떨어질 때 저는 크게 다치신 줄 알았습니다. 자, 저길 보십시오. 장군바위가 보이지 않습니까? 조금만 가면 정상입니다. 거기까지만 가면 살 길이 있습니다."

아니나 다를까, 머리 위로 망덕산 정상을 가로지르는 먹빛 능선이 거무튀튀한 하늘과 맞닿아 있었고, 낙타 등처럼 울멍줄멍한 능선 한켠으로 거대한 바위가 희뜩하게 드러나 보였다. 일단 정상에만 오르면 우리가 가야 할 길을, 아니 동서남북만이라도 분간할 수 있을 것 같았지만, 나는 벌써 기진맥진하여 한 발자국도 떼어놓을 수가 없었다.

후회, 그리고 무서움…… 뼛속까지 파고드는 바람과, 금방이라도 목구멍이 눌어붙을 것처럼 타는 갈증에다 시장기까지 겹쳐 사지가 파김치처럼 늘어지고 있었다. 망덕사에 가지 않으려고 머뭇거리던 김 선생을 졸라 산에 오른 것이 한없이 후회스러웠고, 한 치 앞을 내다볼 수 없는 어둠이 무서웠으며, 이대로 죽을지도 모른다는 두려움이 엄습해 왔다. 그리하여 찬물을 끼얹을 때처럼 온몸에 소름이 좌악좌악 번졌고, 초상집 개 떨듯 덜덜 떠는 동안 아랫니와 윗니가 딱딱거리며 마주쳐 나중에는 관자놀이까지 뻐근해지고 있었다.

우리 앞에는 이제 죽는 일만 남아 있다 해도 과언이 아니었다. 김 선생은 아직 젊지만, 나는 어느덧 장년에 접어들었으므로 한결 더 지치게 마련이었다. 이렇듯 죽을 지경에 이르자 후회와 원망이 뒤죽박죽으로 뒤엉켜 들끓기 시작하였다. 어쩌다 망덕사 이야기가 나와 이런 개죽음을 자초하게 되었는지 모를 일이었다.

나는 한때 스스로 목숨을 끊어 아예 세상을 떠나려 했었지만. 정작 생사의 기로를 헤매고 있는 이 시점에서는 사정이 사뭇 달라져 있었다. 새 삶의 출발점으로 설정했던 망덕사에 가보지도 못하고 이 산속에서 귀신도 모르게 생짜로 죽는다는 것은 너무 억울한 노릇이었다. 더듬더듬 나무 등걸에 의지해 몸을 기대면서 내가 신음처럼 중얼거렸다.

"김 선생. 난 한 발자국도 갈 수가 없소. 아흐……. 목말라 죽겠소. 멋도 모르고 덤볐다가 망덕산에 뼈를 묻게 됐소 그려. 이대로 죽을 바에는 차라리 불을 지르는 게 어떻겠소?"

"불을 지르다니……. 그건 또 무슨 말씀입니까?"

"산불을 내자는 뜻이오. 산에 불이 붙으면 경찰이나 소방대원들이 출동할 것 아니겠소? 그때 경찰이나 소방대원들에게 구조를 요청합시다. 내게 라이터가 있소."

"안 됩니다. 불을 지르지 않더라도 얼마든지 살 길이 있습니다. 정상까지만 올라가면 우리는 살 수 있습니다. 자. 저를 따라 오십시오."

김 선생은 손을 내밀었고, 나는 그의 손바닥을 꽈악 거머쥐었다. 밤이 깊어지면서 기온이 부쩍부쩍 떨어지고 있었지만. 그러나 김 선생의 손바닥에서 스며 나오는 체온은 의외로 따뜻했다. 그는 내 손을 움켜잡은 채 낑낑대며 암벽을 기어올랐고. 나는 사력을 다해 발가락 끝으로 암벽을 긁어내리면서 그에게 이끌려 가고 있었다.

암벽을 벗어나자 펑퍼짐한 언덕이 나왔고, 한 길 이상 우거진 억새풀 사이로 드디어 장군바위가 손에 잡힐 듯 다가와 있었다. 나는 젖 먹던 힘까지 다 쏟아 김 선생의 손을 놓치지 않으려고 죽자 살자 발버둥 쳤다. 오직 목숨을 부지하기 위한 처절한 몸부림이었다.

혀가 타서 입안이 끈끈하였고, 목구멍에서는 줄곧 쓴물이 넘어오고 있었다. 삶과 죽음, 그것은 실로 멀리 떨어져 있는 것이 아니라 얄팍한 종이 한 장 차이라는 느낌이 들었다. 나는 이미 탈진할 대로 탈진했으므로 입을 벌려 말할 기운조차 없었다. 내가 간신히 말했다.

"김 선생, 난 도저히 더 이상 못 가겠소. 이젠 모든 것을 포기해야겠소."

"무슨 말씀이십니까? 정상이 바로 저긴데……."

그의 말이 미처 끝나기도 전에 나는 언덕 위에 축 널브러지고 말았다. 눈은 뜨고 있었지만, 너무 지친 나머지 정신이 몽롱하여 지금 벌어지고 있는 일들이 모두 꿈결처럼 느껴졌다. 그때 마침 거센 강풍이 휘몰아치면서 후둑후둑 우박을 동반한 소나기가 내리기 시작하였다. 순간적으로 번쩍 정신이 들긴 했으나, 몸뚱이는 뻣뻣이 굳어 내 의지대로 움직여 주지 않고 있었다.

김 선생이 나를 일으켜 가슴 안으로 등을 들이밀었는데, 그의 목덜미며 등짝에서는 시큼한 땀 냄새가 풀풀 치솟고 있었다. 그는 대뜸 나를 들춰업었고, 술 취한 사람처럼 이리 비틀 저리 비틀 허우적거리면서 장군바위가 있는 정상 쪽으로 다가갔다. 어디선가 짐승들이 깩깩거렸고, 콩알보다도 훨씬 굵은 우박과 함께 날 돋친 바람이 머리끝을 베면서 지나갔다. 내가 말했다.

"이제 우린 꼼짝없이 죽었소."

"박 사장님. 걱정하지 마십시오. 호랑이에 물려가도 정신만 차리면 산다고 했습니다. 여기가 바로 정상입니다. 저길 보십시오. 저기 망덕사 불빛이 보이지 않습니까?"

그는 턱까지 차 오른 숨을 몰아쉬면서 나를 장군바위 근처에 짐 부리듯 내려놓았다. 저 까마득히 먼 골짜기에서 망덕사의 불빛들이 손짓하고 있었지만. 그러나 우리가 이런 몸으로 그곳까지 내려간다는 것은 현실적으로 불가능한 노릇이었다. 우리는 이제 송암리로 돌아갈 수도 없었고, 그렇다고 망덕사까지 직행할 수도 없었다. 말하자면 꼼짝없이 산에 갇힌 셈이었다. 저 아래 깊은 계곡의 불빛을 가리키면서 내가 물었다.

"저기가 망덕사란 말이오?"

"그렇습니다. 오늘밤은 일단 여기서 묵고, 어둠이 걷히기 시작할 때 서둘러 내려가기로 하지요. 그러면 해 뜨기 전에 충분히 도착할 수 있을 겁니다."

"빌어먹을……. 조금만 일찍 출발했어도 저기까지 무사히 도착할 수 있었을 텐데……."

그러나 김 선생은 말이 없었다. 그는 잠시 숨을 고른 뒤 내 겨드랑이에 어깨를 떠받쳤고, 한 팔로 등을 휘어감아 껴안은 채 장군바위 비탈을 돌아나갔다. 그러자 병풍처럼 휘어진 바위 모퉁이가 나왔는데. 그 안은 거짓말처럼 바람 한 점 없이 안온하였다. 어쩌면 우람한 장군바위가 바람막이 구실을 해주어 그런지도 몰랐다.

나를 잘 앉혀 놓고, 김 선생은 다짜고짜 바위 언저리에 쌓여 있는 가랑잎과 솔가리들을 손가락으로 북북 긁어모았다. 그의 손놀림은 기민했다. 여기까지 올라오느라 죽을 고생을 했으면서도 그에게는 아직 얼마간의 힘이 남아 있는 모양이었다. 그가 말했다.

"박 사장님. 이젠 살았습니다. 라이터로 불을 켜 보십시오."

나는 점퍼 주머니를 뒤적여 라이터를 꺼냈는데. 시린 추위에 얼어터진 손이 곱을 대로 곱아 제대로 불을 켤 수가 없었다. 내가 입김으로 후후 손을 녹이면서 연거푸 헛손질을 하는 동안 김 선생은 얄미울 정도로 침착하게 계속 낙엽들을 긁어모으고 있었다.

그가 긁어모은 땔감이 한 무더기 수북하게 쌓였을 때 드디어 라이터에 불이 켜졌다. 김 선생이 낙엽 한 움큼으로 불쏘시개를 만들어 불꽃 끄트머리에 요리조리 들이대자 마침내 가랑잎 한 끝에 불이 붙었다. 겉에 쌓였던 낙엽은 우박을 맞았으므로 축축했지만, 그 밑에 깊숙이 깔려 있던 가랑잎들은 손에 쥐면 바삭바삭 바스라질 정도로 잘 말라 금세 불이 붙은 것이었다.

평소 하찮게 여겨왔던 라이터가 이렇듯 요긴하게 쓰일 줄이야 꿈에도 생각 못한 일이었다. 어쨌거나 김 선생과 나는 모닥불을 피움으로써 최소한 동사(凍死)만은 면하게 된 셈이었다. 매캐한 연기와 함께 모닥불이 점점 커지고 있을 때 우리는 서로 얼굴을 마주보며 싸움에 나갔다 실컷 물어뜯기고 피투성이가 되어 돌아온 개처럼 헐떡거렸다.

불길은 제법 기세 좋게 타오르면서 칠흑 같은 어둠을 널름널름 집어삼키고 있었다. 바위 밑에는 움막 같은 동굴이 있었고, 그 안쪽 한 모퉁이에는 옹달샘까지 있었다. 동굴 암벽 밑으로 옹달샘에서 넘친 물이 실오라기처럼 가느다란 도랑을 이루면서 낙엽 속으로 스며들고 있었는데, 나는 동굴 안쪽 모퉁이로 기어 들어가 옹달샘에 고개를 처박고 목울대가 뻐근할 정도로 물을 벌컥벌컥 들이켰다.

물은 달고 시원했다. 입가에 묻어난 물기를 손등으로 쓰윽 훔쳐내면서 고개를 드는 순간 나는 이제야 비로소 염라대왕이 기다리는 저승 문턱까지 갔다가 간신히 살아나게 되었다는 것을 확인했다. 김 선생도 내 곁에 나란히 두 손을 짚고 엎드려 한바탕 정신없이 물을 꿀꺽꿀꺽 들이켰다. 얼마 후 그가 힐끗 이쪽으로 눈길을 보내왔는데, 그의 입가에서는 물방울이 뚝뚝 떨어지고 있었다.

우리는 다시 모닥불 쪽으로 자리를 옮겼다. 동굴이 움푹 패어 휘어진 곳에 타다 남은 나무 등걸과 삭정이 같은 땔감들이 보였다. 이 근래 누군가가 이곳에 들어와 밥을 지어먹었거나 화톳불을 피워 놓고 한둔을 한 모양이었다. 김 선생은 그런 땔감들을 주워다 모닥불 위에 X자 모양으로 가로 세로 얼기설기 척척 얹어 놓는 것이었다.

잘 마른 땔감에 불이 붙어 불꽃이 혓바닥을 널름거릴 때마다 물결치듯 동굴 벽에 얼룽얼룽 이상스런 무늬가 생겨나곤 하였다. 추위에 꽁꽁 얼었던 몸이 녹느라 손등이며 얼굴이 근질근질하였고, 온몸이 뜨거운 물에 데었을 때처럼 화끈거리면서 얼얼하였다. 그런데도 김 선생은 밖으로 나가 삭정이를 한 아름 안고 들어왔다. 내가 말했다.

"이젠 좀 쉬시오."

"아, 아닙니다. 여기서 밤을 지새려면 땔감이 더 필요합니다. 다행히 우박은 그쳤습니다. 하마터면 큰일 날 뻔했지 뭡니까?"

"난 순전히 김 선생 덕택에 목숨을 건졌소. 하지만 조금 전 죽을 고비에 처했을 때는 김 선생을 얼마나 원망했는지 모르오. 송암리에서 조금만 일찍 출발했더라도 우린 안전하게 망덕사에 도착했을 것 아니오? 근데 김 선생은 어째서 자꾸만 출발 시간을 뒤로 늦추었는지 모르겠소. 난 아직도 그 속셈을 알 수가 없어요. 왜 하필이면 해가 져서 땅거미가 내릴 때 도착하려 했는지……."

"그야 저로서는 어쩔 수 없었습니다. 사람에게는 체면이라는 것이 있잖습니까? 지난 몇 년 동안 시험에서 매번 낙방한 사람이 무슨 낯으로 벌건 대낮에 망덕사 사람들을 대할 수 있겠습니까?"

김 선생의 목소리는 쉬어 있었다. 그 말을 듣는 순간, 나는 급소를 호되게 얻어맞은 듯한 아픔에 휩싸였다. 내가 그 알량한 체면을 지키기 위해 상처투성이의 구구한 이야기들을 애써 숨기고 있었던 것처럼 김 선생의 내면에도 겉으로 드러내고 싶지 않은 아픈 사연이 서리서리 얽혀 있었던 것이다.

나는 할 말을 잊은 채 잠시 김 선생의 얼굴을 응시했다. 그의 창백한 얼굴에는 불빛이 벌겋게 어리고 있었다. 그는 나를 살려내기 위해 그토록 애썼건만. 이제껏 그를 원망했던 내 자신이 너무 미워서 당장 죽어버리고 싶은 심정이었다.

나는 다시 눈길을 돌렸다. 주위는 온통 어둠뿐인데. 아직도 저 멀리 송암리의 불빛들이 가물거렸고. 그 반대쪽 깊디깊은 골짜기에서는 여전히 망덕사의 불빛들이 너울너울 손짓하고 있었다. 어디에선가 야행성 짐승들이 끊임없이 깩깩거렸고, 바람이 불어올 때마다 억새풀이 서걱거리면서 나무들도 미친 듯이 울부짖었다.

어느덧 모닥불은 알불이 되어 아까보다도 한결 더 불땀 좋게 활활 타올랐다. 그런 잉걸불에 타고남은 나무 등걸과 삭정이가 한 동가리씩 바위 바닥에 투둑투둑 삭아내려 숯이 돼가고 있었는데. 추위에 얼었던 몸이 나른하게 녹으면서 내 눈은 썩은 동태 눈알처럼 갤갤 풀려가고 있었다.

『월간문학』 1999년 3월호

산행(山行)

1

온몸에서 땀이 비 오듯 흘러내리고 있었다. 가슴이 뻐근해지면서 숨이 차올랐고, 시간이 흐를수록 머리끝에서 발끝까지 더 많은 땀이 줄줄 흘러내리고 있었다. 허름한 사우나실은 뜨거운 열기로 후끈후끈하였다. 정수리에서부터 배어 나온 땀이 머리카락을 흠씬 적시면서 콧잔등을 타고 줄줄 흘러내려 배꼽이나 사타구니 쪽으로 뚝뚝 떨어졌다.

채 두 평이 안 될 것 같은 낡은 사우나실에는 나 이외에도 두 사람이 더 있었다. 그들 역시 나처럼 삐질삐질 비지땀을 흘리고 있었다. 내 곁의 사내는 아예 나무걸상에 송장처럼 길게 드러누워 끙끙 앓는 소리를 내며 진땀을 빼고 있었다.

얼마 후 나는 샤워를 하기 위해 걸상에서 일어났다. 흠뻑 땀으로 뒤집어쓴 몸뚱이는 마치 참기름이나 들기름으로 칠갑을 해놓은 듯 번들번들하였다. 뜨거운 열기로 온몸이 화닥거렸지만. 흠씬 땀을 뽑고 나자 찌뿌드드하던 몸이 다소 가벼워진 느낌이었다.

한데 샤워실 쪽으로 나가기 위해 마악 사우나실 문을 열려고 할 때 아랫도리가 휘청하면서 현기증이 일어났다. 그때. 나는 재빨리 사우나실 문짝 손잡이를 잡고 가까스로 위기를 모면했다. 각목을 덕지덕지 덧붙여 땜질까지 한 그 엉터리 같은 손잡이라도 잡았기 망정이지 하마터면 꼼짝없이

38

중심을 잃고 쓰러질 뻔했던 것이다.

나는 잠시 정신을 가다듬은 뒤 몸의 중심을 잡고 샤워실 쪽으로 발걸음을 옮겼다. 그런데 이번에는 콧날이 무지근하면서 가슴팍이 벌겋게 물들고 있었다. 이게 웬일인가 싶어 가슴팍을 들여다보려는 순간 물 머금은 대리석 바닥에도 붉은 잉크 같은 핏방울이 뚝뚝 떨어졌다.

나는 손바닥으로 코끝과 인중을 싸잡아 훑었는데. 아니나 다를까 손바닥 가득히 시뻘건 선혈이 묻어나 있었다. 코피가 터진 것이었다. 창피해서 낯이 후끈하였다. 행여 다른 사람들의 눈길이 미칠까 봐 사뭇 걱정스러웠지만. 아까부터 기분 나쁘게 무지근했던 콧날은 차라리 코피가 터짐으로써 한결 시원해진 느낌이었다.

나는 거울을 들여다보며 발끝부터 머리끝까지 온통 물을 뒤집어썼다. 가급적이면 물을 한 방울이라도 아껴 써야 한다는 것이 평소의 내 생활철학이었지만. 그러나 입술이며 앞가슴은 말할 것도 없고 심지어 배꼽 아래까지 시뻘겋게 묻어나는 코피를 지워내기 위해서는 어쩔 도리가 없었다.

아무튼 그런 식으로 물을 뒤집어쓰는 동안 슬그머니 코피가 멎었고. 샤워를 마쳤을 때는 몸이 훌훌 날아갈 듯 여간 가뿐하지 않았다. 몸에 쌓인 피로 뿐 아니라 오욕과 번뇌의 찌꺼기들이 땀과 코피를 타고 말끔히 씻겨 내려간 모양이었다. 나는 상쾌함을 느끼면서 곧 욕실에서 나왔다.

그때 이발실에는 다른 남자가 머리 손질을 하고 있었으므로 나는 그 남자의 머리 손질이 끝날 때까지 순번을 기다리지 않을 수 없었다. 그 대신 나는 잠시 휴식도 취할 겸 무료한 시간을 달래려고 휴게실 바닥에 아무렇게나 내팽개쳐진 구깃구깃한 신문을 집어 들었다.

뭐 화끈하고 기분 좋은 소식 좀 없을까. 언제나 그랬듯이 그 날도 나는 작은 기대를 걸면서 여기저기 신문 지면을 뒤적였다. 그런데 천만뜻밖에도 신문의 한 귀퉁이에 무성산(茂盛山) 태화사(泰和寺) 조실(祖室)로 있던, 선방(禪房)뿐만 아니라 속세의 범인(凡人)들에게도 널리 알려진 명정선사(明頂禪師) 열반에 관한 기사가 나와 있었다.

명정 스님이라면 모르는 사람이 없을 만큼 유명한 고승(高僧)이었다. 불교에는 전혀 아는 게 없는 나 같은 사람까지 그 이름을 기억할 정도라면 명정 스님의 위상이나 지명도에 대해서는 더 말할 나위가 없지 않은가. 그만큼 명정 스님은 불교계를 대표하는 당대 최고의 큰스님으로 숭앙되고 있었다.

명정 스님은 출가 입산한 이래 단 한 번도 산에서 내려온 적이 없는 전형적인 산승(山僧)으로 명성이 높았고, 세상이 어지럽고 시끄러울 때마다 우리처럼 무지한 사람은 도저히 알아들을 수 없는 알쏭달쏭한 법문을 띄워 세인을 어리둥절케 하였다. 그리하여 그 분의 법문은 숱한 화제를 불러일으키곤 하였다.

그동안 명정 스님의 법문이 나왔다 하면 여기저기서 구구한 해석이 불거져 나왔다. 하지만 아직 어느 누구도 그 분의 심오한 뜻을 헤아려 명쾌한 해석을 내놓지는 못했다. 그만큼 명정 스님은 높은 경지에 올라 있었고, 어떻게 보면 그 분의 무량무변한 법문을 해석한다는 자체가 부질없는 짓인지도 몰랐다.

나는 귀동냥으로나마 그 분에 대한 일화 몇 가지를 얻어들은 적이 있었는데, 돈이라면 너도나도 눈을 까뒤집고, 그것도 모자라 제 밥그릇부터 챙기느라 피가 팍팍 튀는 험악한 세상인지라 그 스님이 더욱 크게 느껴졌다. 역시 그 분은 우리 시대가 낳은 위대한 대덕(大德)임에 틀림없었다.

그런 스님이 돌아가시다니……. 그 기사를 접하는 순간 나는 무슨 까닭에선지 몸이 쩌릿쩌릿해지는, 마치 고압 전류에 감전된 듯한 착각을 불러일으켰다. 명정 스님과는 일면식도 없었지만, 그 기사를 대하자마자 일변 몸이 움찔움찔하면서 가슴이 벌렁벌렁 뛰었다. 참으로 뭐라 말할 수 없는 묘한 일이었다.

어쩌면 어머니가 암자에 계셔서 그런지도 몰랐다. 어머니는 바로 무성산 기슭 태화사에서 그리 멀지 않은 진불암(眞佛庵)에 머물고 있었다. 더욱이 나에게는 이번 주말 무성산 산행이 예정돼 있지 않은가. 나는 그동안 주말마다 등산을 다녔고, 다가오는 주말에는 나의 유일한 산행 동료인 오 사장과 함께 무성산에 가기로 돼 있었다.

무성산은 그동안 내가 오르내린 산 중에서 단연 손가락 안에 들 정도로 인상 깊은 산이었다. 그 산은 다른 산에 비해 인적이 뜸해 번잡스럽지 않을 뿐만 아니라, 산 정상에 오르면 동서남북으로 힘차게 뻗친 능선들이 한눈에 들어왔고, 반달 모양으로 돌아나간 강과 저 멀리 일망무제(一望無際)의 드넓은 서해바다가 펼쳐져 있었다.

남쪽 펑퍼짐한 화전 터 능선 아래 계곡을 끼고 태화사가 있었으며, 그 건너편으로 연화대(蓮花臺)의 일각이 보였다. 연화대는 열반에 든 스님들을 다비(茶毘) 하는 곳이었는데, 그쪽으로도 굽이굽이 이어지는 깊고 험준한 등산로가 나 있었다.

몇 해 전이던가. 나는 오 사장과 길동무하여 처음으로 그쪽 능선을 탄 적이 있었다. 하지만 그쪽 능선은 군데군데 가파른 비탈이 많은 데다 숲이 울창하게 우거져서 으슥했으므로 그 다음부터는 그 길을 피했고, 무성산에 오를 때에는 거의 예외 없이 무성읍에서 출발하여 화전 터 능선을 타고 어머니가 계신 진불암을 거쳐 하산하였다.

화전 터 능선은 어머니 품처럼 온화하면서도 넉넉함을 느끼게 해주는 독특한 맛이 있는 데다 주변 경치까지 기가 막혔다. 우선 쉬기 좋은 화전 터에 서면 웅장한 태화사 대웅전은 물론 그 건너편으로 연화대가 더욱 확연히 보였다. 좌우간 태화사에서 연화대로 이어진 그 산의 자태는 한마디로 말해서 보기 드문 절경이었다.

이번 산행에서도 우리는 무성읍 쪽에서 정상을 타고 넘어 화전 터 능선을 따라 무성읍 반대 방향으로 내려가다가 진불암에 들러 어머니를 찾아뵐 참이었다. 어머니는 오래 전에 속세를 떠나 벌써 십 수 년째 그 암자에 머물고 있었는데. 어느 사이엔가 내 눈앞에는 늙으실 만큼 늙으신. 그러나 학처럼 깨끗하신 어머니의 모습이 어른거리고 있었다.

진불암은 서해 쪽으로 돌아나간 무성산 끝자락 야트막한 골짜기에 자리 잡고 있었다. 태화사에서 진불암까지는 오불꼬불한 산길로 약 시오리쯤 되었다. 그러니까 태화사와 진불암은 멀다면 멀고 가깝다면 가까운 거리에 있는 셈이었다.

태화사는 본래 그 유서가 깊을 뿐만 아니라 전국적으로도 알아주는 대찰이었지만. 그러나 오두막집 같은 진불암에는 겨우 비구니 스님 두 분이 살고 있을 뿐이었다. 어머니는 바로 그런 암자에서 스님들에게 몸을 의탁하고는 보살 노릇을 하고 있었다.

지난겨울. 나는 잠깐 그 암자에 들른 적이 있었다. 그때에도 어머니는 스님들이 입는 회색 법복을 입은 채 법당에서 정성스레 불공을 드리고 있었다. 그런 어머니의 모습을 보았을 때. 나는 눈시울이 화끈해지다 못해 가슴이 미어지는 듯한 아픔을 느끼지 않을 수 없었다. 일찍이 황혼에 들어선 어머니는 무슨 말 못할 사연이 있어 그 깊고 깊은 산중에 들어가 그런 여생을 보내는 것일까.

어머니의 산사 생활은 그러므로 내게는 큰 화두(話頭)라고 말할 수 있었다. 그것은 어쩌면 영원히 풀지 못할 수수께끼로 남게 될지도 몰랐다. 내가 착잡한 심경으로 어머니를 그리워하고 있을 때 이발사가 말했다.

"김 사장님. 머리 손질하시죠."

"아. 네……."

나는 거의 반사적으로 자리에서 일어나 이발 의자로 옮겨 앉았다. 전면

거울 속에 내 모습이 드러나 있었는데. 어느덧 내 머리칼에도 희끗희끗 서리가 내려 있었다. 나하고 비슷한 연배의 단골 이발사가 내 머리 위에 드라이어를 갖다 대고는 능란한 솜씨로 빗질을 하고 있었다. 그가 말했다.

"오랜만에 오셨네요."

"그렇게 됐습니다."

"어디 외국에라도 다녀오셨어요?"

"아닙니다. 며칠 동안 좀 바빴습니다."

"사업은 잘 되시구요?"

"그 뭐 사업이랄 거야 있습니까. 그저 종업원들 월급이나 밀리지 않으면 다행이죠."

이발사가 이것저것 묻는 말에 나는 거의 건성으로 대답했다. 그의 붙임성이 밉지는 않았지만. 내 머릿속은 아까부터 어머니의 모습으로 가득했다.

지난번. 흰 고무신을 끌며 등산로 어귀까지 배웅해 주시던 어머니의 모습이 자꾸만 눈앞에 어른거렸다. 어느 사이엔가 내 마음은 벌써 무성산 진불암에 가 있었고. 며칠 있으면 뵙게 될 텐데도 나는 마치 어린아이처럼 어머니를 못 잊어 하고 있었던 것이다.

2

내가 어둠을 헤집고 남부터미널에 도착했을 때 오 사장의 모습은 보이지 않았다. 이상했다. 그는 지금까지 단 한 번도 시간 약속을 어긴 적이 없었는데. 오늘은 어쩐 일인지 약속 시간이 훨씬 지났는데도 모습을 드러내지 않고 있었다.

우리가 만나기로 한 장소는 매표소 앞이었다. 그러나 매표소 앞에는 다른 사람들만 오락가락하고 있었다. 나는 혹시 오 사장이 다른 곳에서 기다리지 않을까 하고 여기저기 대합실 구석구석을 기웃거렸다. 바로 그때 누군가가 등 뒤에서 내 어깨를 툭 쳤다.

"어이. 김 사장. 뭘 그렇게 기웃거려?"

"아. 나와 주었군."

"내가 뭐 언제 약속 어긴 적 있나."

그러면서 그는 매표구 쪽으로 성큼성큼 다가가 차표 두 장을 샀고. 우리는 언제나 그랬던 것처럼 화장실에 들러 나란히 서서 소변을 보았다. 장거리 여행을 하려면 차에 오르기 전 먼저 소변을 보아 두는 것이 상책이기 때문이었다. 내가 말했다.

"날씨가 많이 풀렸어."

"그럼. 이젠 완전히 봄이야. 산에 다니기 좋은 계절이지."

그는 남근을 탈탈 털어 옷 속에 집어넣은 뒤 바지의 지퍼를 주욱 긁어올리면서 어깨를 으쓱해 보였다. 유난히도 야한 조끼에 알록달록한 머플러하며 삐뚜름하게 눌러 쓴 등산모라든가 아무튼 그는 그 날도 한껏 멋을 부리고 있었다.

우리는 곧 시외버스에 몸을 실었다. 버스 안에는 우리 이외에 서너 사람이 더 타고 있었다. 날씨가 많이 풀렸다고는 해도 차 안이 텅텅 비어 있었으므로 썰렁한 느낌이었다. 내가 혼잣말 비슷이 말했다.

"썰렁하군."

"첫차란 언제나 그렇잖아?"

오 사장은 그러나 아주 당연하다는 듯이 간단하게 말해버렸다. 그 직후 버스는 슬금슬금 뒷걸음질을 치다가 방향을 바꾸어 터미널을 뒤로 밀어내는가 했더니 곧 고속도로로 들어섰다.

하늘에는 아직도 별들이 초롱초롱하였고, 도로변의 능선들이 검게 드러나 보였다. 세차게 달리는 자동차들의 전조등 불빛이 어둠을 가르고 있었다. 내가 말했다.

"혹시 비라도 내리면 어쩌나 하고 은근히 걱정했지 뭐야."

"나는 며칠 전부터 주욱 일기예보를 들었어. 당분간 비는 내리지 않을 것 같아. 남부 지방에는 가뭄 때문에 고생들이 많은 모양이던데…… 그러나저러나 사업은 어때?"

"오 사장도 뻔히 알면서 뭘 그래. 요즘 뭐 되는 게 있나. 그저 부도나 내지 않으면 다행인 줄 알아야지. 정말 자금 때문에 죽을 지경이야. 요즘에는 하루에도 몇 차례씩 내가 왜 가진 것도 없이 사업에 손을 댔나 하고 후회한다니까. 그렇다고 이제 와서 다시 월급쟁이를 할 수도 없고 말이야."

"산다는 게 고해 아닌가."

"고해?"

"들은풍월이지 뭐. 나야 사실은 고해가 뭔지도 몰라. 한데 남들이 다 그러더군. 산다는 건 고해라구 말이야."

그의 입에서 제법 유식한, '고해'라는 말이 불쑥 튀어 나왔을 때 나는 잠시 귀를 의심했다. 나도 그렇지만, 오 사장 역시 학교와는 애당초 인연이 멀었다. 그런데도 오 사장이 고해 어쩌구 하면서 문자를 쓰다니 여간 신기한 것이 아니었다.

사실 우리가 배운 것이라곤 오직 쇠 깎는 일밖에 없었다. 우리는 오랜 세월 왕십리와 문래동 일대의 오죽잖은 철공소에서 선반공으로 잔뼈가 굵어 왔다. 피차 쇠 깎는 데 있어서는 둘째가라면 서러워할 입장이지만, 그러나 고행이니 뭐니 그런 고상한 말은 남의 나라 말로 들릴 따름이었다. 내가 말했다.

"아, 나야말로 큰일 났어. 이 달에도 자금이 달랑달랑하거든."

"그런 거 생각하면 골치만 아프지 뭐. 우리, 산에 갈 때만이라도 그런 이야기는 덮어두자구. 이럴 줄 알았으면 나도 사업을 시작하지 말고 차라리 공장장으로 그냥 있는 건데 말이야. 하긴 그때가 좋았어. 사장이야 돈 때문에 쩔쩔 매든 말든 우리야 열심히 일만 하면 그만이었지. 한데 막상 내 사업이라고 벌여 놓으니까 그게 아니야."

"내 말이 바로 그거라니까."

오 사장과 나는 나이도 동갑이었고, 거의 같은 시기에 공장을 인수해 사업을 시작했다. 하지만 그것도 사업이랍시고 당초 생각보다는 훨씬 어려웠다. 문제는 자금이었다. 기술이야 어느 누구와도 경쟁할 자신이 있었지만 늘 자금 부족으로 기갈이 나서 견딜 수가 없었다.

매월 월말만 되면 거래처 대금 결제하랴. 종업원 월급 챙기랴 그야말로 자금 끌어대느라 정신을 차릴 수가 없었다. 더군다나 주위의 다른 철공소들이 부도를 맞고 뻥뻥 나가떨어지는 것을 볼 때마다 저절로 등골에서 식은땀이 흐르곤 했다.

정말이지 우리들의 생활이란 하루하루가 살얼음판을 걷는 것이나 다를 바 없었다. 정부에서는 심심하면 한 번씩 중소기업 육성 어쩌구저쩌구 하면서 개나발을 불지만. 그건 어디까지나 생색내기 좋아하는 사람들의 허울 좋은 말잔치에 불과했다. 오 사장이 말했다.

"요즘은 세상이 많이 달라졌어. 우리가 현장에서 종업원으로 근무할 때는 일밖에 몰랐는데 말이야."

"그걸 말해 무엇 하나."

사실 우리가 말단 종업원으로 일할 때에는 밤낮이 따로 없었다. 일감만 있다 하면 며칠 밤이라도 홀딱홀딱 뜬눈으로 지새우곤 했다. 그 당시 내 귀에는 주말이니 공휴일이니 그런 말들이 팔자 좋은 사람들의 잠꼬대쯤으로 들려왔다.

하지만 어느 사이엔가 우리 업계에도 사정이 달라졌다. 종업원들은 꼬박꼬박 일요일과 공휴일을 챙겼고, 일정한 근무시간 이외에는 잔업이나 특근을 하지 않으려고 하였다. 그 바람에 우리도 일요일과 공휴일에는 자기 시간을 가질 수 있게 되었지만, 갈수록 임금이 상승하는 데 비해 생산성이 떨어져서 회사 운영에는 어려움이 가중될 수밖에 없었다. 오 사장이 말했다.

"골치 아픈 생각 그만하고 잠이나 조금 자 두지."

그는 좌석에 등을 느슨히 기댄 채 등산모로 눈과 얼굴을 가렸다. 무성읍에 도착하려면 아직도 세 시간 이상 남아 있었으므로 그는 모자란 새벽잠을 벌충할 모양이었다.

버스는 어느 고갯길을 기어오르고 있었다. 웅웅웅웅…… 버스의 엔진 소리가 연신 귓가에 묻어나고 있었다. 오 사장뿐만 아니라 나머지 승객들도 모두 잠을 자고 있었다. 그 중에는 코를 디링디링 골아대며 잠꼬대까지 하는 사람도 있었다.

나도 살풋 눈을 붙일까 시도했으나 좀처럼 잠이 오지 않았다. 더구나 집을 나설 때 아내와 티격태격 다툰 것을 생각하면 오려던 잠도 이내 확 달아나버리는 것이었다. 내가 산행 준비를 하고 있을 때, 아내가 곁에 다가와 괜히 신경질적으로 말했다.

"오늘도 그냥 나가실 거예요?"

내가 아내의 속셈을 모를 리 없었다. 아내는 돈타령을 하기 위해 미리 초를 치고 나서는 것이었다.

"새벽부터 왜 그래?"

"그걸 몰라서 물어요? 돈 좀 내놔요. 곗돈에 뭐에 돈 들어갈 데는 많은데 팔자 좋게 주말마다 등산을 다녀요?"

"등산이 뭐 돈 들어가는 건가."

"교통비는 뭐 돈이 아닌가요."

"그까짓 교통비 좀 쓰는 것 가지고 뭘 그래?"

"당신은 누릴 것 다 누리면서 나한테만은 아직도 더 고생을 하라 이건 가요?"

아내는 성난 살쾡이처럼 도끼눈을 뜨고 있었다. 정말이지 아내가 도끼 눈을 뜨고 앙탈을 부리는 데는 속이 부글부글 끓다 못해 실로 억장이 무너질 것만 같았다. 마음 같아서는 당장 볼아가지라도 쥐어박고 싶었지만, 그러나 나는 즐거워야 할 그 날의 산행을 위하여 부글부글 끓어오르는 감정을 자제하면서 배낭을 짊어졌다.

집을 나선 뒤에도 마음이 여간 무겁지 않았다. 누구나 그렇겠지만, 나역시 아내와 말다툼을 벌이고 나면 기분이 싹 잡치게 마련이었다. 아내는 돈밖에 모르는, 천성적으로 남을 배려하는 인정머리라고는 눈곱만큼도 없는 여자였다.

그녀는 같은 말이라도 눈치를 봐가며 기분 좋게 이야기하는 것이 아니라 매사에 사뭇 도전적이었다. 더욱이 그녀는 돈 못 버는 나를 홍어 뭐처럼 알았고, 자기 이외에는 어른이나 아이를 가릴 것 없이 다른 사람 꼴을 못 보는 것이었다.

더욱이 아내가 두 눈에 쌍심지를 박고 악을 쓰며 덤빌 때에는 이만저만 무서운 것이 아니었다. 물론 완력으로 한다면 아내쯤이야 한 주먹거리도 안 될 것이었지만, 아내가 아무리 밉다 한들 어찌 사내로서 여자한테 손찌검을 할 것인가.

하지만 참는 데도 한계가 있었다. 하루 이틀도 아니고 하루에도 몇 차례씩 되풀이되는 아내의 강짜를 고스란히 받아 준다는 것은 그야말로 죽을 맛이 아닐 수 없었다. 정말 아내가 지랄 발광을 할라치면 오장육부가 썩어문드러져서 고름주머니가 터질 지경이었다.

나는 견디다 못해 몇 번인가 이혼을 결심한 적도 있었다. 그렇지만 나이도 나이인 데다 진불암에 계시는 어머니를 비롯하여 자라나는 아이들, 그리고 주위의 이목을 생각하면 이혼이라는 것을 함부로 결행할 수도 없었다.

답답했다. 그런 아내와 살아야 하는 내 현실은 문자 그대로 비극이자 지옥이었다. 더군다나 아내가 돈타령을 할 때에는 피가 바짝바짝 마르는 것 같았다. 그나마 사업이랍시고 회사를 운영하기도 죽을 맛인데, 아내는 눈만 떴다 하면 이것저것 용처를 주워섬기며 돈을 요구했다.

돈, 돈, 돈······. 도대체 돈이라는 게 뭔지 오나가나 돈 때문에 내 삶은 만신창이가 돼 있었다. 하지만 여간해서 돈 문제가 해결될 기미는 보이지 않았다. 개도 물어가지 않는 그까짓 돈 때문에 한 평생 쓰라린 고통을 당하며 살아갈 일을 생각하면 인간사가 지긋지긋해지는 것이었다.

그리하여 나는 때때로 에라 모르겠다. 가족이고 나발이고 다 집어치우고 아예 머리 깎고 스님이나 돼버릴까 하는 뚱딴지 같은 꿈을 꾸곤 하였다. 이 힘겨운 멍에를 짊어지고 허구한 날 모진 세파에 시달리며 아등바등 살 바에는 숫제 이것저것 다 걷어치우고 입산하는 편이 훨씬 더 나을지도 모른다는 생각이 간절했다.

그래도 각박하고 삭막하기 짝이 없는 내 삶에 작은 평정을 가져다주는 것이 있다면 그것은 산행이었다. 주말마다 산에 오르면 심신이 다소나마 깨끗해지는 느낌이었다. 그뿐 아니라 산은 피를 철철 흘릴 만큼 엉망진창으로 상처받은 내 영혼을 구원해 주는 그 어떤 힘을 가지고 있는 듯했다.

눈을 뜨고, 나는 다시 진불암에 계신 어머니를 생각했다. 나 하나만을 믿고 살아오신 어머니는 삯바느질에서 식모살이에 이르기까지 안 해본 일이 없었다. 아무리 기구한 인생이라고 하지만, 아마 어머니처럼 고통스럽게 살아온 사람도 드물 것이었다.

초등학교 다닐 때, 하루는 학교에서 돌아오자마자 어머니가 차디찬 냉골에서 나를 부둥켜안고 하염없이 운 적이 있었다. 그 무렵 우리는 봉천동 달동네의 사글세방에서 근근이 살고 있었는데, 진작 연탄이 떨어진 것은 물론 몇 달째 방세를 내지 못해 그 집에서 쫓겨나게 된 것이었다.

그로부터 며칠 뒤 겨울방학이 시작되었고, 어머니는 마음씨 좋은 동네 아저씨들의 도움을 받아 먼저 살던 집에서 멀지 않은 곳에 루핑으로 천막집을 지었다. 그런데 그것도 잠시 뿐이었다. 살을 에는 듯한 강추위가 몰아닥친 어느 날, 구청 철거반원들이 떼거리로 몰려와 천막집을 때려 부수는 바람에 어머니와 나는 중랑천 다리 밑으로 이사를 가야 했다.

식량이 있을 리 만무했다. 어머니와 나는 거의 매일이다시피 얼굴이 얼비치는 멀건 죽으로 끼니를 때워야 했고, 한창 먹어야 할 어린나이에 나는 초등학교를 졸업할 때까지 단 한 번도 허기에서 벗어나 본 적이 없었다.

그러다가 초등학교를 졸업하고 철공소에 들어간 뒤에야 나는 비로소 밥다운 밥을 먹을 수가 있었다. 나는 이 나이 먹도록 그때 주인집에서 양재기에 가득 담아주던 그 밥을 잊은 적이 없었다.

가뭄에 콩 나듯 오다가다 한 톨씩 쌀 낱이 섞인 시커먼 보리밥이었지만 그 밥맛이란 꿀맛이나 다름없었다. 철공소 일은 위험하고 힘들었다. 동료 종업원 중에는 손가락이 잘려 나간 아이도 있었지만, 나는 몸을 돌보지 않은 채 죽을 동 살 동 혀 빠지게 일했다.

먹는 날보다 굶는 날이 더 많았던 시절, 밥이라도 배불리 먹을 수 있다는 것은 얼마나 크나큰 행운인가. 더욱이 나중에는 월급까지 타서 어머니 손에 쥐어 드릴 수 있었다. 그러던 어느 날 내가 어머니에게 물었다.

"어머니, 다른 집에는 전부 아버지가 있는데 우리 집에는 왜 아버지가 없어요?"

"글쎄 말이다……. 푸우……."

50

어머니는 울상을 지으며 땅이 꺼질 듯한 한숨을 내쉬었다.

"다른 집은 아버지가 돈 벌어서 쌀이랑 연탄을 사들이잖아요?"

"그렇지. 하지만 네 아버지는 죽은 거나 마찬가지란다."

어머니는 알 듯 모를 듯한 말을 하였다. 죽었으면 죽었고, 살아 있으면 살아 있는 거지, 죽은 거나 마찬가지라니 나로서는 그 말을 도저히 이해할 수가 없었다. 내가 물었다.

"죽은 거나 마찬가지라니 그게 무슨 뜻이죠?"

"집을 나간 뒤로 소식조차 없고, 끝내 돌아오지 않으니까 죽은 거나 마찬가지 아니냐."

"어디로 나가셨는데요?"

"그걸 내가 어떻게 아니? 그걸 알면 당장 찾아오게? 네 아버지는 집을 나간 뒤로 죽었는지 살았는지 소식조차 없단다."

어머니의 눈자위에는 어느덧 그렁그렁 눈물이 맺히고 있었다. 나는 더 이상 물을 수가 없었다. 만일 내가 더 꼬치꼬치 물고 늘어진다면 어머니는 대성통곡을 했으리라.

좌우간 그 후에도 아버지의 행방은 알 길이 없었다. 나는 여태껏 아버지의 얼굴을 본 적이 없었고, 좀 더 솔직히 말하자면 아버지를 찾고 싶은 생각도 없었다. 아버지의 얼굴조차 모를 뿐 아니라 아버지한테는 혈육의 정을 느껴 보지 못한 까닭이었다.

아무튼 나는 성년이 되어 철공소 경리로 있던 아가씨를 아내로 맞아 가정을 꾸몄는데, 비록 구차스런 살림이지만 어떻게 해서든 어머니를 모시려 하였다. 그런데 어머니는 거꾸로 내가 장가든 지 열흘인가 보름 만에 홀연히 괴나리봇짐을 싸 가지고 집을 떠나 머나먼 진불암으로 들어가셨다.

어머니는 당초 집을 나서면서 며칠 동안 태화사 근처 진불암에 다녀오겠다고 하였다. 하지만 어머니는 진불암에 도착하자마자 그곳에 눌러 앉

앞고, 몇 달이 지나도록 서울로 돌아올 기미를 보이지 않고 있었다. 나는 하도 답답하여 몇 번인가 진불암으로 내려가 어머니를 서울로 모시려 하였다. 그때 내가 간청하였다.

"어머니, 서울로 가시죠."

"나중에 갈게."

"도대체 왜 이러시는 거예요? 제 처가 뭐 잘못한 거라도 있나요?"

"아니. 절대로 그런 것 없다. 나는 그저 여기가 좋을 뿐야. 내 걱정 말고 너희들이나 잘 살아. 나는 여태껏 네 뒷바라지를 하느라 집을 떠날 수가 없었어. 그렇지만 이제는 너도 살림을 시작했겠다. 내가 아니라도 얼마든지 살아갈 수 있게 됐잖니? 내 걱정 말고 어서 돌아가거라."

어머니는 매몰차다 싶을 정도로 내 등을 떠밀었고, 그 바람에 나는 번번이 퇴짜만 맞은 채 쓸쓸히 돌아설 수밖에 없었다. 어머니의 결심은 실로 어느 누구도 되돌릴 수가 없었다.

오죽하면 어머니는 진불암에 들어간 이후 아직까지 산에서 내려온 적이 없었다. 늙마에 명정 스님 흉내를 내려고 그러는 것일까. 하여간 어머니는 속세와 담을 쌓은 채 진불암을 지키고 있었다.

나는 몽매에도 잊지 못할 어머니를 그리워하면서 몇 가지 기억을 단편적으로나마 토막토막 떠올리고 있었다. 그때 오 사장이 눈을 뜨면서 긴 하품을 베어 물었다. 그가 부스스한 눈두덩을 손등으로 문지르면서 잠결인 듯 꿈결인 듯 내게 물었다.

"아. 여기가 어디야?"

"다 왔어."

어느 사이엔가 해가 떠서 대지를 눈부시게 비추었고, 논밭의 두엄더미에서는 푸짐한 김이 무럭무럭 피어오르고 있었다. 버스가 속력을 낮추면서 뭉그적뭉그적 무성읍으로 들어서고 있었다.

3

"야. 정말 봄이군. 엊그제까지만 해도 바람 끝이 맵더니만 이제는 그게 아니야. 저것 봐."

오 사장은 등산로 주변의 나무들을 가리켰다. 거기, 물오른 나무들이 제법 푸른빛을 띠었고, 가녀린 잡풀들이 가랑잎 틈새로 파릇파릇 새싹을 내밀고 있었다. 아닌 게 아니라 산에서는 봄 내음이 물씬물씬 풍기고 있었는데, 진달래 나뭇가지에도 꽃망울이 맺힐락 말락 하고 있었다. 내가 말했다.

"참. 오늘이 명정 스님 다비 하는 날 아닌가."

"명정 스님이 누군데?"

"태화사 조실 스님 말이야."

"아. 며칠 전에 돌아가신 스님 말이군. 근데 다비는 또 뭐야?"

"허허……. 아까는 고행이니 뭐니 제법 문자를 쓰더니만. 다비를 모른대서야 말이 되나. 거 왜 있잖아? 돌아가신 스님들 화장하는 거……."

"그렇군. 김 사장은 역시 유식하다니까. 하기야 모친께서 오랜 세월 절간 생활을 하고 계시니까 그 방면에는 빠삭하겠지."

"어머니뿐이 아니야. 나도 언젠가는 중이 되겠어. 산이 이렇게 좋은데 뭣 때문에 그 복작대는 도회지에서 아귀다툼을 벌이며 살아야 한단 말인가."

"차암. 김 사장은 엉뚱한 데가 있어. 나는 사실 사람들끼리 부딪치며 복작대는 재미로 살거든. 근데 김 사장은 달라. 자꾸만 세상을 등지고 싶어 하는 것 같아."

"잘 봤어. 어쨌거나 어서 올라가세. 나는 어머니 뵈올 생각에 벌써부터 발길이 급해지는 걸. 빨리 가자구. 잘하면 명정 스님 다비식까지 볼 수 있을 거야."

발길을 재촉하면서 나는 주머니 속에 준비한 몇 푼의 지폐를 만지작거렸다. 나는 여태껏 어머니께 변변히 용돈다운 용돈 한 번 드린 일이 없었는데, 용돈을 드리려고 어설픈 수작을 벌일 때마다 어머니가 내 뜻을 한사코 사양했기 때문이었다. 이번에도 어머니가 끝내 내 성의를 받아들이지 않는다면 진불암에 시주라도 하고 돌아올 참이었다.

내가 어머니를 그리워하며 발길을 더욱 재촉하는 동안 어느덧 해가 두둥실 떠올라 있었다. 바람 끝은 매웠지만, 산 중턱쯤 올랐을 때에는 온몸에서 끈적끈적한 땀이 배어 나왔다.

등산로에는 우리 두 사람밖에 없었다. 우리는 한 번도 해찰하지 않고 단걸음에 앞서거니 뒤서거니 정상까지 올라갔다. 정상에서 내려다 본 무성산 일대는 역시 절경을 이루고 있었는데, 아니나 다를까 대웅전 건너편 연화대에서는 때마침 명정 스님 다비가 한창이었다.

울긋불긋한 만장(輓章)들이 숲을 이루었고, 연화대 주위에 인산인해를 이룬 신도들이 흡사 개미 떼처럼 보였는데, 신도들 사이에는 드문드문 장삼 위에 가사를 걸친 스님들이 뒤섞여 있었다. 아마 전국 각지에서 스님뿐만 아니라 보살이란 보살은 다 모인 모양이었다.

어쩌면 어머니도 그곳에 가 있지 않을까. 나는 문득 그런 생각을 하면서 연화대를 향해 옷깃을 여미고 두 손을 가지런히 모았다. 당대 최고의 스님이 이 더러운 사바세계를 떠나 지금 뭇 중생들이 지켜보는 가운데 극락의 길을 가고 있었다.

연화대에서는 줄곧 소담스런 불꽃이 널름거렸고, 바람인 듯 구름인 듯 희고 검푸른 연기가 구름 한 점 없는 맑은 하늘을 향해 뭉클뭉클 피어오르고 있었다. 그 광경을 보는 순간, 가슴이 찌잉 하면서 울컥 눈물이 치솟아 올랐다.

스님들의 목탁 소리가 산자락에 그윽이 울려 퍼졌고, 독경 소리 또한 끊어질 듯 이어지면서 무성산 골짜기를 가득 채우고 있었다. 구름처럼 모여든 인파에 하염없이 타오르는 불길하며 좌우간 명정 스님 다비식은 일대 장관을 연출하고 있었다. 연화대를 내려다보면서 오 사장이 감탄하였다.

"야. 정말 어마어마하군."

"빨리 가자구. 저 아래 화전 터에 가면 좀 더 자세히 볼 수 있을 것 아닌가."

"그래. 맞았어."

"서두르세."

내가 앞장서서 뛰다시피 걸었고, 오 사장도 잰걸음으로 성큼성큼 따라왔다. 숲에서는 새들이 우짖었으며, 화전 터 능선이 가까워질수록 독경 소리와 목탁 소리가 점점 더 또렷이 들려왔다.

그런데 이게 웬일일까. 화전 터 능선으로 마악 내려서는 순간 나는 머리끝이 섬뜩해지는 것을 느끼며 발길을 멈추지 않을 수 없었다. 거기, 화전 터 한복판에 누더기 법복을 입은 어떤 보살이 부처처럼 정좌하고 있지 않은가. 내가 주춤하면서 발길을 멈추자 오 사장이 물었다.

"왜 그래?"

"저기……."

나는 손가락으로 보살을 가리켰다. 불꽃이 활활 타오르는 연화대를 바라보며 경건히 합장하고 있는 보살의 자태는 영락없는 좌불(坐佛)이었다. 한데 보살은 삼매(三昧)에 든 듯 우리들의 출현을 전혀 알아차리지 못하고 있었다. 오 사장이 말했다.

"아니……? 저 분은 김 사장 자당님 아니신가?"

"뭐라구?"

아무리 생각해도 그럴 리가 없었으므로 나는 귀와 눈을 의심했다. 어머니 같은 노인이 쇠잔한 기력으로 진불암에서 여기까지 올라온다는 것은 사실상 불가능한 일이기 때문이었다. 그러나 오 사장이 재차 말했다.

"맞아. 김 사장 어머님이라니까."

나는 손등으로 몇 번씩 눈을 문지르면서 조용히 정좌한 보살을 보고 또 보았다. 그때에야 나는 비로소 그 분이 나의 어머니라는 것을 알아차렸다. 나는 배낭을 벗어 던지고는 냅다 화전 터 한복판으로 달려가 어머니를 얼싸안았다.

"어머니!"

"아니, 네가 여기까지 웬일이니? 네 아버지께서 열반하신 걸 알기라도 했단 말이냐?"

나는 '네, 아버지'라는 그 말에 다시 한 번 귀를 의심하지 않을 수 없었다. 과연 누가 내 아버지란 말인가. 얼떨결에 내가 물었다.

"네에? 아버지께서 열반하시다니 그게 무슨 말씀이세요?"

"아, 아니다. 아무것도 아니야. 내가 괜한 말을 했구나."

어머니는 말끝을 흐리면서 손에 든 염주를 한 알 한 알 굴리고 있었다. 그런 어머니의 두 눈은 흠뻑 짓물러 있었다. 어머니의 눈에서는 닭똥 같은 눈물이 뚝뚝 떨어져 뺨이며 코끝으로 주룩주룩 흘러내렸다.

아, 그랬었구나. 어머니는 애써 무엇인가를 숨기려 했지만. 그러나 나는 이미 명정 스님과 어머니의 모든 인연을 정확히 꿰뚫고 있었다. 그때쯤 해서는 오 사장도 손수건을 꺼내 말없이 눈물을 닦고 있었다. 내가 어머니에게 말했다.

"어머니는 어떻게 여기까지 오셨어요? 저는 어머니가 필경 연화대에 가신 줄 알고 있었어요."

"거길 내가 왜 가겠니. 번뇌를 잊겠다고 살붙이까지 내던진 그 어른이 아니더냐. 한 많은 이승을 떠나는 길. 사바세계 모두 잊고 극락 가시는 길에 발목을 잡아 어쩌란 말이더냐. 그렇지만 마지막 가시는 길을 내 눈으로 보지 않을 수도 없어서……."

어머니는 목이 메어 말을 잇지 못했고, 다시금 연화대 쪽으로 짓무른 눈길을 던졌다. 그곳에서는 여전히 불길이 활활 타올랐고, 희고 검은 연기가 용틀임을 하면서 푸른 하늘로 꿈틀꿈틀 치솟아 오르고 있었다.

그런데 거의 무아지경으로 연화대를 바라보는 어머니의 얼굴은, 눈자위만 짓물렀을 뿐, 모든 속박과 번뇌로부터 벗어나 해탈의 경지에 이른 듯 그렇게 평온할 수가 없었다. 때마침 그런 어머니의 등 뒤로는 광배(光背)인 양 해무리가 덩시렇게 떠 있었다.

나는 다시 어머니의 두 손을 꼬옥 잡은 채 연화대에서 눈길을 떼지 않았다. 어느 사이엔가 등줄기에 진땀이 흥건히 배어 나왔고, 뜨거운 눈물이 앞을 가려 시야가 뿌옇게 흐려져 갔다. 연화대에서 들려오는 청아한 목탁소리와 독경 소리가 무성산 골짜기마다 가득 넘쳐나고 있었다.

『한국문학』 1996년 봄호

먼 길

  차가운 바람이 불어올 때마다 밭고랑이나 길바닥에서 일어난 뿌연 흙먼지가 하늘로 훨훨 솟구치곤 하였다. 좁다란 도로변으로 외딴집들이 띄엄띄엄 흩어져 있었고, 낡을 대로 낡은 헌털뱅이 버스는 울멍줄멍한 길을 따라 열심히 달려가고 있었다.

  산모퉁이로 이어진 길은 요리 꼬불 조리 꼬불 휘어져서 끝 간 데가 보이지 않았다. 물론 버스가 골짜기로 들어가면 들어갈수록 산은 점점 더 높아지고 있었다. 뒤를 돌아다보면 청솔가지 연기 같은 흙먼지가 버스의 뒤꽁무니에서 뭉클뭉클 흩어지고 있었다.

  형준은 검단리(劍丹里) 종점에서 내렸다. 자갈과 모래로 다져진 버스 종점은 쓸쓸하고 고즈넉하였다. 산기슭의 왕소나무 가지는 어기찬 바람이 불어올 때마다 쉬익쉬익 요란한 소리를 내며 울부짖고 있었다.

  그는 잠시 두리번거리면서 주변 경관을 살펴보았다. 높은 산들이 온통 주위를 에워싸고 있었으므로 이 일대는 하늘만 빠끔하게 트여 있는 형상이었다. 마침 실개천 쪽 메마른 풀밭에서 벌떼처럼 치솟은 멧새 떼가 바람을 헤치며 숲속으로 와르르 날아가고 있었다.

  등산로 안내 표지판 옆에 다 쓰러져 가는 담뱃가게가 있었다. 금방이라도 폭삭 내려앉을 듯이 퇴락할 대로 퇴락한 담뱃가게는 그 안에 사람이 사는지조차 의심스러울 지경이었다. 유리문에는 누런 흙먼지가 더께더께 올라앉아 있었으므로 아예 개흙으로 맥질을 해놓은 것 같았다.

형준은 드르륵 유리문을 열었다. 그런데 엉성한 문짝도 문짝이지만, 문턱이 워낙 닳고 닳아 유리문은 몹시 덜렁덜렁하였다. 가게 안에는 너절한 과자 봉다리를 진열해 놓은 좌판이 있었고, 그 옆의 술청에 찌그러진 탁자와 나무 등걸로 만든 걸상 몇 개가 흩어져 있었다.

술청에서는 퀴퀴한, 그러면서도 시큼텁텁한 냄새가 물씬 풍겨 나왔고, 탁자 밑에서는 송아지만한 늙은 개가 낮잠을 자고 있었다. 낯선 나그네가 들어서자 개는 한 번 힐끗 쳐다보고는 게으른 하품을 베어 물었다.

가게 좌판이나 술청에는 어디라 할 것 없이 까뭇까뭇한 파리똥이 좌악 깔려 있었다. 개는 늘어지게 기지개를 켜더니 어슬렁어슬렁 술청 한 구석으로 자리를 옮겨 사지를 펴고 몸을 눕혔다.

오죽잖은 쪽마루 밑에는 검정고무신 한 켤레가 놓여 있었다. 방에 누군가가 있는 모양이었다. 그러나 안에서는 아무런 기척이 없었다. 형준은 커음커음 헛기침을 뱉으면서 가게와 술청 사이의 장지문 앞으로 다가갔다.

"주인 양반 계십니까."

"누구슈?"

다소 퉁명스런 음성과 함께 장지문이 열리면서 한 중늙은이가 빼꿈히 얼굴을 내밀었다. 중늙은이는 거무튀튀한 얼굴에 까칠하게 자란 수염하며, 쿨룩거리는 기침이라든가 아무튼 첫눈에도 병색이 짙어 보였다. 형준이 말했다.

"말씀 좀 여쭤 볼까 합니다."

"물으슈."

중늙은이는 가쁜 숨을 몰아쉬고 있었다. 한데 숨소리 끝에는 가르랑가르랑 가래 끓는, 마치 물레로 명 잣는 듯한 소리가 끈적끈적 묻어나고 있었다. 더군다나 모진 바람까지 불어와 지붕으로부터 루핑 조각 풀럭거리는 소리가 심란하게 이어지고 있었다. 형준이 물었다.

"저어, 혹시 검단리 3백 20번지가 어딘지 아십니까."

"흥. 여기는 번지수로 사람을 찾는 데가 아니라오. 그보다는 동네 이름을 대는 게 빠르지."

"동네 이름은 강당골이라고 들었습니다만……."

"강당골에 누구를 찾으러 가시우?"

"그 동네를 잘 아십니까."

"알다마다……. 강당골에는 겨우 여남은 가구가 살 뿐인데 뭐."

그의 목구멍에서는 여전히 가래 끓는 소리가 넘어오고 있었다. 그는 앉은뱅이처럼 뭉기적거리며 문지방으로 넘어와 쪽마루에 걸터앉았다. 형준이 물었다.

"혹시 박분녀 씨를 아십니까."

"박분녀라……. 아무래도 여자 이름 같소 그려."

"그렇습니다. 살아 계시다면 지금쯤 환갑 진갑이 훨씬 넘으셨을 겁니다."

"글쎄. 남자 이름은 다 아는데 여자 이름이라 잘 분간이 안 가는군. 가만 있자. 정일상 씨 부인이 박 씨라고 했던가……. 그런데 정일상 씨 부인은 오래 전에 죽었소. 하여간 좀 더 자세한 사정을 알고 싶거들랑 강당골에 가서 직접 수소문을 해 보슈."

"그럼 강당골에 가면 정일상 씨를 만날 수 있습니까?"

"예끼, 여보슈. 그 사람 세상 뜬 지가 언젠데 그 사람을 만난단 말이우? 저엉 그 사람을 만나고 싶거들랑 이 담에 저승에나 가서 만나슈."

중늙은이는 시종 무뚝뚝하게 대꾸했다. 그는 병들어 골골하는 몸인지라 만사가 귀찮게 느껴지는 듯했다. 그러나 형준은 조금씩 단서가 잡힌다고 생각했다. 비록 고인이 되었다지만, 정일상 씨라는 이름과 박 씨 성을 가진 부인이 있었다는 사실을 알아낸 것만으로도 큰 소득이었다.

더욱이 무슨 까닭에선지 정 씨를 중심으로 차근차근 접근해 들어가면

60

좋은 결과가 나올 것 같은 동물적 육감이 들었다. 하지만, 어쩌면 모친일지도 모를, 박 씨 성을 가진 정일상 씨의 부인이 사망했다는 전언은 유감천만이 아닐 수 없었다. 형준이 물었다.

"그럼 그 가족들은 어떻게 됐습니까."

"그것까진 잘 모르겠수. 정일상 씨가 죽자 그 가족들은 타관 객지로 뿔뿔이 흩어졌으니까."

"강당골에 가면 가족들의 행방을 아는 사람이 있지 않을까요."

"그렇지. 강당골에 가거들랑 홍 노인을 찾으슈. 그 동네 일은 누구보다도 홍 노인이 훤하게 알고 있으니까. 그 양반한테 물으면 자세한 이야기를 들을 수 있을 것이외다."

"잘 알겠습니다. 그럼 강당골은 어디쯤 됩니까."

"요 앞에 쬐끄만 다리가 하나 있수. 그 다리를 건너 곧장 올라가슈. 그러면 큰 느티나무가 나오는데 거기가 바로 강당골이오."

"네, 감사합니다. 맨손으로 그냥 갈 수는 없고……. 홍 노인은 뭘 좋아하십니까."

"술을 좋아하지. 그것도 막걸리를 좋아한다우."

"아, 그렇군요. 막걸리 있으면 서너 병 주십시오."

"알았수."

중늙은이는 검정고무신을 신었고, 진열대 밑에 놓아두었던 막걸리 병을 주섬주섬 꺼내 내놓았다. 플라스틱 병에 담긴 막걸리는 며칠이나 묵었는지 절반쯤 가라앉아 있었다. 형준이 말했다.

"안주거리도 좀 주십시오."

"홍 노인은 원래 술을 좋아하기는 해도 안주는 별로 안 먹는 사람이라우. 막걸리에 김치면 그만이거든. 아마 그 집에 김치는 얼마든지 있을 거요."

"담배도 피우는 분이신가요?"

"그야 물론이지."

"그럼 평소 홍 노인께서 좋아하시는 담배로 스무 갑만 주십시오."

"그럽시다."

중늙은이는 다시 방으로 들어갔고, 곧 이어 포장지에 '라일락'이라 쓰인 담배 두 포를 꺼내왔다. 그는 여전히 쿨룩쿨룩 기침을 토하면서 막걸리 병과 담배를 비닐봉지에 차곡차곡 주워 담았다. 중늙은이는 등이 유난히도 엉구부정하게 굽어 있었는데, 수전증까지 심해 비닐봉지에 물건을 담는 데도 양쪽 손을 덜덜덜 떨고 있었다.

물건 값을 치르고, 형준은 서둘러 가게에서 나왔다. 때마침 회오리바람이 일어나 공중으로 높이 치솟았는데, 바람에 휩쓸린 지푸라기와 휴지 조각, 그리고 비닐 쪼가리 같은 잡동사니가 한 데 뒤섞여 요란스럽게 난무하고 있었다.

그는 곧 중늙은이가 일러준 다리를 지나 개울 옆길로 들어섰다. 개울로는 유리처럼 투명한 시냇물이 졸졸졸 흘러가고 있었다. 물이 얼마나 깨끗하던지 물속에서 노니는 작고 어여쁜 산천어들뿐만 아니라 개울 바닥의 반들반들한 돌과 희고 고운 모래알까지 선명하게 드러나 보였다.

형준은 뭔가 일이 잘 풀릴 것 같은 예감에 더욱 발걸음을 재촉하고 있었다. 그의 마음은 벌써 강당골에 가 있었고, 수십 년 묵은 수수께끼가 말끔히 해결될 듯한 기대에 부풀어 있었다.

어제였다. 형준은 고향 마을 선영에 들러 조상 산소에 차례차례 성묘한 뒤 송산 읍내 공동묘지에 있는 부모님의 묘소에도 들렀다. 본래 고향에는 일가친척이 여러 세대 살았으나, 이제는 모두 객지로 떠나고 음지뜸에 재당숙네 한 집과 팔촌들만이 살고 있었다. 한데 재당숙이나 팔촌들은 말만 당내간이지 실상은 남이나 다름없었다.

고향 마을에 들렀을 때, 재당숙 내외와 팔촌들은 하룻밤 묵어 가라고 애써 붙잡는 것이었으나. 형준은 날이 밝자마자 검단리를 들러야겠다는 생각에 서둘러 발길을 돌렸고, 송산 읍내 시외버스 터미널 근처에 있는 한 여관에서 묵기로 하였다.

해질 무렵. 그는 식당에서 저녁밥을 사먹고 곧장 여관에 들어 초저녁부터 잠을 청했다. 하지만 그는 자정이 훨씬 지나도록 잠을 이룰 수가 없었다. 벼르고 별러 이제야 드디어 검단리를 찾아가게 되었구나. 그런 생각을 하자 어쩐지 가슴이 설레었고, 기구하기 짝이 없는 자신의 운명이 사뭇 골수에 사무쳐 잠이 멀찌감치 달아나는 것이었다.

이번에야말로 해묵은 비밀들을 모두 밝혀내고야 말리라. 그는 그런 다짐을 하면서 새벽녘에야 겨우 잠이 들었지만. 그러나 동창이 밝기도 전에 눈을 뜨지 않을 수 없었다. 가던 날이 장날이라더니. 그 날은 마침 송산 읍내 장날이었으므로 이른 새벽부터 바깥이 시끌벅적했기 때문이었다.

그는 눈을 비비고 일어나 욕실로 들어가 샤워부터 하였고, 어제 저녁밥을 사 먹었던 그 식당에서 해장국으로 빈속을 채운 뒤 곧바로 검단리행 버스에 올랐다. 어렸을 때에도 검단리가 산간벽촌이라는 말은 자주 들었지만. 사실 송산에서 검단리에 이르는 길은 여간 험하고 후미진 것이 아니었다.

아득한 옛날에는 대낮에도 호랑이가 나왔었다는데. 검단리 일대는 산이 워낙 높고 골이 깊어 능히 그럴 수 있었겠다는 느낌이 들었다. 고향에서 그닥 멀지 않은 곳에 이런 오지가 있었다는 것 자체가 새삼스럽다 못해 신비스럽기까지 하였다.

그런데 버스 종점에서 강당골로 들어가는 길에는 민가 한 채 보이지 않았다. 보이는 것이라곤 온통 산뿐이었고, 산자락 끝을 돌고 돌아 허리띠처럼 가느다랗게 이어진 길은 그 심산유곡에도 사람이 내왕하고 있다는 것을 말해 줄 따름이었다.

형준은 평생 가난에 쪼들리다 돌아가신 선친을 생각했다. 선대에는 김씨 일문이 송산 일대에서 갑부로 군림해 왔었는데, 무슨 연유에선지 부친 때에 이르러 비참하게 몰락했다는 것이었다. 그리하여 선친은 한 평생 말할 수 없는 곤궁 속에 등골이 빠지도록 힘겨운 노동에 시달리다가 세상을 뜨고 말았다.

그러나 살쾡이 같은 어머니는 남의 손가락질을 받으면서도 누릴 것 다 누리며 살았다. 어린 시절, 형준은 그런 모친에 대해 엄청난 반감을 가지고 자라났다. 아니, 그것은 차라리 반감이라기보다도 분노와 증오로 가득 찬 적개심이었다.

어머니는 마치 호강하기 위해 태어난 사람 같았다. 아버지가 공사판에 나가 겨우 날품팔이를 하는 형편이건만 어머니는 별로 하는 일도 없으면서 비단감을 떠다가 호사스런 옷을 지어 입었고, 장날 같은 때에는 근동의 내로라하는 부잣집 마나님들과 어울려 곧잘 읍내로 나가 영화 구경이나 서커스 구경을 즐기기도 하였다.

늘그막에 이르러 아버지는 거의 눈물로 세월을 보내다시피 하였다. 말년에는 벌이가 없었으므로 끼니조차 잇기 어려운 살림이었는데, 아버지는 거의 매일 주막거리에 나가 친구들로부터 술을 얻어 마시곤 하였다. 그러다가 거나하게 술기운이 오르면, 아버지는 비틀비틀 집에 돌아와 거의 예외 없이 훌쩍훌쩍 눈물을 흘리는 것이었다.

어린 나이에 형준은 그런 아버지를 도저히 이해할 수가 없었다. 무엇보다도 남들, 특히 같은 또래의 동네 아이들이 그 장면을 훔쳐볼까 두렵기만 하였다. 다른 아이들이 울보 같은 아버지의 모습을 훔쳐본다면 좋은 놀림거리로 삼을 것이 분명했다.

그러나 그보다 더 무서운 것은 발작에 가까운 어머니의 화풀이와 신경질이었다. 아버지가 하염없이 눈물을 흘릴라치면 어머니는 부엌에 들어가

64

구시렁거리며 무엇이든 왈그락왈그락 두들겨 부쉈다. 그리하여 부엌의 바가지나 사기그릇 따위는 어느 것 하나 온전한 것이 없었다.

그런데 어머니는 한 번 화가 났다 하면 형준이를 가만두지 않았다. 아버지가 울다가 지쳐서 잠들면 어머니는 어김없이 형준이를 뒤꼍 솔밭으로 끌고 들어가 미친 듯이 매를 휘둘렀다. 말하자면 어머니는 형준이까지 화풀이의 대상으로 삼아 문둥이 똥 패듯 사정없이 두들겨 팼던 것이다.

그런 어머니에게는 피도 눈물도 없었다. 어머니는 본래 성격 자체가 원만치 못해서 마을 사람들과 자주 말다툼을 벌이곤 했는데, 일단 매를 들었다 하면 눈에 불을 켜고 식식거리면서 형준이가 기절하여 널브러질 때까지 절반쯤 죽여 놓는 것이었다.

어머니의 매질은 가혹하기만 했다. 어머니는 사흘이 멀다 하고 형준이를 두들겨 팼고, 무참히 얻어터진 형준이의 몸뚱이는 오죽하면 한 군데도 성한 데가 없었다. 어머니는 매질 대신 보리타작이라는 말을 즐겨 쓰곤 했는데, 그것은 도리깨로 보리를 타작하듯이 있는 힘을 다해 요모조모로 두들겨 팬다는 뜻이었다.

더구나 어머니는 불여우처럼 교활하기까지 했다. 아버지 앞에서는 형준이를 아끼는 척 갖은 알랑방귀를 다 뀌었지만, 아버지가 없는 곳에서는 언제 그랬느냐는 듯이 표독스런 살쾡이로 돌변하는 것이었다.

아버지가 계시지 않으면 우선 형준에 대한 호칭부터 달라졌다. 평소에는 꼬박꼬박 이름을 불러 주다가도 아버지의 눈길이 미치지 않거나 비위가 좀 뒤틀렸다 하면 어머니는 으레 형준을 돼지새끼라 부르곤 하였다.

어머니의 눈에는 형준이가 사람이 아닌, 하찮은 돼지새끼 정도로 비치는 모양이었다. 아니, 형준이는 어머니 앞에서 돼지새끼보다 별로 나을 것이 없었다. 세상에 그렇게 매를 맞고 자라는 돼지새끼가 어디 있을까. 하여간 어머니는 악마보다도 더 악독한, 상식적으로는 도저히 이해할 수 없는 별종 중에서도 유별나게 지독한 별종이었다.

형준이가 읍내 야간 중학교에 들어갈 무렵이었다. 어느 날이던가 하루는 감나무집 침쟁이 아저씨가 형준을 산제당(山祭堂) 앞으로 불러 이상한 이야기를 들려주었다. 울퉁불퉁 불거져 나온 왕소나무 뿌리에 걸터앉아 아저씨가 말했다.

"형준아. 네가 정말 딱하지 뭐냐. 명색 어머니라는 사람이 왜 그렇게도 널 구박하는지 모르겠구나. 네 어머니는 너무 포악해. 세상에 그런 여자는 둘도 없을 것이구나."

형준이는 그 말 한마디에 하마터면 왈칵 울음보를 터뜨릴 뻔하였다. 아저씨의 말에는 따스함이 넘쳤고, 형준이가 세상에 태어난 이후 진실로 인간 대접을 받아본 것은 그때가 처음이었다. 형준이가 말했다.

"저는 사실 살고 싶지도 않아요."

"그렇겠지. 네 심정은 얼마든지 이해할 수 있어. 하지만 어떻게 해서든 살아야 한다. 저엉 견디기 어려우면 느이 생모를 찾아가거라."

그 말을 듣는 순간, 형준이는 귀를 의심하지 않을 수 없었다. 난생 처음 들어보는 '생모'라는 호칭 때문이었다. 그는 너무 큰 충격을 받은 나머지 온몸이 찌르르 하면서 정신이 어질어질해짐을 느꼈다. 형준이가 물었다.

"생모라니요?"

"너를 낳아준 어머니는 따로 있느니라."

아저씨는 담담히 말했고, 형준이는 그 말 한마디에 어머니가 그토록 포악하게 학대했던 저간의 전말을 속속들이 간파할 수 있었다. 그러면 그렇지. 이 세상에 자기 몸으로 낳은 자식을 그토록 못 살게 구는 여인이 어디 있을까. 눈물을 삼키면서 형준이가 물었다.

"절 낳아주신 어머니가 분명 따로 있단 말씀이죠?"

"그럼. 따로 있지. 강당골이라던가. 좌우간 검단리 어디쯤에 산다는 말을 들었다만……. 거긴 워낙 험한 곳이라 네가 혼자서 찾아가기는 힘들 거야. 거긴 대낮에도 호랑이가 나온다는 산골이거든. 산이 워낙 깊어 아직까지 자동차도 다닐 수가 없지. 지금 너 혼자서는 도저히 찾아갈 수 없으니까 나중에 좀 더 크거들랑 네 생모를 찾아보렴. 너처럼 착하고 영특한 아이가 악마 같은 서모를 만나 너무 안쓰럽지 뭐냐? 그러니까 여자란 모름지기 자기 몸으로 아이를 출산하고 볼 일이지. 그래야만 남의 자식 귀한 줄을 아는 법이야. 네 서모는 아이를 낳지 못한 돌치라서 그렇게 쌀쌀맞고 인정머리가 없거든. 하여간 네가 너무 딱해."

형준이는 아저씨의 말을 한 마디도 흘리지 않고 귀담아 들었는데, 어느 사이엔가 벌겋게 충혈된 아저씨의 눈에는 그렁그렁 영롱한 이슬이 맺혀 있었다. 형준이는 그때 당장 집을 뛰쳐나가 모친 곁으로 달려가고 싶은 충동을 느꼈다.

하지만 아직 형준이는 어렸고, 만약 어설피 가출을 시도했다가 불발로 끝나는 날에는 서모한테 무슨 날벼락을 맞을지 모르는 형편이었다. 형준은 어둑어둑 땅거미가 내릴 무렵 아저씨를 따라 산제당에서 내려왔는데, 그는 그 날 이후 이 나이에 이르도록 검단리 어딘가에 살고 있을 모친을 잊은 적이 없었다.

그러나 검단리는 너무 멀기만 했다. 모친을 찾아야 한다는 생각에는 변함이 없었지만, 사람 사는 일이란 매사가 자기 뜻대로 그렇게 간단히 해결되는 것이 아니었다. 타고난 운명일까. 좌우간 그는 하루하루 발등에 떨어진 불을 끄느라 숨 돌릴 겨를이 없었다.

야간 고등학교를 졸업하던 그 해 이른봄이었다. 아버지가 송산 읍내에서 교통사고로 즉사하였고, 그 직후 형준은 송산양조장 배달부로 들어가 자전거에 무거운 막걸리통을 실어 날라야 했다. 목구멍이 포도청이라더니, 입에 풀칠이라도 하려면 단 하루도 뼈가 물러나는 듯한 노동의 굴레에서 벗어날 수가 없었다.

그 무렵, 철천지원수 같던 서모는 당뇨병에다 해소병까지 들어 고롱고롱하였다. 형준은 등골이 물러나도록 혀 빠지게 일해 그 여자 약값 대기도 바빴다. 마음 같아서는 그 여자를 아무 데나 내치고 싶었지만, 그러나 저 승에 계신 아버지 체면을 봐서라도 차마 그럴 수는 없었으므로 병석에 누운 서모를 힘닿는 데까지 보살펴 주었던 것이다.

결국 서모는 아버지가 돌아가신 지 3년 만에 죽었다. 그녀는 눈을 멀뚱멀뚱 뜨고 숨을 거두었는데, 형준은 시신을 거두어 아버지가 잠든 공동묘지에 장사지내 주었다. 서모는 걸핏하면 형준에게 매질이나 해댔지만, 형준은 끝까지 자식 노릇을 톡톡히 한 셈이었다.

삼우제를 지낸 뒤, 형준은 송산양조장 배달부 생활을 청산하고 송산역에서 서울행 열차에 몸을 실었다. 딱히 서울에서 오라는 사람이 있는 것도 아니었고, 번듯한 취직자리가 기다리고 있을 리 만무했지만, 그러나 그는 서울에만 가면 뭔가 지금보다는 나은 생활을 할 수 있을 것 같은 막연한 기대 속에 무턱대고 상경한 것이었다.

그런데 형준의 서울 생활은 더욱 가파르고 험난한 가시밭길의 연속이었다. 아무튼 서울에 첫발을 디딘 이후 그가 오늘날까지 고생한 이야기를 하자면 한도 없고 끝도 없었다. 그는 먹는 날보다 굶는 날이 더 많았고, 해가 져서 날이 저물면 서울역 대합실은 물론 변두리 야산이나 도심의 공중전화 부스를 잠자리로 삼아야 했다.

한데 일자리를 구하기란 잠자리를 마련하기보다 훨씬 더 어려웠다. 막노동에서 막걸리 배달부로, 막걸리 배달부에서 행상으로, 행상에서 노점상으로, 노점상에서 월세로나마 두 평짜리 구멍가게를 마련하기까지 그는 밑바닥을 박박 기며 숨 가쁘게 살아왔다.

그런 와중에서도 가발공장 공원으로 일하던 아가씨를 아내로 맞아 살림을 차릴 수 있었던 것은 행운 중의 행운이었다. 아내는 천애 고아 출신으로 의지가지없는 형준을 위해 몸과 마음을 아끼지 않았다. 그동안 아이들도 남매가 생겨났는데, 다행히 아이들은 건강하게 자라나 이제 두 녀석 모두 고등학교에 다니고 있었다.

큰 녀석이 중학교에 들어가던 그 해, 출생신고나 사망신고 등 아직까지 제대로 정리되지 않은 호적을 전국적으로 일제히 정비하는 기간이 있었다. 떡 본 김에 제사 지내는 형국이라고나 할까, 형준은 마침 잘 됐다 싶어 송산읍사무소를 찾아가 생모에 대한 기록을 찾기로 하였다.

그때까지만 해도 형준은 호적에 대해 생각해 본 적이 없었고, 실지로 한 목숨 부지하기에 바빠 그런 것에는 관심을 기울일 여가조차 없었다. 하긴 호적 따위가 먹고사는 일을 좌지우지하는 것도 아니었다. 누가 호적 따위를 물어오는 것도 아니었고, 지금까지 살아오는 동안 관공서 같은 곳에 호적 관련 서류를 제출할 일도 없었다.

아주 오래 전, 그러니까 형준이가 아직 학생이었을 때, 그는 간혹 학교에서 나누어 주는 서류에 가족 관계를 적어내야 할 경우가 있었다. 그러나 그때에는 아버지 김선태, 어머니 최을순으로 이름만 써넣으면 그만이었고, 그 후에도 형준은 굳이 호적 문제를 생각할 필요가 없었다.

호적과 관련된, 아니 호적뿐만 아니라 읍사무소와 관련된 사무는 전적으로 아버지의 몫이었고, 만일 아버지가 해결하지 못할 까다로운 사안이 생기면 발 넓고 인정 많은 감나무집 침쟁이 아저씨의 힘을 빌리곤 하였다.

아무튼 그 아저씨에게 부탁하면 안 되는 일이 없었다. 아저씨는 누구보다도 동네 대소사(大小事)에 적극적이었고, 특히 이웃에 복잡하고 어려운 문제가 생기면 발 벗고 나서서 자기 일처럼 도와주었다.

형준이가 훗날 혼인신고를 할 때나 아이들 출생신고를 할 때에도 매번 그 아저씨의 도움을 받았다. 형준은 굳이 고향에 갈 필요가 없었고, 아저씨에게 연락만 하면 아저씨가 가타부타 군말 한마디 없이 그 성가시고 귀찮은 일을 찬찬하게 해결해 주었다. 그러니까 형준은 고향 일에 관한 한 순전히 그 아저씨에 의지해 엄벙덤벙 주먹구구식으로 살아온 셈이었다.

그런데 몇 해 전 그 아저씨가 돌아가신 이후에는 그런 일을 만만하게 부탁할 데가 없었다. 그 반면, 아이들이 자라나면 자라날수록 은연중 호적에 대한 관심이 커지는 것이었다. 만일 아이들 호적이 잘못돼 있다면 그 아이들이 대학에 들어가거나 군대에 갈 때 본의 아닌 불이익을 볼 수도 있지 않은가.

그러나 호적에 관해 생각할라치면 뭐니 뭐니 해도 모친 문제가 가장 먼저 떠올랐다. 그리하여 그는 꼭 호적을 통해 모친의 이름만이라도 밝혀내리라 벼르고 별러왔던 것인데. 마침 호적 일제 정비 기간이 주어졌으므로 그는 참으로 오랜만에 고향의 읍사무소를 찾아 호적등본부터 떼어 보았다.

그런데 읍사무소에서 발급해 준 호적등본은 지저분하기 짝이 없었다. 우선 아버지와 어머니의 이름에는 큼지막한 ×표가 그려져 있었다. 그러니까 김선태와 최을순이라는 이름은 사망신고와 동시에 호적에서 영영 지워진 것이었다. 그 대신, 그 밑에는 형준과 아내. 그리고 두 아이들에 대한 기록이 나와 있었다.

그런데 이게 웬일일까. 형준은 자신의 출생에 관한 기록을 살펴보다가 그만 소스라치게 놀랐다. 호적에 의하면, 형준은 검단리 3백 20번지에서 박분녀의 사생아로 출생하였고, 그로부터 3년 뒤 김선태에게 입양한 것으로 되어 있었다. 그 기상천외의 기록을 발견하는 순간 형준은 실로 경악을 금치 못했다.

그렇다면 아버지까지도 생부가 아닌. 피 한 방울 섞이지 않은 양부였단 말인가. 만약 아버지가 양부였다면 모친 박분녀에게 형준을 잉태시킨 진짜 부친은 어디 사는 누구란 말인가. 후사(後嗣)를 위해서라면 문중에서 양자를 간택하는 것이 순리이련만. 아버지는 어찌하여 아무런 연고도 없는 박분녀의 사생아를 굳이 양자로 맞아들였을까.

의문은 그것만이 아니었다. 아버지가 진정 양부였다면. 감나무집 침쟁이 아저씨는 왜 아버지에 대해 일언반구 언급도 하지 않았을까. 아저씨는 악독하기 짝이 없던 최을순을 집중적으로 성토할 뿐 아버지에 관해서는 이렇다 저렇다 전혀 말 한마디가 없었던 것이다.

더군다나 아저씨는 그 날 왜 최을순을 굳이 서모라고 표현했을까. 아버지와 최을순은 엄연한 부부였고, 아버지가 정녕 양부였다면 아버지의 부인이었던 최을순을 마땅히 서모가 아닌 양모라고 말했어야 옳지 않았을까. 그렇건만 아저씨는 분명 그 여인을 '악마 같은 서모'라고 지칭했던 것이다.

의문은 또 있었다. 아이를 낳지 못한 원죄가 자기한테 있다면. 그리하여 어차피 남의 자식을 양자로 맞이할 수밖에 없었다면. 최을순이야말로 어느 누구보다도 형준을 극진히 애지중지했어야 할 텐데, 그러나 아버지가 형준이를 끔찍이 아껴 주었던 반면. 그 여자는 한 평생 형준을 잡아 죽이지 못해 안달을 하다가 마침내 병들어 죽은 것이었다.

당연한 말이지만. 양자를 맞아들인 사람은 어디까지나 김선태와 최을순이었고, 아무것도 모르는 네 살짜리 형준이가 자진해서 양자의 길을 택해 그 슬하로 들어간 것은 아니었다. 그렇다면. 형준이가 아무리 모자라고 바보 천치 같은. 아니 최을순의 말마따나 돼지새끼만도 못한 무지렁이라 해도 그렇게 천대할 수는 없지 않은가.

의문은 꼬리에 꼬리를 물었다. 모친은 어쩌다 사생아를 낳게 되었고, 무엇 때문에 어린 자식을 남의 손에 넘겨주었을까. 그 후 모친은 어떻게 되었을까. 형준은 그런 의문을 떨칠 길 없었지만. 그러나 먹고살기에 급급하여 어영부영 하는 사이 세월은 속절없이 흘러갔다.

이제 형준의 머리에는 흰 머리칼이 부쩍부쩍 늘어가고 있었다. 지난번 읍사무소에 가서 호적등본을 발급 받을 때만 해도 새치가 드문드문 한두 오라기씩 생기나 했더니. 불과 몇 해 사이에 귀밑머리가 부쩍 희어지는 것이었다.

그런데 나이가 들면 들수록 선친에 대한 그리움이 새록새록 되살아나는 것은 무슨 까닭일까. 만약 아버지가 없었더라면 형준은 서모의 학대를 견디다 못해 진작 스스로 목숨을 끊었을지도 몰랐다. 하지만 형준은 어린 시절 아버지의 극진한 사랑을 저버릴 수가 없었다. 그리하여 그는 가까스로 청소년 시절의 위기를 넘기면서 이 날 이때까지 모진 목숨을 건사할 수 있었던 것이다.

형준이가 학교 문턱에 발을 들여놓을 수 있었던 것도 순전히 아버지 덕택이었다. 아버지는 그 어렵게 번 품삯으로 학비를 마련해 주었고, 형준은 그나마 근근이 야간 고등학교라도 마칠 수 있었다.

술만 마시면 베갯머리가 흠씬 젖도록 눈물짓던 아버지⋯⋯. 어렸을 때는 그런 아버지가 얼마나 싫었던지 나중에는 진절머리가 날 지경이었다. 그렇건만. 이제는 도리어 한 많은 아버지의 처지를 웬만큼 이해할 수 있을 것 같기도 하였다.

집안이 몰락한 것도 억울한데. 부인까지 그렇게 포악한 여자를 만난 아버지는 얼마나 고통스러웠을까. 두 아이들이 무럭무럭 자라나는 것을 지켜보면서 형준은 아버지의 회한을 자기 것으로 받아들일 수 있었다.

하지만 서모 최을순 만은 도저히 용서할 수가 없었다. 아니, 아버지에 대한 연민이 깊어지면 깊어질수록 그녀를 향한 저주와 적개심도 눈뭉치처럼 점점 더 불어나는 것이었다. 그녀는 저승에 가서 반드시 기름이 펄펄 끓는 지옥에 떨어졌으리라. 오죽하면 '최' 자만 보아도 최을순이라는 이름을 가진 그녀가 떠올라 치가 떨리면서 으드득 어금니가 들썩거리곤 하였다.

그 반면, 검단리 어딘가에 살고 있을 모친을 생각하면 죄책감이 골수에 사무쳤다. 어린 자식을 남의 손에 넘겨 준 뒤 모친은 얼마나 뼈아픈 세월을 살았을까. 모친이 어쩌면 홧병을 앓다 사망했을지도 모른다고 상상할라치면 억장이 무너지다 못해 머리가 헤까닥 돌아버릴 것만 같았다.

엊그제였다. 형준은 이번 한식에 성묘를 마친 뒤 만사 제쳐놓고 검단리를 찾아가리라 작정하였다. 어느 정도 시간적 여유도 생겼겠다. 이제는 더 이상 미룰 일이 아니기 때문이었다. 그는 당초 예정대로 송산에 들러 성묘부터 하였고, 마침내 검단리 강당골로 들어서서 꿈에도 그리던, 그러나 얼굴조차 기억할 수 없는 모친을 찾아가는 길이었다.

그런데 검단리는 실로 가깝고도 먼 곳이었다. 송산에서 검단리까지는 버스 편으로 한 나절 거리에 지나지 않았지만, 여기를 찾아오기까지 30여 년 이상 별러온 것을 생각한다면 참으로 먼 곳이 아닐 수 없었다.

형준은 굽이굽이 이어진 외줄기 산길을 따라 줄기차게 올라갔는데, 드디어 펑퍼짐한 둔덕이 나타나면서 아름드리 느티나무가 시야에 들어왔다. 담뱃가게에서 여기까지 한 번도 쉬지 않고 줄창 걸어왔으므로 헐떡헐떡 숨이 가빴다. 종점에서는 바람 끝이 몹시 차갑다고 느꼈으나, 어느덧 그의 이마에는 번질번질 개기름 같은 땀이 흐르고 있었다.

형준은 느티나무 밑으로 다가갔다. 그러자 돌담 아래에서 해바라기를 하고 누워 있던 검둥개가 일어나 짖었고, 그것을 신호로 동네 개들이 떼거리로 짖어대기 시작하였다. 더욱이 검둥개는 흘금흘금 눈치를 살피면서 허연 이빨을 드러내 놓고 으르렁거렸다.

마침 어떤 아낙네가 조각보 같은 다락논 논두렁에 쭈그리고 앉아 나물을 캐고 있었다. 개 짖는 소리에 놀란 그녀는 엉거주춤 일어나 낯선 외지인의 출현에 의아스런 눈길을 보내오고 있었다. 형준이 그녀에게 물었다.

"저어, 말씀 좀 묻겠습니다. 여기가 강당골 맞습니까."

"맞는데요."

"그럼 홍 노인 댁이 어디쯤 됩니까."

"조 위 기와집 가서 알아보세요."

아낙네는 나물 캐던 칼끝으로 산자락 밑에 있는 고색창연한 기와집을 가리켰다. 종점에서 이곳까지 올라오는 동안에는 바람이 세차게 불었으나, 정작 종점보다도 훨씬 고지대(高地帶)에 위치한 이 마을은 오히려 바람 한 점 없이 안온하였다. 산자락에 오막하게 둘러싸인 마을은 마치 새둥우리를 연상케 하였다.

형준은 잰걸음으로 기와집에 당도하였다. 기와집 추녀 밑에는 들창문에 닿을 만큼 깍지동이가 높이 쌓여 있었고, 문간 가까운 곳에는 볏짚으로 엮은 무시래기가 치렁치렁 매달려 있었다. 사랑방 안으로부터 사람들 두런거리는 소리가 새어 나오고 있었다. 형준은 문간으로 들어서서 목청을 가다듬으며 주인을 찾았다.

"주인어른 계십니까."

그러나 안으로부터 아무런 반응이 없었으므로 형준은 약간 목소리를 높여 재차 주인을 찾았다. 그러자 사랑방의 격자문이 열리면서 한 백발노인이 얼굴을 내밀었다. 수염이 부얼부얼한 노인은 마치 만화나 영화에 종종 등장하는 전설 속의 산신령 같았다. 노인이 물었다.

"뉘시우?"

"여기가 홍 노인 어른 댁입니까."

"그렇소. 근동 사람들이 어른이나 애나 나를 그렇게 부른다우."

"아, 네, 그러시군요. 처음 뵙겠습니다. 전 서울에서 온 김형준이라고 합니다. 다름이 아니옵고, 좀 여쭤 볼 말씀이 있어서 이렇게 불쑥 찾아뵙게 되었지요."

"무슨 일인지는 모르되. 하여간 일루 들어와서 얘기해 보슈."

홍 노인은 깝작깝작 손을 까불렀고, 형준은 약간 쭈뼛거리면서 댓돌 쪽으로 다가갔다. 그런데 사랑방 안에는 홍 노인 이외에도 늙수그레한 영감 두 사람이 더 있었다. 스웨터 입은 영감은 삼태기를 만드는 중이었고, 흰 저고리에 쥐색 조끼를 입은 영감은 새끼를 꼬고 있었다. 방 안을 기웃하면서 양해를 구하듯 형준이 물었다.

"들어가도 되겠습니까."

"물론이오. 방이 좀 누추하긴 하지만 어서 들어오슈."

신발을 벗고, 형준은 사랑으로 들어갔다. 노인들이 쓰는 방이어서 그런지 방바닥은 절절 끓고 있었다. 형준이 말했다.

"방이 무척 따뜻하군요."

"여기는 산골이라 땔감 하나는 풍족하거든. 좌우간 무슨 일인지 앉아서 조근조근 얘기하자구."

"이거 별로 대수로운 건 아닙니다만. 어른께서 막걸리를 좋아하신다기에 요 아래 담뱃가게에서 서너 병 샀습니다. 심심할 때 드시죠. 막걸리만 사기가 뭣해서 담배도 조금 샀지요."

형준은 막걸리와 담배를 봉지 째로 홍 노인 앞에 정중히 내놓았다. 그러자 스웨터 영감이 촉새처럼 끼어들었다.

"그러잖아도 여태 막걸리 타령을 하고 있었는데……. 허허. 형님은 역시 복도 많으시다니까."

그 영감은 홍 노인을 힐끗 쳐다보았고, 조끼 입은 영감은 여전히 새끼 꼬던 손을 멈추고 비시시 웃기만 하였다. 두 영감은 아마도 강당골에 살면서 거의 매일이다시피 이 사랑방에서 소일하는 듯했다. 홍 노인이 형준에게 말했다.

"우리 집에 올 때는 맨몸으로 와도 괜찮은데, 초면에 이렇게 귀한 선물을 받아도 되는지 모르겠소 그려."

"그 뭐 얼마 됩니까. 조금도 이상하게 생각하지 마시고 받아 주십시오."

"어쨌든 고맙수. 우리 집은 귀한 손님이 와도 별로 대접할 것이 없으니까 우리 이 술로 목을 축이도록 합시다. 산길로 올라오면서 보았겠지만 여긴 워낙 외진 곳이 돼놔서 손님이 와도 도통 내놓을 만한 것이 없다니까. 우리 강당골이 이 고랑에서 끝동네요. 끝동네."

홍 노인은 '끝동네'라는 말에 유난히도 힘을 주었다. 사실 종점에서 올라오며 생각한 일이지만. 이런 깊은 산속에 마을이 있다는 것 자체가 괴이쩍게 느껴질 따름이었다. 그가 말했다.

"올라오면서 보니까 골짜기가 아주 깊더군요."

"깊다마다……. 옛날에는 호랑이 등쌀에 동네 닭이나 개가 남아나질 않았다우."

"이렇게 깊은 산속에 마을이 있었다니. 솔직히 말씀 드려서 놀랍기도 했습니다."

"말도 마슈. 그래도 옛날에는 우리 동네가 지금 같지 않았수. 한때는 삼십 가구 이상 살았으니까. 어디 그뿐인 줄 아슈. 근동에서 글줄이나 배웠다는 사람은 우리 동네를 다녀가지 않고서는 행세를 할 수가 없었다우."

"그건 왜 그랬죠?"

"그야 강당이 있었으니까 그랬지. 흥선대원군 시절에 서원을 모조리 철폐했잖수. 그때. 서원에 드나들었던 선비들이 우리 마을에다 강당을 지어 놓고설랑 학문을 논했었다 이 말이외다. 저 위에 강당이 있었는데. 그나마 왜놈들이 불 질러 버리는 바람에 지금은 그 터만 남았다우."

홍 노인은 '저 위에'라고 말하는 대목에서 대나무 등걸이로 메주덩이들이 엉기덩기 매달린 시렁 쪽을 가리켰다. 아마 그 방향으로 더 올라가면 옛 강당터가 있는 모양이었다. 형준은 그제야 이 마을이 형성된 내력과 강당골로 불리는 까닭을 알아차릴 수 있었다. 형준이 말했다.

"그래서 이 마을을 강당골이라고 하는군요."

"바로 그렇수. 그러나저러나 이러고 있을 때가 아니지. 잠깐만 기다리슈."

홍 노인은 끄응, 하고 일어나 문을 열었다. 안반 같은 그의 엉덩이에 지푸라기 몇 오라기가 대롱거리고 있었다. 그때 나머지 두 영감은 하던 일을 뒷전으로 밀어 놓으며 형준에게로 돌아앉았다. 그런데 그들 두 영감은 홍 노인보다 훨씬 연하로 보였다. 스웨터 영감이 형준에게 물었다.

"서울서 왔다구 그랬수?"

"네. 그렇습니다."

"서울 어디?"

"영등포에 살고 있습니다."

"아. 그렇군. 우리 큰아들도 영등포구 문래동에 살고 있지. 좌우간 이 먼 데까지 오느라고 수고 많았수."

그때 홍 노인이 안채에 대고 냅다 소리를 질렀다.

"여봐요. 아, 뭐하고 있어."

홍 노인의 목소리는 울안에 쩌렁쩌렁 울렸다. 백발노인의 음성치고는 놀라울 정도로 힘이 넘쳤는데, 어쩌면 그 연세에 젊은이 못지않게 건강하다는 증거인지도 몰랐다. 스웨터 영감이 홍 노인에게 지청구 하듯이 말했다.

"하. 형님도……. 화통을 삶아 자셨나 웬 목소리가 그렇게 커요. 하마터면 귀청 떨어질 뻔했네."

그 영감은 귀를 어루만지면서 능청을 떨었다. 그와 거의 동시에 안채 안방 문이 열렸고, 곱살하게 늙은 마나님이 툇마루로 나와 이쪽을 건너다보고 있었다. 홍 노인이 마나님에게 말했다.

"여기 술상 좀 봐 와요."

"대낮부터 웬 술상이래요?"

"웬 술상이라니…… 대낮이든 꼭두새벽이든 손님이 왔으면 대접할 줄을 알아야지. 술은 여기 넉넉히 있으니까 상만 봐 오면 돼요."

그러자 마나님은 군말 없이 부엌으로 들어갔고. 잠시 후 사랑방으로 조출하면서도 정갈한 술상을 내왔다. 술상 위에는 김치와 도토리묵 이외에도 보시기와 젓가락이 가지런히 놓여 있었다. 형준은 마나님에게 가벼운 목례를 보냈는데. 마나님은 아무런 표정도 없이 술상만 들여놓고는 곧 마당을 가로질러 안채 툇마루로 올라갔다. 홍 노인이 말했다.

"자. 안주는 이렇거니 우리 한 잔씩 들까."

"제가 먼저 한 잔씩 따라 올리죠."

형준은 술병을 짤짤 흔들어 홍 노인 앞의 보시기에 막걸리를 따랐다. 그러고 나서 그는 다른 두 영감에게도 잔을 권했다. 그러자 스웨터 영감이 형준에게 말했다.

"그 술병 이리 주슈. 젊은이한테는 내가 한 잔 따르지. 하기야 내가 산 술도 아니지만 말이야."

"제가 따라 마시겠습니다."

"아니지. 술이란 그런 게 아니야. 서로 따라주는 재미가 있어야 하는 법이거든."

형준은 못 이기는 척하고 그 영감에게 술병을 건네주었고. 영감은 형준이가 두 손으로 받쳐 든 보시기에 술을 가득 부었다. 툽툽한 막걸리가 보시기에 잘람잘람 넘칠 듯하였다. 홍 노인이 말했다.

"그러잖아도 출출하던 판이었는데. 젊은이 덕분에 생각잖은 술을 마시게 됐소 그려. 이거 고맙게 마시겠수. 자. 그럼 우리 모두 술잔을 들더라구."

홍 노인과 두 영감은 보시기를 들어 목마른 말이 물마시듯 막걸리를 벌컥벌컥 들이켰다. 형준은 옆으로 몸을 약간 돌리고는 조심스럽게 잔을 기울렸는데 한참 동안 산길을 걸어와서 그런지 아니면 오랜만에 마시는 막걸리여서 그런지 아무튼 술맛이 달착지근하게 느껴졌다. 젓가락으로 김치를 집으면서 홍 노인이 형준에게 물었다.

"우리 강당골엔 초행이우?"

"그렇습니다."

"어쨌든 반갑수. 우리 동네에는 고작해야 등산객이나 들락거리거든. 등산 왔다가 길 잃은 사람들이 가끔 동네로 들어서곤 하지. 보아하니 등산객은 아닌 것 같고. 날 찾아온 걸로 미루어 본다면 필시 무슨 곡절이 있는 것 같소 그려."

홍 노인이 말했고, 형준은 어디서부터 화두를 풀어 나갈 것인가 신중하게 궁리하였다. 그리하여 그는 자신이 찾아온 목적을 먼저 드러내기보다는 홍 노인과 두 영감들의 증언에 더 신경을 기울이기로 작정하였다. 자칫 일을 서둘렀다가는 목적도 달성하지 못한 채 부끄러운 집안 내력만 들통 내는 꼴이 될지도 모른다는 조심성 때문이었다. 그가 말했다.

"사실은 어른께 꼭 여쭤 볼 말씀이 있어서 찾아뵙게 되었습니다."

"뭔데?"

"검단리 3백 20번지가 어디쯤 됩니까?"

"바로 이 뒷집이야. 내 친구 일상이가 살던 집이지."

"아. 그렇군요. 그럼 작고한 정일상 씨도 잘 아십니까?"

"허허. 이런 답답한 사람이 있나……. 서울 사람이야 이웃 간에도 얼굴조차 모른다지만, 이런 산골에서는 동네 사람이 모두 한 식구나 다름없이 지낸다우. 아. 이웃사촌이라는 말도 있잖수? 더군다나 죽은 일상이하고 나는 아주 가깝게 지냈었지."

형준은 제대로 찾아왔다고 단정했다. 아까부터 뭔가 일이 잘 풀릴 것 같은 예감이 들었었는데, 이제 비로소 모든 수수께끼가 본격적으로 술술 풀

리려 하고 있었다. 더욱이 홍 노인이야말로 모든 의문의 열쇠를 쥐고 있
는. 그리하여 해묵은 수수께끼들을 속 시원히 풀어 줄 인물이라는 확신을
안겨 주었다. 형준이가 물었다.

"혹시 그 분 집에 박분녀라는 여인이 있었습니까?"

그 질문을 던져 놓고, 형준은 한껏 촉각을 곤두세웠다. 과연 홍 노인의
입에서 무슨 말이 어떻게 튀어나올 것인가를 생각하자 사뭇 뒷골이 뻑뻑
해질 정도로 긴장되는 것이었다. 홍 노인이 말했다.

"있었지. 송산댁이라고 아주 기구한 여자였어. 한데 젊은이는 어찌하여
자꾸 죽은 사람만 찾으시우?"

형준은 자기도 모르게 몸을 움찔하였다. 홍 노인의 입에서 '송산댁'이라
는 택호(宅號)가 자연스럽게 나오는 것도 놀라웠지만 그녀가 이미 이 세상
사람이 아니라는 것까지 알게 된 때문이었다.

저 아래 담뱃가게 주인한테 귀동냥을 할 때만 해도 형준은 혹여 모친이
살아 있지 않을까 하는 일말의 기대를 저버리지 않고 있었다. 그런데 홍
노인은 모친의 사망을 재차 확인해 준 셈이었다. 그때쯤 해서는 나머지 두
영감들도 한층 숙연해지고 있었다. 형준이 바보스럽게 물었다.

"왜 송산댁이라고 했지요?"

"그야 송산에서 왔으니까."

우문현답이라고나 할까. 홍 노인의 대답은 의외로 간단했다. 밖에서는
까치가 청아하게 우짖었고, 홍 노인과 두 영감의 얼굴에는 불콰하게 술기
운이 오르고 있었다. 그 중에서도 스웨터 영감의 안면은 잘 익어 가는 홍
도처럼 가장 불그레하였다. 형준이 물었다.

"그러면 그 분 친정이 송산이었나요?"

"그렇지도 않수. 본래 친정은 송산이 아니고 계룡산 근처 어디라고 들었
는데 확실히는 기억나질 않수. 어쨌거나 그 여자는 어느 김가들 문중으로

출가했다가 그 집안에서 아무런 까닭도 없이 소박을 맞았다는 거야. 그 뒤로 우리 강당골로 들어왔는데, 한동안은 우리 집 이 방에서 기거했었지."

참으로 놀라웠다. '소박'이라는 말도 놀라웠지만, '바로 이 방'이라는 사실이 형준을 더욱 경악케 하였다. 형준은 등골이 찐득찐득해짐을 느끼고 있었는데, 그의 이마에는 벌써부터 송진 같은 진땀이 배어 나와 콧잔등으로 줄줄 흘러내렸다. 형준이 물었다.

"아니, 바로 이 방에서 살았단 말입니까?"

"그럼. 오갈 데가 없다길래 방을 비워 줬었지. 한데 그 무렵 일상이는 젊은 나이에 상처를 하고 마침 혼잣몸으로 지내고 있었수. 그래 일상이가 의지가지없는 그 여자를 새 식구로 맞아들인 거야. 말하자면 재혼을 하게 된 셈이었지. 한데 송산댁은 그때 이미 홀몸이 아니었수. 일상이가 새 살림을 차리고 얼마 안 있어 아들을 낳더군."

"그랬어요. 그 집 식구들이 그 아이를 돼지라고 불렀었지요."

홍 노인의 말이 미처 다 끝나기도 전에 스웨터 영감이 잽싸게 끼어들어 한 몫 거들었다. 그의 입에서 '돼지'라는 호칭이 튀어 나왔을 때, 형준은 하마터면 으악 하고 비명을 지르며 기절할 뻔하였다. 그 호칭은 '송산댁'이라는 택호가 나왔을 때와는 비교할 수 없을 만큼 호되게 형준의 뒤통수를 후려치는 것이었으므로 어느 사이엔가 그의 몸뚱이에는 닭살 같은 소름이 좌악 올라붙고 있었다. 홍 노인이 고개를 끄덕였다.

"맞았어. 비록 아비도 모르는 자식일지언정 돼지처럼 별 탈 없이 잘 자라 달라는 뜻에서 그렇게 불렀었지. 아마 걔가 어딘가에 살아 있으면 지금쯤 한 마흔 살 넘었을 걸."

"그렇게 됐어요. 서울 사는 우리 큰애보다 이태 먼저 태어났으니까요."

스웨터 영감이 말했다. 조끼 영감이 시종 침묵을 지키고 있는 반면, 스웨터 영감은 채신머리없게 불쑥불쑥 끼어들기를 좋아했다. 이제 형준의 얼굴에서는 구슬땀이 뚝뚝 떨어져 내리고 있었다. 조끼 영감이 처음으로 입을 열었다.

"아마 송산댁 같은 여인도 없을 것이구면. 그렇게 한 많은 인생이 어디 또 있을까."

"그러게 말이야. 평생 친정에 가는 법도 없었잖아."

이번에도 스웨터 영감이 조끼 영감의 말을 싹둑 잘라먹었다. 형준은 조끼 영감의 말에 귀를 기울이고 있었으나. 스웨터 영감이 중뿔나게 끼어들어 초를 치는 바람에 여간 김새는 것이 아니었다. 그는 남들이 심각한 이야기를 나누거나 말거나 입이 근지러워 도저히 견딜 수 없는 모양이었다. 형준이 조끼 영감에게 물었다.

"무엇 때문에 친정에도 가지 않았단 말입니까."

"출가하자마자 시댁에서 소박맞은 몸인지라 친정 식구들을 볼 낯이 없다는 것이었지."

막걸리는 어느 사이엔가 세 병째 비워지고 있었다. 때마침 어디선가 닭 우는 소리가 들려왔고, 안채로부터 때앵, 때앵, 괘종시계 치는 소리가 건너왔다. 홍 노인이 필터 끝까지 타들어 가는 담배꽁초를 재떨이에 비벼 끄면서 목청을 높였다.

"그렇게 착한 사람을 소박 놓다니 송산 김가 놈들이야말로 천하의 불상 놈들이지 뭔가. 아, 자고로 짐승도 새끼를 배면 함부로 대하는 법이 아니거든 하물며 아이 가진 새댁을 매몰차게 내쫓다니 김가 놈들은 숫제 인간들도 아니야. 천벌을 받아 마땅한 놈들 같으니라구."

"그렇고말고요. 그러니까 김가 놈들은 폭삭 망하고 말았지요. 풍문으로 들으니까 김선태란 놈이 데리고 살던 소실은 아이도 낳지 못하는 돌계집이었다고 하데요."

조끼 영감은 김씨 일족을 싸잡아 매도했는데, 그 핏줄을 타고난 형준

82

은 낯이 뜨거워 차마 고개를 똑바로 들 수가 없었다. 만약 돌아가신 아버지가 되살아난다 해도 이 마당에 뭐라 변명할 것인가. 형준이 홍 노인에게 물었다.

"그 후 돼지라는 아이는 어떻게 됐습니까?"

"젖 떨어지자마자 즈이 아비한테로 보냈지. 일상이 내외는 돼지란 녀석이 젖 떨어질 때까지 잘 키워서 즈이 아비인 김선태한테 보낸 거야. 그 뒤로 돼지란 녀석은 살았는지 죽었는지 소식조차 없었다우. 하기야 너무 어린 나이에 떠났으니 걔가 무얼 알았겠수?"

홍 노인은 마지막 잔을 쭈욱 들이켰다. 그때 형준은 사지가 녹아나는 듯한 아픔에 사로잡히고 있었다. 아. 그랬었구나. 형준은 이제 비로소 모든 내력을 알아차렸다. 자신이 사생아로 기록된 까닭이며, 호적에 아버지 김선태와 어머니 최을순 사이의 양자로 등재된 사연까지도……

그러니까 모친 박분녀는 혼인신고도 하기 전에 아버지의 아기를 가진 몸으로 시댁의 누군가에게 소박 당해 쫓겨난 듯했다. 그러나 아버지가 앞장서서 모친을 내쫓은 것 같지는 않았다. 아버지는 인륜을 저버릴 만큼 그렇게 살벌하고 무지막지한 인물이 아니었던 것이다.

아버지는 살아생전 남에게 폐 한 번 끼친 적이 없었고, 도리어 남자답지 않게 마음이 너무 나약해서 탈이라는 평판을 받곤 하였다. 그런 아버지가 아기 가진 새댁을 내쫓았을 리 만무했다. 그렇다면 아버지와 어머니의 이별이야말로 피할 수 없는 운명이었는지도 몰랐다. 아무튼 형준이가 김선태와 박분녀 사이에서 출생했다는 사실은 이제 더 이상 의심할 나위가 없었다.

사실 감나무집 침쟁이 아저씨가 최을순을 양모가 아닌 서모라 지칭한 것도 결코 우연이 아니었다. 아버지는 양부가 아니었고, 따라서 아버지와 부부 관계였던 최을순도 양모일 수가 없었다. 아버지의 본실은 어디까지

나 형준을 낳은 박분녀였고, 최을순이야말로 아버지의 소실에 지나지 않았으므로 그렇게 부른 것이었다. 조끼 영감이 홍 노인에게 말했다.

"어쨌거나 송산댁만 가련했지요. 그 떡두꺼비 같은 아들을 낳아 보내고 얼마나 가슴이 아팠겠어요? 아, 오죽하면 송산댁이 머리까지 돌았겠어요?"

"그러게 말이야. 송산댁은 너무 불쌍했어. 아, 참……."

홍 노인은 목이 메어 말을 잇지 못했다. 적지 않은 막걸리를 마셨는데도 얼굴이 보기 좋게 붉어진 것을 제외한다면 그는 전혀 술 마신 티도 내지 않았다. 형준이 조끼 영감에게 물었다.

"머리가 돌다니. 그건 또 무슨 말씀입니까."

"실성했던 거야. 돼지란 녀석이 한 번쯤 찾아올 줄 알고 눈이 빠지게 기다리고 있었지. 한데 어렸을 때 떠나보낸 그 녀석은 끝내 나타나질 않았어. 송산댁은 요 때나 조 때나 그 녀석이 찾아오길 기다리다가 종당에는 미쳐버린 거야. 그 후 송산댁은 시름시름 앓다가 세상을 떠났지. 한데 마지막 숨을 거두는 순간까지도 눈을 못 감았다는 거야."

아, 이럴 수가……. 형준은 북받쳐 오르는 통곡을 참느라 무진 애를 써야 했다. 송산댁, 아니 박분녀라는 이름으로 실재했던 모친의 생애는 비극 그 자체였으므로 더 이상 물어보고 싶지도 않았다. 오직 모친 살아생전에 서둘러 찾아오지 못한 것이 애통할 따름이었다.

형준은 곧 홍 노인과 두 영감에게 작별 인사를 고한 뒤 허둥지둥 사랑방에서 나왔다. 그가 문간을 나서서 느티나무 쪽으로 방향을 잡고 있을 때, 마침 사랑방 들창문을 통해 스웨터 영감의 음성이 새어 나왔다.

"저 젊은이가 필경 돼지인 것 같아요."

"실은 나도 그렇게 생각했어."

홍 노인의 목소리가 이어졌다. 형준은 손수건을 꺼내 하염없이 흘러내

리는 눈물을 닦아냈고, 홍 노인 집 사랑채 모퉁이를 돌아 어머니가 살았다
는 검단리 3백 20번지 정일상 씨 집으로 눈길을 던졌다.

그 집은 바로 형준이가 태어난 집이기도 했다. 그런데 그 집은 겨우 형
해(形骸)만 남아 있을 뿐 이제 완전히 폐가가 되어 굴뚝모퉁이나 뒤란 어디
에선가 금방이라도 귀신이 튀어나올 것만 같았다. 마당은 말할 것도 없고
심지어 폭삭 허물어져 내린 지붕 위에도 한 길 이상 우거졌다가 메말라버
린 잡초가 누렇게 뒤덮여 있었다.

형준은 문득 하늘을 올려다보았다. 마침 하늘에는 솜뭉치 같은 순백의
구름 한 무더기가 두둥실 떠서 어디론가 유유히 흘러가고 있었다. 그것은
어쩌면 어머니의 혼백인지도 몰랐다. 아, 어머니의 원혼(冤魂)은 오늘도 어
느 구천(九泉)을 헤매고 있는가.

그는 해묵은 느티나무 밑을 지나 비탈길로 들어서서 휘청휘청 강당골을
벗어났다. 닭똥 같은 뜨거운 눈물이 앞을 가려 세상이 온통 희뿌옇게 보였
는데, 산기슭의 왕소나무 가지들도 아까처럼 쉬익쉬익 요란한 소리를 내
며 일제히 울부짖고 있었다.

『PEN문학』 1995년 봄호

체 게바라의 뜨거운 자유가 잠을 뒤집을 때

파블로 네루다가 읊는 시집 앞에 무릎이 꺾일 때

캄캄한 빛으로 뜨는 그의 붓 날

버지니아 울프가 자기 방에 켠 오기의 촛불일까

노창수

시인 노창수(魯昌洙)

기본 경력

1948년 12월 12일	전남 함평군 학교면 마산리 195번지(청수원) 출생
1965년 10월	서라벌예술대학 주최 전국고교생 문예현상 소설 장려상(「감나무」, 김동리 선)
1966년 10월	제11회 학원문학상 산문부 입선(「시련」, 이범선 선)
1966년 9월~1968년 2월	고등학교 졸업 때까지 동국대, 경희대, 홍익대, 동아대, 전남대, 충남대, 청주대 등 대학과 각 관공서, 문인협회 등에서 실시한 문예 현상과 백일장대회 입상 실적으로 문예 장학생에 선정, 최초 학비 지원을 받음
1968년 1월	학다리고등학교 졸업, 서라벌예술대학 문예창작과 합격, 아버지 간경화 과중한 병원비로 중퇴
1969년 3월	목포교육대학에 입학, '초우문학' 동인활동, 김희수, 허경회, 김사현, 송기숙 교수로부터 국어과 지도 및 창작수업
1971년 3월	초등학교 교사 근무, 이때부터 교육청 장학자료 편집 「교육과정」, 「수업 실제」, 「적용사례」 등 부분별 집필
1985년 4월~1993년 2월	중학교 및 특수학교교사, 「독서교육의 실제」, 「작문지도의 실제」, 「국어학습의 길잡이」, 「특수교육의 이해와 전망」, 「언어훈련의 실제」 등 10여 종 장학자료 집필
1993년 6월	교육전문직 국어과 합격, 광주교육연수원 교육연구사, 「분임토의의 이론과 실제」, 「논술교육」, 「문학교육 방법」, 「토론지도 실제」 등 장학자료 집필
1993년 6월~2013년 12월	광주교육연수원과 교육청에서 '국어교육', '우리말 바로 쓰기', '논술독서', '문학교육', '시 교육', '국어과 수업', '토론지도 실제', '서술 및 수행평가', '논술평가' '장학행정', '학교행정', '교육행정', '연구논문 작성법', '전문직의 자세' 등 강의

주요 공직

1971년 3월~1998년 2월	초중고, 특수학교, 교육연수원 근무
1998년 3월~2004년 2월	광주시교육청 장학사, 장학관
2004년 3월~2008년 2월	광주여자고등학교 교장, 운남고등학교 교장
2009년 3월~2011년 2월	광주시교육청 교육국장, 정년퇴임

겸임교수, 위원 단체장

1994년 12월~1995년 12월	전남매일신문 논설위원
1997년 11월~1999년 11월	조선대 인문과학연구소 객원연구원
1999년 9월~2002년 2월	조선대, 전남대 겸임교수
2000년 2월~2004년 1월	시류문학회 회장
2006년 1월~2008년 12월	광주전남시조시인협회 회장
2007년 1월~2009년 12월	광주일보 신춘문학회 회장
2008년 1월~2010년 12월	죽난시사회 회장
2011년 1월~2013년 1월	광주광역시문인협회 회장
2011년 1월~2013년 12월	한국시조시인협회 부이사장
2011년 3월~2017년	현재 광주예술영재교육원 심의위원장

학위

1989년 8월	조선대학교 대학원 졸업(문학석사, 논문 「한국 현대시의 화자유형 연구」)
1994년 2월	조선대학교 대학원 국어국문학과 박사과정 수료(문학박사, 논문 「한국 현대시의 화자 연구」)

등단 및 주요 발표 자료

1969년 7월	중앙일보 시조 「별 아래」 발표 후 시조창작에 관심
1970년 10월	강성상, 서상범 등과 함께 3인 시화전 개최
1973년 6월	「현대시학」에 시 「암살자의 편지」 발표(이형기 선)
1976년 12월~1979년 10월	「교육자료」, 「문원」에 시 「다리 위에서」, 「누이」, 「겨울 방 안에서」 등 3회 천료(이원수, 황금찬 선)
1979년 1월	광주일보 신춘문예 시 「일출」 당선(이동주 선)
1989년 10월	한국방송통신대학보사 주최 제7회 논문현상공모 당선(「현대시에 대한 수용적 이해 지도」)
1990년 7월	「표현」 제5회 신인작품상, 평론 「문학사조와 시적 화자의 관계고찰」(천이두·이상비 선)
1991년 3월	「시조문학」 봄호 시조 「빨래」 등 3회 천료(이태극 선)
1992년 5월	「한글문학」 제15집 신인상 평론 「시적 화자의 작품 구조」(문덕수 선)
1992년 7월	「국어교육」 77·78호에 평론 「사랑의 굴레 - 운영전론」 발표
1992년 12월	「국어교육」 79·80호에 평론 「묵인(黙人), 그 극복의 시 의식」 발표
2000년 3월	「시인정신」 봄호 「신작 초대석에 「달력 뒷장」외 4편 발표
2000년 12월	「국어교육」에 논문 「시조의 기원, 형성, 소재, 주제에 대하여」 발표
2002년 9월	「문학과문화」 가을호에 「신작특집 시 「많은 생각이 튄다」 외 2편 발표
2003년 9월~2003년 12월	「문학과비평」 가을호·겨울호에 「사물시조 접근을 통한 생활시조 쓰기」 연재
2004년 10월	「시조 연수 교재」 집필 「현대시조 쓰기, 어떻게 할 것인가」
2004년 12월~2005년 2월	「현대시문학」 「현대시 창작론」 인터넷 강의

2005년 12월	『시와수필』제3호 '기획특집, 이 계절에 만나고 싶은 사람들' 난에 필자의 다양한 시 세계와 인생관 소개
2006년 9월	『현대시학』에 '현대시조 100년 특집, 「좋은 현대시조에 대한 생각 넓히기」 발표
2012년 10월	『월간 모던포엠』에 '특집 초대석 시 「바람 람보」, 외 9편과 평론 등 게재
2014년 12월	『대한문학』겨울호 '작가탐방, 예향 광주정신을 이어가는 작가 노창수 선생을 찾아서'에 작품 창작 배경 및 문학적 삶의 전면을 소개
2015년 6월	『시와사람』여름호 '신작 초대석'에 「겨울 우저서원에서」 외 4편 발표(해설: 박성현 교수)
2016년 3월	『해동문학』봄호 '이 계절에 만난 시'에 「클린과 클릭 사이에 끼인 남자」 외 4편 게재
2016년 6월	『문학춘추』여름호 특집탐방에 '상래문학방을 찾아서' 대담자료와 시 「새소리에 거는 목걸이」 게재
2017년 7월	『월간문학』'창작 산실'에 사진 자료 및 시 「데칼코마니 연습」, 「봄비 듣는 음악」, 「초인종」과 평설(글 이재훈) 등이 소개됨

저서

[시 및 시조집]

1990년 11월	첫 시집 『겨울 기억제』(발문 송수권, 예원)
2003년 10월	제2시집 『선 따라 줄긋기』(발문: 우재학, 고려문화사)
2003년 4월	제3시집 『배설의 하이테크 보리개떡』(발문 백수인, 미래문화사)
2003년 4월	제1시조집 『슬픈 시를 읽는 밤』(작품평설, 이기반 외 8인, 미래문화사)
2008년 10월	제4시집 『원효사 가는 길』(광주예술위 지원, 발문 허형만, 시선사)
2014년 1월	제2시조집 『조반권법(朝飯拳法)』(발문 이지엽, 고요아침)
2015년 9월	제5시집 『붉은 서재에서』(발문: 이재훈, 현대시), 세종나눔도서 선정
2017년 10월	100인선 시조집 『탄피와 탱자』(고요아침)

[논저 및 평론집]

2007년 11월	논저 『한국 현대시의 화자 연구』(푸른사상사)
2008년 1월	문학평론집 『반란과 규칙의 시 읽기』(우수평론집, 푸른사상사)
2011년 2월	평론집 『사물을 보는 시조의 눈』(우수학술도서, 고요아침)

수상

1981년 11월	제25회 전국교육연구대회 최우수상 수상(주제 「국어과 운문교재 주제 파악력 기르기」)
1982년 6월	전국국어교사 논문 발표대회 최우수상 수상(「시 교재 수업에 대한 고찰」)
1990년 8월	제1회 가족예찬공모전 시 부문 밝은마음상 수상(신세계백화점 주최, 시 「가족사진과 어머니」)
1994년 12월	제5회 한글문학상 수상(평론부문 『「운영전」에 나타난 굴레와 사랑의 이미지』)
1997년 10월	치악문화예술제 전국시조백일장 차하상(시조 「가을걷이」)
1998년 10월	제1회 한국시비평문학상 수상(평론부문, 「사물시조 쓰기」)
2003년 5월	녹조근정훈장 수상(국어교육, 특수교육)
2003년 12월	광주전남아동문학인상 수상(아동문학평론 부문)
2003년 12월	광주문학상 수상(시조집 『슬픈 시를 읽는 밤』)
2003년 10월	우리말 쓰기 운동 한글학회 표창장 수상
2005년 12월	무등시조문학상 수상(시조 「팔손이나무를 심다」 외)
2004년 12월	현대시문학상 수상(시 「원효사 가는 길」)
2008년 12월	한국아동문학 작가상 수상(평론부문 「동시의 화자와 그 기능」)
2014년 12월	한국문협 작가상 수상(시조집 『조반권법』)
2015년 12월	제15회 박용철문학상 수상(광주시 제정)

깻싹 솎기

나른한 햇빛이 오후의 얼굴로
흙 둔덕에 파르라니 묻어 온다
물통과 작은 호미 바구니를 준비하고
규칙적인 비닐 구멍을 확대경 삼아
어느 놈이 작은가
판별의 눈 가늘게 뜨고
잠든 아이 소꿉방 안처럼 조심 들여다본다
골바람 출렁이는 검정 덮개 위
호미 작은 잇날로
앙징스런 깻싹을 솎아낸다
앳소녀의 목 언저리 비칠까 말까한
파란 힘줄처럼 가는 연둣빛
흙덩이 무겁게 살짝 젖혀 더욱 귀엽다
돋버러지에 꺾이울 싹은 예비로 남기고
다투어 양분 빨아가는 놈 가운데
가장 여린 녀석을 솎는다
개미 줄줄 기어가는 이랑 엉덩이를 붙이고
흰 깨알머리 병아리처럼 물고 일어난
갓 깬 미증유의 싹
아직 트지 않은 비닐구멍 사이로
무딘 손 가늠질로 합격자를 골라낸다
나긋나긋 고개 흔들며 헤엄치듯

촌촌히 비집고 올라온 싹은
벌써 참기름 요핵을 머금었나 보다
수틀에 점박 같은 초록잎이
선 기운 받아 중바늘에 꿰어 나온 듯
옥양목 흙에 매끄럽다
하지만 참 안타까운 일이다
약한 놈은 예서도 제거되는가
적자생존의 법칙에 따라
어린놈 골라 솎아 공범자가 되는 날
세상에 첫 출옥처럼 햇빛마저 따갑다

큰 놈

어야 동상!
내 말 좀 들어보란 말이시
뭔데 그래라우?

엊저녁
도적년이 우리 큰놈을
꼬셔갔당께

어째. 밤중에 쑥국새가
지랄맞게 울더라 했더니
그랬었구먼이라우

큰놈이 없으면 난
뭘 믿고 살아!

앗따 성님도
돌아온 함평 장날
더 큰놈 하나 사오면 되지
뭘 그라요 원 별쩍스럽게
난 얼매 전
군관산 봉수리 바윗돌 겉은
서방도 잃었구먼

잠 도둑

세상도 없다
그대가 담아가면
인사도 모른다
그대가 곁에 있으면

고 귀여운 이
꽉 깨물고 싶은 거

복면한 햇살이
귓불 느릿한 침을 섞고
해 벌려진 도원경으로
잠입중이다

벼리는 봄 날[刃]

가령 천경자의
타히티 원색 여자가 치켜드는 치맛자락 끝이랄지
보라색 뱀의 혀끝에 감기든 야자수의 우듬지랄지
그 화살 손가락이 캔버스를 튕겨내고 있을 때
또는 이중섭이 터치한 흰 소의 뒷발질 붓놀림에서
어쩜 궁리에 빠진 봄을 보기도 한다. 아니다

에밀리 브론테가 그린 히스클리프의 매력과
악마의 근육질에 저장된 드러시크로스 저택
정염을 태웠던 캐서린의 질투 같은 것. 아니다
히스 숲 속에 차오르는 비발디의 불이 일렁여
순간마저 미혹된 경련으로 몸을 무느는.
아니 것도 아니다

체 게바라의 뜨거운 자유가 잠을 뒤집을 때
파블로 네루다가 읊는 시집 앞에 무릎이 꺾일 때
캄캄한 빛으로 뜨는 그의 붓 날
버지니아 울프가 자기 방에 켠 오기의 촛불일까

예컨대 5·18 때
YWCA 건물 벽에다 무늬 삼아 만든 총구의 벌집과
임을 위한 노래 한 소절을 걸다가 스러진

94

헤진 통기타의 난장 된 핑거보드 앞에
고드름처럼 웅크려 할퀸 날을 쥐어본다

날[끼]은 칼리프 두성의 끝 오르가슴처럼
섬뜩 끊기었다가 잠 못 이루는 공주를 안고
핏빛에 주리던 수수께끼를 풀어 바야흐로
그의 구레나룻을 평화로이 저밀지도 몰라

쓱쓱 묻어 녹슬던 오월을 뽑아 다듬는지
잠적한 알뿌리들 숨소리 몰리는 암흑에
츱츱 흡혈귀처럼 색채를 빨아내며
날은 묵묵 선 채로 목하 수혈 중이다

투명인간

뜰의 목련이 지고 잎이 필 무렵
담장 건너편에 보란 듯
큰 메타세콰이어가 흔들거린다
회오리바람이 일듯이
그녀가 날 보고 싶다고 했다

〈어디쯤 오고 있어요?〉
조바심은 어느새 문자를 날린다
이층 사무실까지 치켜뜬 초록들이 시새움처럼
나를 바라본다

미풍에 떠는 눈썹과
미소 몇 모금을 은은히 뿌리고
어김없이 카키색 차를 몰고 올 것이다

마라톤의 도달점처럼 정직한 그녀는
등나무 푸른 물이 돋는 걸 보며
정자 앞 서성이는 나를 태우고
이 혼돈의 도시를 탈출할 것이다

벌써 흰 스카프를 두르고
높은 초록 힐을 신은

언제 보아도 날렵한 그녀
담 밖 아카시 나무 아래였다
찰칵
운전석이 열리긴 했는데
아 그녀가 보이질 않는다

투명인간!

새소리에 거는 목걸이

숲이다
벌레 쪼는 소리 들린다
문 열면 차오르는 새소리들
찌익찌익 거미 잡는 소리
쏘옥 쏙쏙 구멍 파는 소리
쑤우꾹 쑤꾹 산 아래로 아래로
누군가를 보낼 듯 띄워야 하나 보다
새에 색 색 제 어미를 보채듯
휘릭휘릭, 삐리익 삐릭
헤어진 동무 만나 동우리 즐기듯
째 쨱, 가아각 가각
하늘 가린 소리만 있을 뿐
들어서 무슨 새인가 알면 좋겠다
자기 소리로 시 쓴다고 엿보았을까
대나뭇잎에 앉은 놈이 알고 휘익 난다
깍 깍 깍 우듬지 끝 까치도 한참이다
말총새는 상수리나무 가지에
제 자리를 이쁘게 틀고 있다
밤골 길로 무명새 한가하게 뛰는
도시에 벗어난 숲속 길
시차적 화음도 고와
숲에 떨친 목걸이 중 하나를
이제 나도 걸 차례인가 보다

소설에 빠지고, 낮

시골 하늘에 자러가는 걸 깜빡해버린
콩비지 같은 달 하나 걸려 있다
아침에야 빛바랜 너울을 쓴 그다
날씨. 필라델피아 크림치즈 같은 뭉게구름
그건 참으로 그림. 아니 시답다
눈은 바다에서 봐야 제 맛.
이번 주말엔 어디로 갈까요

정말이지 실시간으로 늙는 게 느껴진다
정장이 마려운 30대 후반처럼.
지금 시간엔 아마도 텅 빈 나 홀로 집에
아내는 설거지를 마치고
청소기 돌리고 걸레질에 손빨래를 하겠지

낮잠이 부드럽다 샌드위치와 함께
사랑하는 그녀를 부를까 늦봄의 외박처럼
아니다. 따뜻한 아메리카노
나. 달 보다 먼저 이제 자러 간다
낮. 까불지 마 조용히 해라

도요지에서 너를 생각한다

햇볕 사리 뿌려진 도요지로 가는 길
자잘한 도팍 튀는 비포장도로에
비만아처럼 뚱그적거리는 차를 세운다
무너진 가마터가 좋은지
억새풀이 풀석풀석 웃고 있다

조선의 길목엔 분청사기와 명문이
횡단의 발굴담 만큼 깊숙이 묻어나고
절간 옆에 연기 지펴 밥을 짓는 날
너는 상아빛 알몸인 채
무등산 기우는 늦가을 자락에 가리워
어느 석별의 교단에서처럼
지금 야트막하게 앓고 있다

진산 북쪽의 능선 구비에 눕혀져
골짝 깊은 퇴적구 소망에다
연속 연화양(蓮花樣)
귀얄기법 따라 붓날을 굽히는 아침
앳된 소녀들에게 청자 기하학을 가르치던
마지막 도요지에 너를 생각한다

오늘 분청 매병 한 개를 사들고

너의 발밑 백토를 나도 딛는다
사기장이 유약 바른 손을 비벼대다
기꺼이 받아줄 태토(胎土)를 기다리며
너의 생각이 피처럼 흘린
내 우주를 희게 감는다

머언 15세기 짐작도 못했던
밀교(密敎) 같은 자토의 빗살무늬에 빠져
너의 갈빗살 같은 울음 그치게 하고
너의 핏빛살 같은 웃음을 잦아지게 하고
가로 세로를 그으며
뽀얗고 둥그스름한 네 입술을 읊는다

청자(靑瓷) 매병(梅甁)에 담을 너의 눈물이
비로소 내 젊음에 닿으니 곱구나
너의 무한대 값을 풀면서 내게 던진
타원형의 휘인 들국화 웃음
날아갈 듯 가냘프게 쥔 측정치의 교실에
분필처럼 길어난 너의 촉루
햇볕 사리알 반사로 다시 곱구나

붉은 서재에서

오던 바람이 절뚝, 문 앞에 머문다
초록빛이 감겨주는 버림의 바람을
너절한 시절 떨어진 길바닥을 줍듯
숨어서 짧은 스토리를 주우며 따라 나선다

성글던 사람들의 말소리
사냥개가 제 창자를 뱉듯이 째는 소리
창문이 흔들며 전한 골방, 시의 콘텐츠
어제와 오늘도 책, 그 소리에 빠진다
그러다 아뿔싸 풍덩!
그만 눈 도끼를 잃고 만다

이게 네 눈이냐
산신령이 돋보기를 들고 나온다
아닙니다, 제 것이 아닙니다
그럼 이게 맞냐
다들 비웃는 오목렌즈다
아닙니다, 그것도 아닙니다
그럼 이게 네 것이냐
이번엔 기다리던 맞보기다
예, 그러하옵니다
예끼 놈, 멋있는 이 눈은

내가 끼어야겠다
한 마디 주울 새도 없이
어쩜. 또 풍덩!

지랄. 산신령이 사라지자
회오리의 물은 더 파래고
끝 모음 소리로 떡갈나무조차 울더니
나 몰라. 이런 다래끼가 다 돋았다

어떤 유예

기회가 참 늦게도 왔네 자네 때문에 매번 김 서방은 세월 도둑을 맞았
다네 힘든 라이벌 이전투구 세상인지도 몰라 자네가 출세하면 김 서방
은 늘 뒷전이었다네 인사권자에게 그는 속내를 제쳐 묻지도 않았네 입
버릇처럼 늘 다음에 보자고 동기인 자네가 먼저 양보하라 했지 사실
자네보다 3년이나 선배인데 속상한 김 서방이었다네 하지만 그래야죠
그래야 살죠 주억거림이 유일한 관대였다네 늦은 낮은 게 아니고 높은
것 높은 것 낮추어 죽은 것처럼 보이는 것 우울증에서 헤어 나오려 그
는 쉼 없이 새벽 운동을 했다네 차라리 시험을 보아야 한다고 공개된
혹자는 말했다네 하지만 위안은 늘 위안일 뿐 안위를 위한 위안 개혁의
힘은 되지 못했네 밥그릇 수는 이미 정해겼고 수년 전 김 서방을 제치
고 자네가 갈까 말까 하다가 일 년 만에 승진했는데 이제 정년 무렵에
야 김 서방의 자리라니 무심한 인정과 세상일세 그려 인사권자는 핑계
를 대숲처럼 태풍처럼 일깨우고 하필 그에게만 잔인하게 적용하는 것
인지 결국 그는 글이나 쓸 수밖에 없다며 마음을 돌렸다네 저력을 키우
자고 자위하며 인내한지도 십 년이나 되었다네 개척하고 도전해야 할
그의 글이 도피처가 될 줄은 몰랐다네 지난 중국 여행 때 악양루에 올
라 동정호를 바라보며 세월도 놓칠 뻔 했던 그러나 오늘 새벽 귀퉁이
에 출근 시간을 쪼개며 김 서방은 자네에게 글을 쓴다네 이백도 두보
도 중국번도 그의 울분어린 시상을 꺾지 못했네 동정호 앞에 귀한 은
침차 한 봉지 사들었으니 그는 이제 관직을 비끼려 한다네 순창골 서
재에 묻혀 보내지 못할 편지 세 통만. 또는 두 통만 쓰려한다네 기다리
기라도 하게나 아니 그것도 자네의 세월이 훔쳐간다면 단 한 통만 쓰

려한다네 나머지는 후일 김 서방 아이들이 힘겹게 쓸지
도 몰라 그럼 이만 총총

시인 이혜선(李惠仙)

1950년	6·25 전쟁 중 피난지 경남 김해시 진영면 동산리에서 출생하여 두 이레 만에 부모님 팔에 안겨 경남 함안군 대산면 옥열리 595번지 고향으로 돌아옴. 재령 이씨 이병규, 순흥 안씨 안필성 양친의 3녀 2남 중 셋째딸.
1974년~2005년	『시인의 집』 동인지 1집~22집 참여
1980년	동국대학교 국어국문학과를 졸업하고 동국대 부속여고에 발령받아 교사생활 시작.
1981년	월간 『시문학誌』에 2회 추천으로 등단
1985년	세종대학교 대학원 국어국문학과 졸업(문학석사)
1987년~1995년	대림대학 출강
1987년	시집 『神 한 마리』 출간(도서출판 호롱불)
1989년~1997년	세종대학교 출강
1989년	한국 자유문학상 신인상(우수상) 수상
1989년~2000년	『南北詩』 동인지 1집~6집 참여
1996년	세종대학교 대학원 국어국문학과 졸업(문학박사학위 취득)
1996년~2003년	신구대학 출강
1996년	마케도니아 정부 초청 '스트루가 국제시인회의' 한국 정대표로 참가, 개막식 시낭송
1996년	시집 『나보다 더 나를 잘 아시는 이』 출간(天山), 한국현대시인상 우수상 수상
1999년 2월	필리핀 교민회 초청 마닐라 방문 필리핀 펜클럽과 시낭송회 개최
2000년~2007년	동국대학교 강사, 외래교수
2002년	선사문학상 수상
2002년 8월	중국 교육부 초청으로 북경과 서안 교통대학 시찰
2003년~현재	계간 자유문학 추천위원
2003년 8월	한국문인협회 제14차 '해외 한국문학심포지엄' 참가(타쉬겐트 상트페테르부르그 모스크바 스웨덴 핀란드)
2004년~현재	한국문인협회 이사
2004년 5월	한국 현대 시인 협회 운영위원장
2004년 8월	한국 현대시인협회 여름세미나 주제발표
2005년~2014년	『震檀詩』 동인지 제26~35집 참여
2005년 3월	함안 예총 초대로 '이혜선시인 초청강연'(경남 함안 고향에서)
2005년~현재	국제PEN한국본부 이사
2005년 11월	한국시문학아카데미 금요포럼에서 주제발표
2005년	시집 『바람 한 분 만나시거든』 출간(월간문학 출판부)
2006년~2007년	강동문인회 회장, 대한 檢警日報 논설위원 역임
2007년	송파공업고등학교 교감으로 명예퇴직함. 국무총리 표창. 한국현대시인상 수상.
2007년	『韓中 시인회의'(중국 베이징) 정대표로 참가하여 주제발표(북경, 안휘성, 소주 여행)
2008년~현재	한국 여성문학인회 이사
2008년~2011년	한국현대시인협회 부이사장
2009년 12월	정지용기념사업회 주최 세미나에 참가. 교오또의 도오시샤대학에서 시낭송
2009년~2010년	한국시문학문인회 회장
2010년 1월~현재	(사)미당기념사업회 감사
2010년 8월	미국 LA 펜 초청 '해변문학제' 참가
2011년	동국문학상 수상
2012년	평론집 『문학과 꿈의 변용』 출간, 한국문학비평가협회 문학상(평론부문) 수상
2013년	『이혜선의 명시 산책』 출간(전자책, 이새의 나무)
2013년 12월~ 2014년 9월	세계일보에 '이혜선의 한 주의 시' 매주 연재 집필
2014년	『New Sprouts within You』 출간 (영역시집, 共著. 문학아카데미)
2014년~현재	계간 『문학과 창작』 편집위원
2015년	한국시문학상 수상, 시집 『새소리 택배』 출간(문학아카데미)
2015년~현재	동국문학인회 회장
2016년 12월	시집 『새소리 택배』로 윤동주문학상 수상, 2016세종도서 문학나눔 선정
2017년 6월	시집 『운문호일(雲門好日)』 출간(도서출판 지혜)

이혜선

새소리 택배

　구례 사는 후배가 택배를 보내왔다

　울안의 앵두 매실 머위대도 따지 못했어요 콩은 밭에서 콩깍지가 터졌
고 고구마 두 이랑은 살얼음 낀 뒤에야 캐었답니다 감 몇 개 그대로 까치
밥이 되고 밤은 쥐들 먹이가, 대추와 산수유는 새들 먹이가 되었어요 그래
서 제 집 남새밭에는 언제나 새들 지저귀는 소리 끊이지 않아요

　상자를 여니 서리 맞은 누런 호박 한 개와 대추가 들어 있었다 고구마
여나믄 개와 주황색 감이 남새밭과 감나무를 데리고 들어 있었다 바삐 통
통거리는 그녀 발소리 속에 내년 봄에 핀 산수유꽃망울도 질세라 연노랑
하늘을 서둘러 열고 있었다

　빈 상자 속에서 또롱또롱 새소리가 방울방울 튀어나왔다 뒤이어 지리산
이 큰 걸음으로 걸어나왔다

겨울 화쟁(和諍)

버드나무 늘어선
북한강물 맑은 얼굴에
따스한 겨울 햇살이 내려와

반짝반짝
찰랑찰랑
낯 비비며 귀엣말 속삭이고 있다

우리 사람들 사이도 저렇게
반짝반짝
살랑살랑
서로서로 지친 어깨 쓰다듬어
마주 바라본다면

눈물 글썽인다면.

흘린 술이 반이다

그 인사동 포장마차 술자리의 화두는
'흘린 술이 반이다'

연속극 보며 훌쩍이는 내 눈, 턱 밑에 와서
"우리 애기 또 우네" 일삼아 놀리던 그이
요즘 들어 누가 슬픈 얘기만 해도
그이가 먼저 눈물 그렁그렁
오늘도 퇴근길에 라디오 들으며 한참 울다가 서둘러 왔다는 그이

새끼제비 날아간 저녁밥상, 마주 앉은 희끗한 머리칼
둘이 서로 측은히 건네다 본다

흘린 술이 반이기 때문일까
함께 마셔야 할 술이 반쯤 남았다고
믿고 싶은 눈짓일까. 안 보이는 술병 속에

삶의 고개를 반쯤 넘다가 문득 뒤돌아보면, 술자리에서 흘려버린 술처럼, 평범한 나날의
귀한 보물을 헛되이 흘려보내버렸다는 생각을 할 때가 있다.
그 삶의 길에서 미우나 고우나 곁에 있는 동반자와 함께 남은 삶의 도화지에 아름다운
그림을 그려야 하는 과제가 우리 앞에 있다. 그 과제를 수행할 수 있는 나날이 안 보이
는 술병 속에 얼마나 남아 있는지 알 수 없지만…… 삶이란, 생명이란, 언제나 알 수 없
는 미지수이기에……

불이(不二), 식구

개숫물 함부로 버리지 말아라
뜨거운 물은 식혀서 버리고
건더기 있으면 가라앉혀 버리거라

해종일 밭머리 엎드렸다 돌아오신 아버지
발갛게 익은 밀짚모자 벗어 털며
밥상머리에서 당부하는 첫마디

지렁이 굼벵이 고물고물 땅 속 식구들
그 물 받아먹고 살지러
그 애들도 식군데
건더기 있으면 목이 메이고
뜨거운 물에 약한 몸 데일라

논두렁 햇쑥 돋는 산자락 논배미
모내기 하다 굽은 허리 펴는 아버지

거머리 물린 종아리 문지르며
어 씨원타.
헌혈 한 번 자알 했으니 보나마나 올 농사는 대풍일세

*不二: 나와 너. 자아와 타자. 선과 악. 미와 추가 둘이 아닌 하나라는 경계 넘
어서기. (自他不二. 同體大悲 사상)

간장사리

시어머니 제사 파젯날
베란다 한 구석에 잊은 듯 서 있던 간장 항아리 모셔와
작은 단지에 옮겨 부었다
20년 다리 오그리고 있던 밑바닥을 주걱으로 긁어내리자
연갈색 사리들이 주르륵 쏟아진다

툇마루도 없는 영주땅 우수골 낮은 지붕 아래
허리 구부리고 날마다 이고 나르던
체수 작은 몸피보다 더 큰 꽃숭어리들
알알이 갈색 씨앗 영글어
환한 몸 사리로 누우셨구나

내외간 살다보면 궂은 날도 있것제
묵은 정을 햇볕삼아 말려가며 살아라
담 너머 이웃집 연기도 더러 챙기며
묵을수록 약이 되는 사리 하나 품고 살거라

먼 길 행상 가는 짚신발 행여나 즌데를 디디올세라
명일동 안산에 달하 노피곰 돋아서
어긔야 멀리곰 비추고 있구나*

이승 저승 가시울 넘어 맨발로 달려오신

어머니의 간장사리

*백제 가요 '정읍사'에서 차용

불이(不二), 서로 기대어

고속도로 달리다가
나무에 기대고 있는 산을 보았다
허공에 기대고 있는 나무를 보았다

배를 타고
청산도 가는 길에
물방울에 기대는 물을 보았다
갈매기 날개에 기대는 하늘을 보았다

흙은 씨앗에 기대어 피어나고
엄마 젖가슴은 아기에 기대어 자라난다

하루해가 기우는 시간
들녘 끝 잡초들이 서로 어깨 기대는 것을 보았다

그 어깨 위에 하루살이들 내려앉아
깊은 잠들고 있었다

젖이 돌다

　길동시장 어귀 머리 허연 할아버지 리어카에 밤을 싣고 다니며 판다 '큰 되로 한 되 주세요' 수통에 담아온 압록강 물맛을 침 튀기며 자랑하는 할아버지 한참만에 검은 비닐 봉지 건네주는 손. 비어있는 왼팔 소매를 바람이 후려치고 간다 '식구들 밤밥 해줘야지' 겉껍질 속껍질 벗겨 물에 담 가두었다 이틀 후 어둑새벽 아침밥 안치다가 오싹 소름이 돋았다 하얀 속살만 남은 밤알에서 쏘옥쏘옥 달팽이 더듬 이 같은 싹들 눈을 말갛게 뜨고 날 바라본다 아기 젖줄이 될 저 눈부신 속살들 차마 입에 넣을 수 없다

　애장터 돌무덤 언저리. 난리통에 어미 잃고 젖배 곯은 패 랭이꽃 풀물 든 입술을 내민다
　점박이 조막손이 허공을 휘젓는다

　순식간에 젖이 돌아 앞섶이 다 젖었다

　부스럼투성이 풀꽃들이 다 피었다

불이(不二), 빈젖요양원

장미요양원의 꽃씨할머니
열 명이나 되는 새끼들이 아귀같이 빨아먹었다

새싹 밀어 올리느라 젖 먹던 힘까지 다 써버린 흰 뿌리,
쭈그러진 껍질만 우주의 절벽에 매달려 있다
누군가 손으로 누르기만 해도 바스락
그마저 무너져 내리는, 매미허물이다

시든 장미꽃잎에 비 한 줄금 지나가고
따슨 햇살 비낀 오후 한나절

절벽 가에 나란히 앉아 서로서로
지나온 허공 더듬어 보는 껍질들의 시간
말라버린 빈 젖만이 앞가슴에 쭈글쭈글,
덜렁덜렁 흔들리고 있다
막 돋기 시작하는 아이들 잇바디,
깨물던 그 아픔을 기억할 때만 흐물흐물한 잇몸
드러나도록 웃어보는
빈젖동네, 빈젖요양원

소행성 B-612 어린왕자의 장미원에는
요양병원은 꿈에도 모르는 새 장미꽃만 핀다

노란 샌들 한 짝

리나는 난민촌에 살고 있는 열 살 소녀다
구호센터에서 트럭이 오면
어른들은 서로 좋은 옷을 차지하려고 힘껏 손을 뻗는다

발돋움하는 짧은 팔, 억센 팔들 틈에 끼어
잡히는 대로 일단 당기고 본 리나의 손에
노란 샌들 한 짝

맨발로 살아온 리나의 갈라터진 한 쪽 발에
파란 꽃이 달린 노란 샌들 한 짝
가슴에 피어나는 노란 해바라기 한 송이

폭격 맞아 불타버린 초등학교
헌 가마니 깔고 흙바닥에 엎드려 공부하던,
넓은 운동장에 '언니, 같이 가아'
구호품 분유깡통을 손에 든 리나
노란 샌들 한 짝 신은 리나가 웃으며 손을 내민다

불이(不二), 무지개 답장

서귀포에 사는 어떤 사람은 꽃나무 위에 올라가 산다
꽃나무 위에 집을 짓고 꽃나무 위에서 사랑을 하고
꽃나무 위에서 아기를 기른다

사슴도 물고기도 꽃나무 위에서 날아다닌다
어떤 물고기는 꽃나무 위에서 편지를 배달한다

오늘 아침 나는 눈 뜨자마자
푸른 날개 물고기의 편지를 받고 그곳으로 날아갔다

분홍꽃 노란꽃이 초록 이파리 사이에서 손짓하고 있었다
어떤 꽃은 하늘에까지 고개를 길게 빼어
구름과 해님과 눈 맞추고 있었다

꽃세상 가장자리로 푸른 바다가 넘실거렸다
하늘이 바다에 내려와 가슴 포개고 함께 넘실거렸다

어떤 꽃가지 아래에는 검은색 탱크가 숨어 있었다
회색 장갑차가 숨죽이고 있었다

온몸이 독으로 가득찬 독사도
혓바닥 날름대며 엎드려 있었다

꽃잎과 꽃잎 사이에서
노랑등에 한 마리 고개를 길게 빼고 내다보았다

해님이 따뜻하게 햇살을 보내자
꽃나무도 노랑등에도 사람도 탱크도 독사도
저마다 제 색깔로 무지개 답장을 썼다

시인 정성수(丁成秀)

1945년	11월 3일(음) 서울 안암동 1가 192번지(인촌로 13길 49)에서 부 정영철(丁永喆)과 모 고부전(高富全) 사이 3남 1녀 중 장남으로 태어나, 6·25사변 피란 중 1952년 경기도 화성시 남양초등학교에 입학, 서탄, 금각, 서울 노량진 초등학교를 거쳐 평택시 부용초등학교 졸업.
	부용초등학교 재학 시 반은 그림이고 반은 소설인 장편만화를 창작, 반 학생들에게 돌리는 게 유일한 취미생활.
1958년	경기도 평택중학교 입학. 중2 때 「가을」을 비롯한 시를 쓰기 시작하고 시를 쓰기 전후 중편소설(500~600장) 「복수 뒤의 복수」 등 모두 6편의 소설을 씀.
1960년	중3 때 시 동인지 「탑」(김상욱, 안동진, 정성수) 창간호를 만들고 이후 고3 때까지 4집을 냄. 1961년 1월 평택중학교 졸업 기념으로 첫 시집 「개척지」(등사판. 나중에 활자본으로 정식 출판)를 냄.
1961년 4월	서울 삼선고등학교 입학. 고1 때 시집 「투망」(등사판)을 냄. 고1 때 산문 동인지 「엉겅퀴」(박춘기, 정성수, 홍상표) 창간. 고2 때 당시 학생잡지 「학원」에 단편소설 「편지」, 「식모」, 「제로」(김동리 선) 등을 발표. 고3 때 「학원」에 시 「시신에게 부치는 엽서」, 「치아의 서」(박목월 선) 등을 발표.
1965년	경희대학교 국문학과 입학. 1학년 때 「시문학지 6월호에 시 「나의 깃발처럼」 발표. 2학년 때 대학주보에 소설 「사내 내음새」를 연재하고, 3학년 때 소설 「마지막 술잔」으로 경희문화상 수상.
1968년	육군 입대, 1971년 만기제대 후 복학.
1972년	경희대학교 국문학과 졸업.
	월간지 「학원」 기자를 시작으로 중·고교 국어교사, 출판사 주간, 서울올림픽대회 조직위원회 대변인실 전문위원, 여성지 편집국장, 대전엑스포 조직위원회 홍보국 전문위원, 녹색신문 편집위원, 한국녹색시인회 회장 등을 지냄.
1975년	강현순과 결혼. 장녀 하영 탄생.
1976년	부 정영철 별세.
1978년	장남 병화 탄생.
1979년	「월간문학」 신인상에 시 「하늘이 걸어내려와」가 당선.
	시집 「술집 이카로스」 상재.
1981년 12월	채수영 시인 등과 함께 미래시(「월간문학」 신인상 당선 시인, 시조시인 모임) 동인 결성, 1982년 봄 「미래시」 창간호 발행.
1983년	경희대학교 대학원 국문학과 입학. 1985년 동 대학원 수료.
1984년	시집 「우리들의 기억력」 상재.
1986년	시집 「살아남기 위하여」 상재.
	동 시집으로 동포문학상 우수상(1987, 한국문인협회) 수상.
	제1회 우이시낭송회(우이시회)에 참석, 그 이후 약 20여 년 간 우이시(우리시) 동인 활동.
1988년	시집 「가족여행」 상재.
	「소설문학」, 「현대문학」, 「문학사상」 등에 시 월평, 문학평론 등을 쓰면서 평론활동 시작.
1991년	모 고부전 별세.
	시선집 「별날리기」 상재.
1994년	제11회 경희문학상(경희문인회) 수상.
	「예술세계」에 단편소설 「레스토랑」 발표. 이후 「소리의 뿌리」, 「아내의 재롱」, 「결혼하는 법」 등을 발표. 2000년에 쓴 미발표 전작 장편소설 「첫사랑 사냥꾼」.
2002년	시집 「사랑이여, 오늘도 나는 잠들지 못한다」 상재.
2003년	서울에서 경기도 양평의 오지 양동 일당산 곰지기계곡으로 이사하기 전후 약 10여 년 간 일종의 은둔생활.
2007년	한국문인협회 편집위원, 문단윤리위원.
2008년	시집 「사람의 향내」 상재.
	동 시집으로 제1회 한국문학백년상(2008 한국문인협회) 수상.
2009년	시집 「세상에서 가장 짧은 시」 상재.
	시집 「누드 크로키」 상재.
	동 시집으로 제7회 앨트웰PEN문학상(국제PEN 한국본부) 수상.
	국제PEN한국본부 문화정책위원.
2011년	한국문인협회 문단윤리위원.
2012년	시집 「기호 여러분」(세상에서 가장 짧은 시 2) 상재.
	제3회 경기PEN문학 대상(국제PEN한국본부 경기지역위원회) 수상.
2012년	「한국소설」 4월호에 단편소설 <손님> 발표.
2013년	제4회 김우종문학상 대상(김우종문학상운영회) 수상.
	국제PEN한국본부 제34대 이사, 문화정책위원장.
	국제PEN한국본부 경기지역위원회 회장(제4대).
	제2회 무궁화문학상 금상 수상(산림청).
2013년	한국시학상 수상(한국경기시인협회).
	제1회 PEN문학활동상(경기지역위원회) 수상(국제PEN한국본부).
2014년	제9회 이은상(李殷相)문학상(본상) 수상(백산예술원).
2015년 1월 31일	한국문인협회 시분과 회장 당선.
4월	한국문학비평가협회 부회장.
2016년 12월	제30회 예총 예술문화상 특별공로상 수상(한국예술문화단체총연합회).
2017년	12번째 시집 「우주새」(시선사) 출간.
	한국문학비평가협회 회장.
	「한국소설」(한국소설가협회) 3월호에 단편소설 「새를 찾아서」 발표.
	국제PEN한국본부 자문위원.

정성수

사랑나라

죽여주세요
구겨진 내 옷자락
떨치고 가시려거든

아시지요. 도련님
사랑만 닿으면 온몸이 달아
헤어지고 또 다시 헤어진다 해도
꽃이라곤 이 세상
사랑뿐이라고
사랑나라 시민되어 먼 길을 가는
아아 망가진 혼
그대 없으면

그래도 가시려거든
무덤 위에 핀 꽃 한 송이
그믐달 뜬 하늘에 찢어 던지고
가세요
시퍼런 앙가슴도 짓밟고 떠나세요

그러면 내사 죽고 말까요
바람되어 달리는 당신의 길
내 사랑도 배암처럼 따라나서고

창밖에
귀를 베는 피리소리 울리거들랑
도련님, 감은 눈을 뜨세요
제 가슴이 떠있어요

죽여주세요, 가시려거든
눈은 내리는데
사랑나라 가는 길은 아득한가요?

보물섬

떠나야 해
뿌리 잠든 마을에서 무슨 꽃송이가 피어나겠어
이미 항구의 집들은 문을 잠갔어

바다에 침몰시켜. 찢어진 항해일지
오래오래 망가진 배에 월계수 몇 쪽 대고
쾅쾅 대못을 쳐

부서진 가슴 사이로 달빛 부스러기들이
사금파리처럼 반짝이며 달아나는군
빛나는 것은 모두 체포해

바람 속에서 아직도 뜨거운 그대의 팔뚝
바닷물에 수혈을 하고
돌아보지 마
사라진 추억의 장밋빛 입술은 잊어버려

암초떼와 상어 이빨이 출몰하는 바다로
닻을 올려

수평선 너머 머리 풀어헤친 안개들이
보석을 낳고 익사하는 무인도

낯이면 가라앉고 밤이면 떠오르는 보물섬을 찾아서
떠나는 거야

우주새

어렸을 적 내 꿈은
우주새

지구별에서 은하계로
그 너머 또 다른 별들의 마을
우주 저쪽 너머 더욱 큰 우주로
날이면 날마다 자유의 몸짓으로
끝없이 날아다니는 하나의 불사조

나에게 주어진 시간 저 홀로 저물어가고
추억의 창고는 침묵과 함께 터엉 비어있지만

다시 저녁이 오면 지칠 줄 모르지
아직도 시들지 못한
내 영혼의 시퍼런 날갯죽지
푸득이는 소리

비가 되어 내리면, 이산가족 눈물이

보이시지요, 어머니?
오늘도 잃어버린 가족을 찾아서
개성의 허공 수없이 떠도시는 어머니

남한 하늘 속에 낮게 떠있는 구름자락
북한 하늘 속에 낮게 떠있는 구름자락

아시지요, 그것이 모두
남북한 이산가족이 흘린 눈물들이
조금씩 떠오른 것이라는 걸

그 구름들이 슬픔의 무게를 견디지 못해
비가 되어 내리면
남북한에 숨어있는 메마른 풀뿌리들을 적시면

삼천리 금수강산 온 산천에
한 송이 두 송이씩 꽃봉오리가 벙근다는 것을
그것이 향기로운 통일의 꽃이라는 걸

어머니
내 사랑하는 이산가족의 딸은 아시지요?

나 홀로 저 우주 속으로

그래
오늘 밤엔
지상의 것 모두 다 벗어 던지고
나 홀로 떠나리, 저 우주 속으로

수많은 붙박이별과 붙박이별 사이
떠돌이별과 떠돌이별 사이
그 눈부신 광채와 광채 사이
위성과 위성 사이

초록 혹성의 낯선 숲속으로
우주 나그네처럼 훌쩍 떠나리

그리하여
나 다시 정처없는 떠돌이가 되리

이 은하계에서 저 은하계로
또 하나의 태양계에서 또 다른 태양계로
다시
하염없이 먼 은하계로

쓸쓸한 우주 변방에서 그 중심으로

이 세상 최초의 우주 속으로
내일에도 사라지지 않는 한 영원한 사나이같이……!

내 이름은 몽상가

내 이름은 몽상가
하늘보다 드넓은 나의 나라에선
눈물 많은 사람들이 스스로 옷을 벗네

저마다 알몸 속에서 향기가 폭발하는 나라
해 뜨면 무화과 왕관을 쓰고
두 손 모아 바람의 그늘
지우는 나라

모두가 왕인 나라
모두가 신하인 나라

해 지면 등불 아래서
하늘이 쓴 경전을 읽고
보이지 않는 사람에게 기나긴 편지를
쓰는 나라

시나브로 꽃이 지면
시민들이 하나씩 꽃이 되는 나라

청옥의 가슴 속에
물 한 방울 품은 위대한 가족들

마주치면 숨가쁜 포옹
목숨이 끓는 소리

저 눈부신 햇빛의 폭포 속에서
이대로 죽어도 좋아라
사는 일은 더욱 좋아라

별 날리기

나는 알지 못한다
저 눈부신 별을 조종하는
한 사나이의 빈손이 왜 피를 흘리는지

저녁이면 숲속으로 홀로 숨어서
작은 별들이 알알이 매달린 얼레의 줄
조금씩 풀어주고 있는지

지상을 떠난 별들이
어둠 속으로 떠올라
허공의 사막에 하나씩 들어박히고

이윽고 온 하늘을 적시는 별들의 눈초리
도레미파로 지휘하는 설레이는 손길을

잠든 돌을 깨우고 돌아온 구릿빛 사나이들
머나먼 하늘을 바라보다가 반짝거리며 잠들고
온밤을 지새운 풀벌레 소리도 지칠 때
숲 속에서 하나 둘 별을 거두어
빈 수레 가득히 돌아오고 있는지

아침나절 내내 별들의 가슴을 씻어

아랫목에 고요히 잠을 재우고
사나이의 육신도 잠시 그 곁에 누워
저 또한 눈부신 별이 되다가

저녁이면 빈 수레에 별을 싣고
어디론가 끝없이 떠나는 까닭을
아직도 나는 알지 못한다

그리운 사람

해가 뜨나 별이 뜨나
그리운 이는
떨리는 옷깃을 스쳐만 가네

이승에서 단 한 번도 만나보지 못하여
맨땅 위에 그대 얼굴 그릴 수 없고

냉가슴 흔드는 목소리 한 마디
녹음할 수 없고

바람 부는 산마루에 홀로 올라
목메어 이름 석 자 부를 수조차 없는
아아. 어제도 오늘도 그리운 이

강 건너 산을 넘어서
그대 지금 어디로 가나

등불 들고 어디쯤에서
숲 사이로 나에게로 걸어오고 있나

흰 말갈기 휘날리며
질풍노도를 타고 오나

사랑하고 다시 사랑하고
마지막 만남에서 절망할 때까지
시뻘건 목숨 다하여 한세상 내내
포옹할 사람

낮이나 밤이나 그리운 이는
어디선가 자꾸만 소문이 돌아
새벽녘에 먼 길을 마중 나가도
어제도 오늘도 보이지 않네

사기꾼 이야기

한평생 나는 사기를 쳤네
언제나 추운 앞마당 내다보며
보아라, 눈부신 봄날이 저어기 오고 있지 않느냐고
눈이 큰 아내에게 딸에게 아들에게
슬픈 표정도 없이 사기를 쳤네

식구들은 늘 처음인 것처럼
깨끗한 손을 들어 답례를 보내고
먼지 낀 형광등 아래 잠을 청했지

다음날 나는 다시 속삭였네
내일 아침엔 정말로 봄이 오고야 말 거라고
저 아득히 눈보라치는 언덕을 넘어서
흩어진 머리 위에 향기로운 화관을 쓰고
푸른 채찍 휘날리며 달려올 거라고
귓바퀴 속으로 이미
봄의 말발굽 소리가 울려오지 않느냐고

앞마당에선 여전히 바람 불고
눈이 내렸다

허공에 흰 머리카락 반짝이며 아내는 늙어가고

까르르 까르르 웃던 아이들은
아무 소문도 없이 어른이 되고

종착역 알리는 저녁 열차의 신호음을 들으며
미친 듯이 내일을 이야기한다. 나는 오늘도
일그러진 담장 밑에 백일홍 꽃씨를 심고
대문 밖 가리키며

보아라. 저어기 따뜻한 봄날이
오고 있지 않느냐고
바람난 처녀보다 날렵한 몸짓으로 달려오지 않느냐고
갈라진 목소리로 사기를 친다
내 생애 마지막 예언처럼

우이동 친구에게

우이동 친구여
귓바퀴 하나 열어놓고
오늘도 나는 살아남았네

하늘이 가까운 달동네 위로
지난해처럼 봄은 물결쳐 오는 모양이네만
일용할 양식은
먼 들판에 홀로 누워 있고

어인 일인가
반짝이는 파랑새 울음소리
오래오래 숲속에 숨어

뒷굽 닳은 구두를 끌고
온종일 바람 부는 종로거리를 떠돌며
꽃을 사라
눈먼 사람들아
겨울에 피어나는 꽃 한 송이 사라고
외쳐댔네만

길 잃은 목소리
속절없이 허공에 찢어지고

골목 안에서
가면 쓴 사나이들이 쏘아대는 독침들
무수히 날아
눈송이 날리는 내 온몸에 박혔네

다리 절며 피 흘리며
시든 꽃 한 송이 들고 돌아와
어여쁜 정 수라의
〈아. 대한민국〉이 흐르는 어두운 골방에서
온몸의 독기를 빨아내고 있네만

우이동 친구여
창밖에 귀 기울이고 기다리며
우이동으로 숨은 파랑새 울음소리를
기다리며
아직도 나는 무사하다네

오던 길은 되돌아가 삐딱선 타기 수십 번

뒷걸음질로 갈지자걸음으로 탁류로 섞이며

귀먹고 눈감고 회한의 눈물로 속죄 올리며

강정화

시인 강정화(姜靜花)

출생
1947년   경북 포항 청하(부 강우봉, 모 이순악의 2남 1녀)생

학력
1965년   부산 데레사여자고등학교 졸업
1968년   부산 신라대학교(방송신문학과 및 국어국문학과) 졸업
1990년   부산 신라대학교 대학원 문학석사 졸업
1997년   대구가톨릭대학교 대학원(문학박사) 취득(2. 25)

경력
1980년   마산문화방송 자문위원. 라디오방송 출연
1981년   한국여성시(주간 김의암) 전국해변백일장 15회 개최
1982년   영남여성문학회 창립 2대 회장
1985년   월간 『시문학』 문덕수 시인 추천 완료(2월)
1986년   강정화 외 3인, 4인 사화집 1집 『먼 나라로 가면』 출간
1987년   세계뉴욕시인대회 한국대표 참석, 부산 신라대학교 대학원 석사과정 입학, 4인 사화집 2집 『마른 풀잎 고개를 들고』 출간, 한국문인협회 입회, 현대시인협회 입회
1988년   강우봉 사재 5천만 원 쾌척 우봉문학상 제정 운영위원, 올림픽 개최 기념 제1회 우봉문학상 시인 박노석 수상, 4인 사화집 3집 『천 개의 촉각을 지니고』, 부산MBC라디오 『별이 빛나는 밤』 내 마음의 시 출연
1989년   제12차 세계시인대만대회 한국대표 참석, 제2회 우봉문학상 소설가 최해군 수상
1990년   세계시인대회 『무녀의 춤』 낭송(서울라마다호텔 8월), 『부산여성』 9월 특별대담 '부엌살림이 곧 나라살림이다', 대구 효성가톨릭대학교 대학원 박사과정 입학, 제3회 우봉문학상 시인 조순 수상
1991년   초대 지방의회 부산남구의 의원(선출직) 당선, 부산여성정책연구소이사, 부산 불교문인협회 부회장
1992년   우봉문학상 설립자 강우봉 옹 추모, 『가을하늘에 띄우는 편지』 출판, 재부 월간 『시문학』 시인들 시낭송 부산시문학회 창립, 제5회 우봉문학상 수필가 유병근 수상, 대한민국평화통일자문위원
1993년   부산시문학회 주최 '시가 있는 저녁', 부산데레사여자고등학교 총동창회 6대 회장, 부산불교문인협회 고문
1994년   제1회 우봉문예장학상 제정(중, 고생 10명) 시상, 제7회 우봉문학상 시인 이광석 수상
1995년   제2대 부산광역시의회 의원(선출직) 당선, 309~B지구 '95백란라이온스 회장, 모교 데레사여고 개교 50주년 축시
1996년   강정화 외 3인 공저 『부산 여성의 정치 이야기』 출간, 일본 『호수아비』 한일시동인회 교류 협정식, 부산 동명대학교 실용국어 출강
1997년   제10회 우봉문학상수상자 수필가 최해ъ갑 수상, 제4회 우봉문예장학상 시상식, 부산 신라대학교 총동창회 부회장
1998년   지방단체장 부산남구청장 무소속 출마 5명 중 차점 낙선
2000년   강정화 애향시비 제막식(경북 포항 청하 삼거리), 학교법인 관송교육재단 이사, 부산경상대학교 교양학과 실용국어 출강
2001년   부산광역시시인협회 26대 부회장 추대, 영남여성문학회 창간 20주년 특집운영위원장, (사)부산광역시의정동우회 감사
2002년   일본 대마도 난류문학회교류 및 아리랑축제 참가, (사)학교법인 관송교육재단 감사, 『남주문학』 10호 대담 '시인과의 만남'
2006년   제17대 대통령선거 한나라당 중앙선거대책위원, 『동해남부시』(대구, 경주, 울산, 부산 지역) 동인지 활동
2007년   일본 『미아진키』 한일친선교류 자매결연, 대통령중앙선거중앙위원회 전국불교 부산 대표(11. 7)
2008년   제2회 부산시문학회시화전 부산, 마산, 울산 순회전 개최, 부산시문학회 문인회 회장
2009년   미국 L.A 제23회 해변문학제 강사 초대, 제110회 한국시낭송회의 상임 시인
2011년   일본 도쿄 동지사대학 정지용 문학심포지엄 참가
2012년   부산의 시 『아시아로 날다』 한국어일어 번역판 출간, 모교 청하초교 개교 100주년 기념시 교문 문주로 새김, 2013년 동인지 『모시울』 20집 출판기념 행사운영위원장, 학교법인 관송교육재단 이사, 2015년 한국여성문학 이사
2013년   현대시인협회 부이사장
2016년   '나의 시를 말한다' 『부산문학』 2월호, 부산High 출산365 주최 강연 '가족은 희망입니다'(6. 8), 한국시문학문인회장

시집
1985년   제1시집 『바람도 어둠도』(시로)
1987년   제2시집 『머저리행진』(문학예술사)
1989년   제3시집 『눈 내리는 날의 연서』(홍익출판사)
1990년   제4시집 『유년의 강』(시문학사)
1992년   제5시집 『차 한 잔으로 달래는 그리움』(풀잎)
1992년   제6시집 『가을하늘에 띄우는 편지』(빛남)
1994년   제7시집 『뜬눈으로 자정을 지나면』(전망)
1999년   제8시집 『양파 껍질 속 세상읽기』(대산)
2003년   제9시집 『이제 길을 물을 때』(대산)
2007년   제10시집 『나무로 다시 태어나리』(해남)
2012년   제11시집 『청하강강술래』(두손컴)
2015년   제12시집 『대낮의 허깨비』(두손컴)

산문집

1994년   『새벽을 열면서』(일광)
1996년   『작은 시인과 정로의 계단』(지평)

시선집

2008년   『세상 속의 작은 일』(시문학사)

논문집

1991년   『청마시 연구』(대산)
1998년   『유치환 시의 구조 연구』(대산)
1996년   공저 『부산 여성 정치 이야기』(여름미디어)

수상

1992년   제17회 시문학상 수상
1994년   대통령표창 제2226호(12. 17)
2007년   제32회 한국시문학상 본상 수상(12. 10)

누에의 여정

가도 가도 끝닿지 않는 길
한없는 초록 길을 기어가며
앞도 뒤도 길은 온통 빛 부시는데
벌거벗고 지나온 길 지우고 싶어도
다시 되돌아 갈 곳은 어디에도 없다
한 치의 실수도 용납되지 않는 순간들
노역의 일상을 마무리 할 수 없는 길
목숨을 담보하는 은총 같은 집 한 채
하나 뿐인 꿈을 가슴에 품고서
이루어 간다는 것 수월 할 리 없지만
한 오라기 실 풀어 둥근 보금자리 지어
번데기로 뒹굴며 살다
세상 앞에 한 점 부끄럽지 않은
나방으로 하늘 한번 날아 보리라

감꽃 이야기

까까머리 소년이 건네준 감꽃 몇 알
"니는 감꽃보다 이쁘데이"
던지던 한마디 장롱 깊이 숨겨 놓았네
세월 흘러도 바스러지지 않은 채
해마다 감꽃 피는 감나무 아래서
허허롭던 마음 달래곤 했지
외로울 때 감꽃 살짝 꺼내 공기놀이 하며
남몰래 그 말 떠올리며 미소 지었네
사춘기 소녀적
주렁주렁 감꽃 목걸이 목에 걸고
빙글 빙글 꽃구름 속 그네 타며
나비 되어 하늘을 날았네
아름다운 감꽃을 생각하며
되돌아가고픈 푸르른 날 그리며
유년의 무지개다리 넘어 본다네

대낮의 허깨비

댕그라니 나를 남겨 놓고
날아간 것이 어디 저 별과 저 꽃뿐이랴
사라진 것 부여잡으려는 애틋한 몸짓
달팽이로 등짐 지고 가는 해 저무는 길
눈앞에 있어도 건사 하지 못해 떠나보낸
알뜰하던 사랑이사 접어 두고라도
청청하던 꿈도 목 놓아 부르던 이름도 놓치고
뜨거웠던 사랑마저 맥없이 잃어버린 날
우습게 얕보며 접근하는 아주 얄미운 허깨비
잡으려 손 내밀며 흔적 없이 사라지다
쫓으러 가며 줄행랑치는 약삭빠른 몸짓
하도 날쌘 터라 한 번도 낚아채지 못했네
어르고 달래도 내 마음 몰라주던 미욱함
목숨이 다하도록 아옹다옹 살자하니
뒤늦게 찾아온 연유를 물어본즉 비문증이라나
떨치는 허리끈 부여잡는 끈질김에 탄복하여
그러게 인연이라며 함께 비틀거리며 살아 봄세

낙동강 하구언에서

물길이 아래로 낮은 곳으로 물꼬 틀 때
늘 부대기며 역류를 꿈꾸었네
달래고 얼려도 철없이 옆길만 달렸네
늘 허공 속으로 외줄타기 하다
뒹굴며 몸뚱이는 상처를 달고 살았네
험한 산길 오르다가 수없이 넘어져
온몸 만신창이 되어도 정신없는 철부지였네

아래로 가는 게 순리(順理)였는데
그때는 무엇에 홀리었는지
오던 길은 되돌아가 삐딱선 타기 수십 번
뒷걸음질로 갈지자걸음으로 탁류로 섞이며
귀먹고 눈감고 회한의 눈물로 속죄 올리며

곤두박질치면서 허우적이다 되찾은 제정신
당도한 하구언에서 한숨 돌리면서
되돌아오며 익힌 세월 살아 있는 물빛이네

경주 남산 이야기

천년 고도 서라벌 경주는
옛날이나 지금이나 내 고향에서 팔십 리(理) 길
내가 사는 부산에서 차로 한 시간 남짓
낙랑공주와 호동왕자 전설 들으며
초등학교 사회 책에서 처음 본 불국사
수학 여행길에 본 석굴암 큰 부처님 위용에
걸음도 제대로 떼지 못하며 황홀했던 추억
하나 야무지게 갈무리 하고 살아 왔네

전설어린 서라벌 이야기는
포석정 휘감아 도는 물소리에 잠겨 있고
오릉과 천마총 둘러보며 두 눈 휘둥그레지던 날
백년도 헤아리기 어려운 시간인데
세월 저 넘어 천 년 전의 역사에 빠져
혀 내두르면 탄성 내지르던 놀람을
빨리 어른이 되어 솟을 기와집에 궁인 되어
천년 숨결 느끼며 경주에 살고 싶다던 꿈
남몰래 간직하며 살아 왔지요

나무로 다시 태어나리

내 죽어 한 그루 나무 된다면
바람 부는 날 부는 만큼 흔들리고
비오는 날 오는 만큼 젖으리
젊은 날 오뉴월 땡볕 거뜬히 견디고
동기 섣달 추위 너끈히 참아 가며
달 가고 해 가며 나이테 키우리

내죽어 한 곳에 뿌리박고 사는 나무라며
오래된 나무로 홀로 외로움에 떨며 사느니
장정 팔뚝크기로 자라는 그렁저렁 나무되어
오래 된 나무 궁궐로 옮겨가 비바람에 시달릴까
두 손 두 발 벌린 버팀목으로 다시 일 한다면
죽은 목숨 끝자리에 무슨 여한이 또 있을까
살아있는 나무들 버티게 하는 버팀목만 된다면
무슨 여한이 더 있으리

꽃 병실 일지

꽃이 나들이 길 나설 때
이미 예전 모습은 지워졌네

오랜 서성거림 끝에 진찰실로 들어가며
고통을 치유 받을 수 있으리란 기대로
감추어 온 흔적과 상처뿐인 고해 성사 인양
낱낱이 통증을 털어 놓고
뜨거운 눈물로 속죄 하려고
부끄러운 옷을 벗고 X-레이 앞에
상처 난 가슴을 열어 보인다

다섯 자 단신 예까지 끌고 오느라
알아 줄이 없는 영혼 하나 데리고
세상에 소리 칠 요량으로
낯짝만 씻고 쓰다듬어 치장까지 하면
소처럼 말처럼 품팔이 하던 손발도
구린내 감추며 시린 세월 접어두고
한 몸인 줄 까마득하게 잊고 살아 왔으니
당연한 반란의 흔적 판독을 기다리네

그리움

문득 혼자일 때
은밀히 보고 싶은
끝없는 그리움
빈 가슴에 차오르며
기약 없이 돌아선 안타까움
이럴 때 우연히 마주칠까 싶어
공연히 들뜨는 설레는 마음
짙은 그리움 그대 정녕 모르리라

아버지의 산

어제는 아무도 몰래 뒷산이 헐리고
자고나니 요란한 포클레인
앞산 중턱까지 올라가
무례하리만큼 방자하게 산을 뭉개고 있다
밤낮 없이 산을 갉아 먹고도
좀처럼 수그러지지 않는 횡포에
몸 져 누운 산은 뻘건 황토 빛 신음 토하며
환부를 죄다 드러내 놓았습니다

점점 앓고 있는 산은
우리의 꿈이 낮아짐이며
갈수록 헐벗어지는 산은
우리의 가슴이 황량해짐이며
푸른 숲을 잃고 있음은
우리들이 둥지를 빼앗기여
도시의 미아가 되는
무서운 형벌을 받음입니다

그대 온라인 번호

아직도 너울 안개로 피어오른
그대에 향한 설레는 마음
다스려지지 않은 그리움일 때면
들킬까봐 도리질 하다 바라본 하늘엔
되비친 환영을 지울 수 없어
나만이 아는 비밀회로 찾아
또렷한 이름 진홍빛 잉크로 눌러쓰고
그리움 액수 따라 수많은 동그라미 그려 넣어
그대 온라인 번호에다 그리움 입력시키리
그대여! 감질 나는 그리움에
외로워지거든 비밀회로 찾아나서
불어난 그리움 확인하고선
되돌아 입력시킬 그리움일랑
정체를 알리지 마시기오

시조시인 권갑하(權甲河)

1958년 경북 문경 출생
문화콘텐츠학 박사(한양대 대학원)

문학 활동
1985년 제3회 현대시조백일장 은상, '나래시조' 동인으로 작품 활동 시작
1991년 『시조문학』 2회 추천 완료 등단
1992년 조선일보, 경향신문 신춘문예 당선
1993년 제5회 나래시조문학상 수상(수상작 「바다이미지4」)
1998년 대산문화재단 창작지원금 받음
1998년 제17회 중앙시조대상 신인상 수상(수상작 「세한의 저녁」)
2005년 제7회 올해의 시조문학 작품상 수상(수상작 「달·서울역에서」)
2007년 제17회 한국시조작품상 수상(수상작 「외등의 시간」)
2008년 중앙일보 중앙시조백일장 심사위원(~2015)
2009년 제6회 한국문협작가상 수상(수상시집 「외등의 시간」)
2011년 한국문화예술위원회 문예창작진흥기금 받음
2011년 동시조 「비오는 날」 초등학교 5·1국어<읽기> 교과서 수록(~2015)
2011년 제30회 중앙시조대상 수상(수상작 「누이감자」)
2013년 공무원문예대전 심사위원(2017년)
2016년 서울문화재단 문예창작지원기금 받음

시집
『단 하루의 사랑을 위해 천년을 기다릴 수 있다면』(1998, 좋은날)
『세한의 저녁』(2001, 태학사)
『외등의 시간』(2009, 동학사)
『아름다운 공존』(2011, 알토란)
『겨울 발해』(2017, 알토란)

[선집]
『사랑은 기다림이 아니라 찾아가는 것입니다』(2009, 책만드는집)
『누이감자』(2015, 알토란)

시조 평론 및 해설집
『현대시조 진단과 모색』(2011, 알토란)
『말로 다 할 수 있다면 꽃이 왜 붉으랴』(2002, 알토란)
『도전! 시조암송 100편』(2013, 알토란)(개정판, 2015)

논문
「시조의 시대성 수용 양상과 형식미학」『한국시조시학』 2014 제2호)
「디지털시대 현대시조의 과제와 대응 전략 연구」『문화예술콘텐츠』 7호)

저서
『황건과 떠나는 문경새재 답사여행』(2000, 세시)
『농협 이야기만 나오면 나도 목이 메인다』(1999, 좋은날)
『문화브랜딩 전략』(공저, 2015, 문콘팩토리)

현직
한국문인협회 시조분과 회장, 한국시조시인협회 부이사장, 계간 『나래시조』 발행인, 한국문학예술인협동조합 부이사장, 문경새재여름시인학교 교장, 농협중앙회 도농협동연수원장.

전직
농민신문사 논설실장, 출판국장 등 역임(1993~2015), 나래시조시인협회 회장 역임(2005~2014), 계간 『나래시조』 편집주간 역임(1999~2014)

권갑하

숫돌

아찔한 날 선 삶을 온몸으로 껴안으며
낫을 갈 듯 살아오신 아버님의 팔순 생애
등 굽어 푹 패인 가슴 허연 뼈로 누웠다

-균형을 잘 잡아야 날이 안 넘는 겨
갈무린 기도문인양 깃을 치며 솟는 햇살
하늘빛 흥건한 뼛가루 목숨인양 뜨겁다

가슴 마구 들이치던 내 유년의 마른 바람
-물을 자주 뿌려야 날이 안 상하는 겨
촉촉한 귓전의 말씀 눈물 속에 날이 선다

경상도돼지국밥

사투리 숭숭 썰어 누런 기름 동동 띄워

까짓 무슨 대수랴 껍데기 덜 뽑은 털

국물도 뽀얀 진국에 입술 착 달라붙네

실룩씰룩 히죽이죽 참 많이도 닮았구나

막된장에 뒤죽박죽 정구지 양파 마늘

뛰어도 바쁜 하루라 한 뚝배기 허펑허펑

시절도 속을 풀어야 꽃 피고 새가 울지

쪼잔하게 굴지 마라 얼간이 졸장부들

땡초에 빨강소주가 잠든 야성 깨우나니

연(鳶)을 띄우다
-발해를 찾아서

연을 날린다 광활한 발해의 하늘 위로
장백의 안개 헤치고 압록 두만도 훌쩍 넘어
적층된 연대 속으로
연을 띄워 올린다

여기가 어디인가 굽어보고 돌아보며
주름진 오욕의 역사 해진 상흔도 다독이며
가끔은 천둥 번개 불러
곤한 잠도 깨워가며

너무 높게는 말고 낮게는 더욱 말고
연바람 멈추면 노래도 멎고 말 것이니
당겨라, 얼레를 팽팽히
풀었다 다시 당겨라

오래 떠나 있어 낯설고 물설겠지만
내 어버이 온몸으로 일군 모토(母土) 아니던가
다물(多勿) 그, 돛을 올리듯
꼬리 긴 연을 띄운다

*다물(多勿)은 '되찾다', '회복하다'라는 뜻으로 고구려 시조 고주몽의 연호이자 건국이념이다. 『삼국사기』 권13 고구려 본기 동명성왕편에 다물을 '麗語謂復舊土'로 표현했는데 이는 고구려어로 고토회복을 뜻한다.

대머리 댄스

-세발낙지

차차차 룸바댄스 짧은 놈은 자이브스텝
"요즘 사업 잘 되유? 미나리가 금값이야!"
롱다리, 에라 모르겠다 머리부터 들이밀자

람바다 춤판이래도 결가부좌 튼 놈 있듯
시가(時價) 묻지 마라 기절낙지 놀라 깬다
탕탕탕! 온몸을 쳐도 멈추지 않는 다리춤

구이 산적 볶음 무침 갈낙 낙곱 다 좋지만
잽싸게 우걱우걱 산 통째로가 제맛이제
씹을 땐 말하지 말 것. 컥! 하면 저승길

아등바등 왁자지껄 무한 리필 호객 춤판
입 벌린 조개육수 곰살곰살 샤브샤브
들통 날 사기극인가. 기력 쌩쌩 대머리들

도다리쑥국의 추억

뿔 돋듯 삐죽삐죽 비로소 봄이 오면
아내의 투정은 퍼렇게 멍이 들었네
바다도 어쩌지 못해 온몸을 뒤척이고

종일 한쪽만 보는 밍밍함이 나는 싫어
풋내 나는 첫사랑의 사진첩을 펼쳐놓고

이렇게 억세졌구나.
한탄하듯 출렁일 때

너무 오래 삶으면 향 다 빠진다며
봄빛인양 그녀는 슴슴하니 끓여낸다

그렇지! 양념 없어도,
맛난 게 천지삐까리래도

사이

꽉 조이면 신발은 생살을 씹어대고

프린터는 고집스럽게 종이를 물어뜯지

하루쯤 굶어 보라고, 따라붙지만 말구

떠날 땐 한 생을 되감아야 한다는데

뭔 할 말 그리 많은지 점점 길어지는 시

갈수록 서녘의 해는 숨넘어갈 듯 하고

속 다 보여주면 사랑도 멀어진다네

조금은 틈이 있어야 마음이 스며들지

아내를 앞세워 걷는 바람 부는 산책길

발자국, 발자국들
-종로에서

다 닳은 지문 위를 종종걸음 치며 가는

오늘 이 미행은 어느 미망의 늪 속인가

수없이 따돌리면서 다시 쫓는 이 조바심

가쁘게 헤매 돌다 순간 길을 놓쳐버린

엎드려 두 손을 벌린 기진한 눈빛 앞에서

황급히 등을 돌리는 이 무심은 또 무엇인가

문득 끊어진 길. 그 긴 아픔에 젖고 싶다

눈밭에 새겨 둔 내 영혼의 하얀 무늬

얼마나 뒤축이 닳으면 그대 앞에 별로 뜰까

쉼 없이 허공 속으로 문자를 띄워 보내는

은빛 그리움이여. 지워진 발자국이여

오롯이 어둠을 뚫고 달려오는 늑골 하나

우포 여자

설렘도 미련도 없이 질펀하게 드러누운
그렇게 오지랖 넓은 여자는 본 적이 없다
비취빛 그리움마저 개구리밥에 묻어버린

본 적이 없다 그토록 숲이 우거진 여자
일억 오천만년 단 하루도 마르지 않은
마음도 어쩌지 못할 원시의 촉촉함이여

생살 찢고 솟아오르는 가시연 붉은 꽃대
나이마저 잊어버린 침잠의 세월이래도
말조개 뽀글거리고 장구애비 헐떡인다

누가 알리 저 늪 속 같은 여자의 마음
물옥잠 생이가래 물풀 마름 드렁허리
제 안을 정화시켜온 눈물 보기나 했으리

칠십만 평 우포 여자는 오늘도 순산이다
쇠물닭 홰 친 자리 물병아리 쏟아지고
안개빛 자궁 속에는 삿대 젓는 목선 한 척

누이 감자

잘린 한쪽 젖가슴에 독한 재를 바르고
눈매가 곱던 누이는 흙을 덮고 누웠다

비릿한 눈물의 향기
양수처럼 풀어 놓고

잘린 그루터기에서 솟아나는 새순처럼
쪼그라든 시간에도 형형한 눈빛은 살아

끈적한 생의 에움길
꽃을 피워 올렸다

허기진 사연들은 차마 말로 못하는데
서늘한 눈매를 닮은 오랜 내력의 깊이

철없이 어린 꿈들은
촉을 자꾸 내밀었다

*2011년 제30회 중앙시조대상 수상작

비 오는 날

하루 종일 내리는 비, 창가를 맴돈다
친구는 지금 쯤 무얼 하고 있을까
지웠다 다시 그려보는 친구 얼굴 내 얼굴

2011~2015, 초등학교 5-1 국어〈읽기〉 국정교과서 수록

쪼잔하게 굴지 마라 얼간이 졸장부들
땡초에 빨강소주가 잠든 야성 깨우나니

시조시인 김민정(金珉廷)

출생
1959년 5월 3일 강원 삼척 출생

학력
1977년	동구여자상업고등학교 졸업
1986년	성균관대학교 국어국문학과 졸업
1995년	성균관대학교 교육대학원 국어교육학과 졸업(교육학석사)
2003년	성균관대학교 대학원 국어국문학과 박사 졸업(문학박사)

결혼 및 자녀
1985년	최동권(상지대학교 국어국문학과 교수)과 결혼
1989년	장녀 최혜빈 출생
1991년	차녀 최유빈 출생

경력
1981년	여성중앙에 시조 「봄비」 게재
1983년	현대시조 제1회 지상백일장 대학생부 은상
1985년	시조문학 창간25주년기념 지상백일장에서 장원 등단
1987년~2017년	현재 서울시 공립중등교사 재직
1998년~1999년	《청소년 선도방송》 집필위원 및 자문위원
2002년	제7차 교육과정 고등학교 작문교과서 검정위원
2004년	상지대학교 대학원 강사
2004년~2006년	「국방일보」 《시의 향기》 집필위원
2008년~2011년	「국방일보」 《시가 있는 병영》 집필위원
2014년	「국방일보」 <한국현대시 100년> 집필위원
2010년~2011년	철도역 시화전시 및 작가사인회 5회
2011년	「시 속에 등장하는 철도문학」 (철도와 문학 학술포럼)
2017년	현재 한국문인협회 인권위원
2017년	현재 국제펜한국지부 언어보존위원
2017년	현재 한국시조시인협회 이사
2017년	현재 여성문학인회 회원
2013년~2014년	한국여성시조문학회 회장
2009년~2017년	현재 서울 강동문인협회 부회장
2016년~2017년	현재 나래시조시인협회 회장

작품집
[시조집]	1998년	제1시조집 「나, 여기에 눈을 뜨네」(솔과학)
	2005년	제2시조집 「지상의 꿈」(고요아침)
	2006년	제3시조집 「사랑하고 싶던 날」(알토란)
	2008년	제4시조집 「영동선의 긴 봄날」(동학사)
	2014년	제5시조집 「백악기 붉은 기침」(고요아침)
	2016년	제6시조집 「바다열차」(책만드는집)
	2016년	제7시조집 「모래울음을 찾아」(고요아침, 현대시조 100인선)
	2017년	제8시조집 「누가, 앉아 있다」(고요아침)
[수필집]	2010년	「사람이 그리운 날엔 기차를 타라」(고요아침)
[시평설집]	2006년	「시의 향기」(고요아침, 국방일보 연재시 평설집)
	2013년	「모든 순간은 꽃이다」(고요아침, 국방일보연재시 평설집)
[논문집]	1995년	「사설시조 만횡청류의 변모와 수용 양상」
	2007년	「현대시조의 고향성」(한국학술정보(주))

수상
1999년	제7회 한국공간시인상 본상 수상
1999년	제12회 성균문학상 우수상 수상
2007년	제16회 나래시조문학상 수상
2013년	제5회 열린시학상 수상
2017년	계간문예《다층》의 '2016 올해의 좋은 시조 베스트 10'에 선정
2017년	제14회 한국문협 작가상 수상
2009년	한국시조시인협회 공로패 수상
2011년	한국철도공사 강원본부로부터 감사패 수상
2011년	한국철도공사 부산경남본부로부터 '철도시인' 공로패 수상
2012년	한국시조시인협회 공로패 수상
2015년	한국철도공사로부터 감사장 수상

김민정

예송리 해변에서

돌 구르는 밤의 저쪽
퍼덕이는 검은 비늘

등솔기며 머릿결에
청청히 내린 별빛

저마다 아픈 보석으로
이 한 밤을 대낀다

낙지회 한 접시에
먼 바다가 살아오고

맥주 한 잔이면
적막도 넘치느니

물새는 벼랑에 자고
어화등(漁火燈)이 떨고 있다

당신의 말씀 이후
살이 붙고 피가 돌아

삭망의 별빛 속에

드러나는 능선이며

때로는 샛별 하나쯤
띄울 줄도 아는 바다

가슴속을 두드리며
깨어나는 말씀들이

맷돌에 갈린 듯이
내 사랑에 앙금지면

바다도 고운 사랑 앞에
설레이며 누웠다

심포리 기찻길

기찻길 아스라이
한 굽이씩 돌때마다

아카시아 꽃내음이
그날처럼 향기롭다

아버지
뒷모습 같은
휘굽어진 고향 철길

돌이끼 곱게 갈아
손톱 끝에 물들이고

새로 깔린 자갈밭을
좋아라, 뛰어가면

지금도
내 이름 부르며
아버지가 서 계실까

죽서루 편지

연둣빛 발을 담근 오십천은 더 푸르고
바위도 앉은 채로 놓여 있는 누각에는
한 천 년 받쳐 든 시간 망울망울 부푼다

양지귀 물들이는 산수유 눈을 뜨고
첫 마음 못 다한 말 홍매화 옅은 기침
파릇한 햇살 속에서 숨바꼭질 한창이다

돌을 찧어 구멍 내며 소원을 빌었다던
옛사람 그 손길이 뜰에 아직 남았는데
절반은 눈물꽃 맺혀 그렁그렁 피어있다

하늘 향해 돛을 단 관동별곡 가사 터엔
송강의 푸른 노래 봄볕 속에 새순 돋고
오십천 아침을 연다 햇살무늬 반짝인다

모래울음을 찾아

돈황 명사산(鳴沙山)에
모여 사는 바람 있다

잔양(殘陽)이 능선 위로
저미듯 스며들 때

발자국 남기지 않는
길목을 따라 간다

아랫녘은 푹푹 빠져
발목이 다 잠겨도

바람이 다져놓은
언덕으로 오를수록

단단한 울음의 뼈가
문양으로 드러난다

타클라마칸 사막

한 때는 물이 흘렀을
건천을 지나가며

내 생도 지고 가는
목마른 낙타 등에

사막을 가로질러 온
낮달 저만 드높다

이곡주 한 모금에
길은 자꾸 늘어지고

죽비로 치는 햇살
온몸으로 견뎌내며

시간을 되감아간다
모랫바람 비단길

빗살무늬 토기

눈길 덥석 잡아끄는 육천 년 먼 길 너머
죽어서도 죽지 않는 집념어린 토공의 혼
그 손길 둥근 고요가 서려 있다. 암사동

움집 틈새마다 퍼져오는 햇살들이
사선으로 비스듬히 춤을 추는 이랑마다
아리수 고운 파문도 새겨보고 싶었을까

물결로 바람으로 잎맥으로 생선뼈로
신석기 생의 무늬 나긋나긋 굽는 동안
못 이룬 사랑도 몇 닢 얹어놓고 싶었을까

부표를 읽다

바다와 첫 상견례 후 거처를 옮겼는지
물결의 갈기 속을 제 집처럼 드나들며
등줄기 꼿꼿이 세워 숨비소리 뱉는다

낡고 헌 망사리만큼 한 생도 기우뚱한
햇살 잘게 부서지는 물속을 텃밭 삼아
수평선 그쯤에 걸린 이마를 씻는 나날

손아귀에 움켜쥔 게 목숨 같은 것이어서
노을도 한 번씩은 붉디붉게 울어줄 때
등푸른 고등어같이 잠녀들이 떠 있다

누가, 앉아 있다

돌밭에서 내가 만난 몽돌 속 저 한 사람
고단한 삶 언저리 휴식을 취한 사람
우리들
어머니처럼
아니, 나의 어머니가

깨어지고 엎어지고 상처에 얹힌 딱지
아프고 가려웠을 시간을 견뎌가며
진동과
파장을 건너
닿은 꿈이 있었을까

손발을 쉬지 않고 바쁘게 달려 왔을
장터 어디 쪽의자에 한 생을 내려놓고
뭐라고
말문을 뗄 듯
머뭇대고 있는 사람

주목 앞에서

살아서 이루고픈 꿈이 무엇이길래

이미 죽은 가지 끝이 뭐라고 말을 한다

그 말을 받아쓰느라 바람결이 움찔한다

내 생의 발자국에 우기가 지나간다

사막을 건너느라 부르튼 시간의 발

죽어도 여기 보란 듯, 그 맨발을 내보인다

사람이 그립거든

설레는 봄바람이 아롱이며 피어날 때
사람이 그립거든. 그대여 기차를 타라
보고픈 마음 하나로 모든 것 용서하며

금빛햇살 타고 오는 대자연의 향연 속에
빛 부신 날개 펴고 불꽃처럼 비상할 때
믿으며 깨달아가며 가쁜 생을 껴안으며

등불 켜듯 환하게 너를 켜는 유리창 밖
초록빛 어린왕자 그 숨결이 다가 온다
바람은 낮은 곳으로 휘파람을 불며 가고

단단한 울음의 뼈가
문양으로 드러난다

아동문학가 하청호(河淸鎬)

출생
1943년 12월 경북 영천에서 출생하여 대구에서 성장

학력
대구사범학교, 계명대학교 교육대학원 졸업

등단
매일신문(1972년), 동아일보(1973년) 신춘문예 동시 당선, 현대시학(1976년) 시 추천

경력
대구광역시 장학사, 장학관 역임(2000년)
한국아동문학인협회 부회장 역임(2001년)
경북대학교 사범대학 부설초등학교 교장 역임(2003년)
대구아동문학회 회장 역임(2006년)
한국문인협회 부이사장(현재)

대구 도동, 서울 동대문구 용두 공원에 시비 「어머니의 등」 세워짐(11)
초등학교 국어 교과서에 「폭포」(6년, 1997년), 「돌다리」(2년, 2000년), 「그늘」(6년, 2002년), 「여름날 숲 속에서」(6년, 2011년), 「들깨 털기」(5년, 2015년) 수록됨.

작품집
[동시집]
「둥지 속 아기새」, 「빛과 잠」, 「하늘과 땅의 잠」, 「보리, 보리문동아」, 「잡초 뽑기」, 「별과 풀」, 「무릎학교」, 「초록은 채워지는 빛깔이네」, 「의자를 보면 서고 싶다」, 「바늘귀는 귀가 참 밝다」, 「꽃비」, 「데칼코마니」 외 공저 다수

[동시선집]
「풀씨이야기」, 「별과 선생님」, 「어머니의 등」, 「하청호 동시선집」

[시집]
「새소리 그림자는 연잎으로 뜨고」, 「다비(茶毘) 노을」

[어린이를 위한 수필집, 동화집]
「큰 나무가 작은 나무에게」, 「녹색 잎파랑이의 비밀」(상, 하)

[산문집]
「질항아리 속의 초록빛 스케치」, 「그 많은 아이들이 어디로 갔을까」

[이론서]
2인 공저 「아동문학」

수상
[문학 관련]
세종아동문학상(1976년)
대한민국문학상 우수상(1989년)
방정환문학상(1991년)
대구광역시문화상/문학부문(2005년)
윤석중문학상(2006년)
천등아동문학상(2009년)
한국동시문학상(2014년)
김영일아동문학상(2017년)

[교육 관련 및 기타]
제1회 한국교육자대상(1982년)
황조근정훈장(2등급) 수훈(2006년)
한국문화예술위원회 '아르코' 창작기금 받음(2012년)

하청호

무릎 학교
잡초 뽑기
어머니의 등
여름날 숲 속에서
누가 가르쳐 주었을까
그늘
아버지의 등
들깨 털기
어깨 내어주기
그림자에도 아름다운 빛깔이 있네

무릎 학교

내가 처음 다닌 학교는
칠판도 없고
숙제도 없고
벌도 없는
조그만 학교였다

비바람이 불고
눈보라가 쳐도
걱정이 없는
늘 포근한 학교였다

나는 내가 살아가면서
마음 깊이 새겨 두어야 할
귀한 것들을
이 조그만 학교에서 배웠다

무릎 학교
내가 처음 다닌 학교는
어머니의 무릎
오직 사랑만 있는
무릎 학교였다.

잡초 뽑기

풀을 뽑는다
뿌리가 흙을 움켜쥐고 있다
흙 또한
뿌리를 움켜쥐고 있다
뽑히지 않으려고 푸들거리는 풀
호미 날이 칼 빛으로 빛난다
풀은 작은 씨앗 몇 개를
몰래
구덩이에 던져놓는다.

어머니의 등

어머니 등은
잠밭입니다

졸음 겨운 아기가
등에 업히면

어머니 온 마음은
잠이 되어
아기의 눈 속에서
일어섭니다

어머니 등은
꿈밭입니다

어느새 아기가
꿈밭 길에 노닐면

어머니 온 마음도
꿈이 되어
아기의 눈 속으로
달려갑니다

아기 마음도
어머니 눈 속으로
달려옵니다.

대구도동 시비동산. 서울 용두공원 시비 작품

여름날 숲 속에서

여름날 숲 속에서
크고 우람한 나무 밑둥치를 보며
아버지의 다리를 생각한다
어린 나를 업고
냇물을 건널 때의 아버지의 다리
세찬 물살을 헤치며
내가 갈 수 없는 곳으로
데려다 준 아버지의 다리
거름을 져 나르며
우리 집의 생활을 짊어진 아버지의 다리
내가 이 세상을 잘 건너가라고
크고 튼튼하게 다리를 놓아 준
아버지의 다리
나는 여름날 숲 속에서
내 아버지 다리같이 이 땅에 굳건히
뿌리를 내린
푸르른 나무를 본다.

초등학교 국어 6-1 수록작품(2011 초판)

누가 가르쳐 주었을까

비오는 날
연잎에 빗물이 고이면
가질 수 없을 만큼
빗물이 고이면

고개 살짝 숙여
-또르르 또르르
빗물을 흘려보내는 것을

누가 가르쳐 주었을까
가질 만큼만 담는 것을.

그늘

나는 커다란 그늘이 되고 싶다
여름날 더위에 지친
사람들과 동물들, 그리고
여린 풀과 어린 개미, 풀무치, 여치……
그들에게 시원한 그늘이 되고 싶다

그러나 나는 아직 작아
조그만 그늘만 드리우고 있다
언젠가 나는 크고 튼튼하게 자라
이 세상 모든 사랑스러운 것들을
내 그늘 속에 품어주고 싶다

햇볕이 강하고 뜨거울수록
더욱 두터운 그늘이 되어
그들을 품어주고 싶다.

초등학교 국어 6-2 수록 작품(2002 초판)

190

아버지의 등

아버지의 등에서는
늘 땀 냄새가 났다

내가 아플 때도
할머니가 돌아가셨을 때도
어머니는 눈물을 흘렸지만
아버지는 울지 않고
등에서는 땀 냄새만 났다

나는 이제야 알았다
힘들고 슬픈 일이 있어도
아버지는 속으로 운다는 것을
그 속울음이
아버지 등의 땀인 것을
땀 냄새가 속울음인 것을.

들깨 털기

들깨를 턴다
마당에 비닐을 넓게 깔고
들깨 단을 작대기로 살살 두드린다

두드릴 때마다 하얀 들깨가
토-옥 톡 튀어 올라 빛난다
내가 한눈 판 사이
들깨 몇 알이
비닐 밖으로 튀어나간다

-요놈, 어디로 가

내가 주우려 하자
할머니가 말했다

-그만둬라
배고픈 새들이 와서 먹게.

초등학교 국어 5-1 수록 작품(2015 초판)

192

어깨 내어주기

울고 있는 사람에게
어깨를 내어주는 것은
사랑입니다
졸고 있는 사람에게
어깨를 내어주는 것도
사랑입니다

가장 빛나는 사랑은
기대고 싶어도
기댈 어깨가 없는 사람에게
제 어깨를 아낌없이
내어주는 사람입니다.

그림자에도 아름다운 빛깔이 있네

봄날이네
벚꽃나무 밑에
아기가 곤히 자고 있네
그림자가 이불처럼
아기를 덮고 있네

이불 위로
벚꽃송이 떨어지네
수놓듯
수놓듯
그림자에 분홍 꽃 곱네

그림자에도
아름다운 빛깔이 있네.

울고 있는 사람에게
어깨를 내어주는 것은
사랑입니다

소설가 김호운(金浩運)

1950년	경북 의성 출생
1962년	의성초등학교(당시 중부국민학교) 졸업
1966년	의성중학교 졸업
1969년	의성종합고등학교 토목과 졸업
1977년	국립철도대학 졸업
2017년	숭실사이버대학교 중국언어문화학과 졸업

경력

1969년~1978년	철도청 입사. 북평역(지금의 동해역), 우보역, 신녕역, 석포역, 하양역, 동대구역 근무.
1978년~1997년	월간 백조, 경미문화사, 소설문학사, 국민서관 근무.
1982년	계몽사, 단행본사업본부장 역임.
1990년	롯데백화점 문화센터(잠실) 소설창작반 강의
1991년	한국소설가협회 사무차장.
1997년	도서출판 책읽는사람들 대표, 월간 『책읽는사람들』 발행인
2003년	학교법인 동방학원 이사
2011년	한국문인협회 이사(현)
2013년	국제펜클럽 한국본부 심의위원
2015년	『한국창작문학』 편집위원(현)
2016년	한국소설가협회 상임이사 겸 편집주간(현)
2016년	한국문학진흥및국립한국문학관건립공동준비위원회 위원(현)
2017년	문화체육관광부 문학진흥정책위원회 위원(현)
2017년	MBC 롯데문화센터 소설창작 강의(현)
2017년	통일부 산하 (사)한반도평화네트워크 통일위원

문학활동 및 저서

1978년	『월간문학』 제25회 신인상에 단편소설 『유리벽 저편』이 당선되어 등단함
1986년 5월 11일	『현대문학』에 발표한 단편소설 『혼돈의 늪』이 '부처님 오신 날' 특집, MBC베스트셀러극장 <다시 나는 새>로 방영
1988년	소설집 『겨울 선부리』(청림출판사) 출간
1988년	장편소설 『빗속의 연가』(청림출판사) 출간
1989년	장편소설 『불배』(도서출판 심지) 출간
1989년	장편소설 『풀잎 사랑』(도서출판 작가정신) 출간
1989년	연작 콩트집 『한살박이 부부 신혼 방정식』 전2권(도서출판 글사랑) 출간
1991년	소설집 『무지개가 아름다웠기 때문이다』(동아출판사) 출간
1991년	장편소설 『바람꽃』(도서출판 강천) 출간
1991년	콩트집 『바람잡힌 남편』 (도서출판 작가정신) 출간
1991년	단편소설 『호랑나비의 꿈』이 KBS 미니시리즈 <위기의 남자>로 방영.
1991년	공저, 남성문제소설집 『위기의 남자』(동광출판사, 단편소설 『호랑나비의 꿈』 수록)
1991년	공저, 원로스님 대담모음집 『한바탕 멋진 꿈이로구나』(불교신문사) 출간
1992년	연작 콩트집 『한살박이 부부 신혼 방정식』을 『궁합이 맞습니다』로 개제 출간
1992년	콩트집 『궁합이 맞습니다』 SBS 수목 드라마 52부작으로 방영
1992년	장편소설 『황토(荒土)』 전2권(동아출판사) 출간
1992년	콩트집 『재미없는 세상 재미있는 사람들』 (도서출판 두로) 출간
1993년	장편소설 『님의 침묵』 전3권(도서출판 청마) 출간
1995년	장편소설 『크레타의 물고기』(도서출판 강천) 출간
1998년	장편소설 『님의 침묵』(개작) 전3권(도서출판 밀알) 출간
2001년	장편소설 『아내』 전2권 (예문당) 출간
2016년	소설집 『그림 속에서 튀어나온 청소부』(인간과문학사) 출간
2017년	에세이집 『연꽃, 미소』(도서출판 도화) 출간
2017년	소설집 『스웨덴 숲속에서 온 달라헤스트』(도서출판 도화) 출간
2017년	장편소설 『소설 표해록(漂海錄)』(근간)

수상

1978년	월간문학 신인상
2016년	문화체육관광부 장관 표창
2016년	한국소설문학상 수상(단편소설 『아버지의 녹슨 철모』)
2017년	한국문학백년상 수상(소설집 『그림 속에서 튀어나온 청소부』)
2017년	세종도서 문학나눔에 선정(소설집 『그림 속에서 튀어나온 청소부』)
2017년	제6회 녹색문학상 수상

김호운

아버지의 녹슨 철모

아버지의 녹슨 철모

며칠 고민하던 끝에 나는 시골에 있는 고향의 옛 집을 찾았다. 여섯 살 때 이 집을 떠났으니, 거의 60년 만이다. 아버지와 삼촌 둘, 고모 네 분, 그리고 나까지 태어나고 자란 이 고향 집은 나이가 100살이 훨씬 넘었다. 그런데도 기와며 날아갈 듯한 추녀까지 아직 어디 하나 기운 데 없이 온전하게 잘 버티고 있다. 마치 할아버지의 쇠심줄 같은 고집을 그대로 빼닮은 듯하다.

이 집과 나와의 인연은 모두 합쳐도 1년이 채 못 된다. 그래서인지 감회보다는 오히려 낯설게 느껴졌다. 갓 태어나 젖먹이 시절에 어머니 품에서 3개월가량 살았고, 초등학교에 입학할 무렵 잠시 이 집에 들어와 6개월을 산 게 전부다. 앞서의 기억은 나지 않고, 뒤의 6개월 동안 산 기억은 생생하게 남아 있다. 이 집과 이별하던 날, 나를 찾으러 온 어머니와 나를 내어주지 않으려는 할머니 사이에 큰 승강이가 벌어졌다. 할머니에게 손목이 단단히 잡힌 나는 어머니에게 가려고 울면서 발버둥이를 쳤다. 그 두 사람 사이에 어머니를 향해 지팡이를 휘두르는 할아버지가 장벽처럼 가로막고 있었다. 결국 나는 할머니의 손을 피가 나도록 깨문 뒤에야 어머니에게 달려갈 수 있었다.

그렇게 이 집을 떠난 뒤 당시의 할아버지 나이가 되어서 다시 찾았다. 이제 이 집에 살던 사람들은 모두 세상을 떠나고, 막내고모 한 분이 경상북도 군위 어딘가에 살고 있다는 소문을 들었다. 이 집도 오래 전에 팔려

지금은 윤(尹)씨 문중 제실(祭室)이 되었다. 충애보육원에서 할머니의 손에 끌려 이 집에 왔을 때 나는 엄청 크고 높은 대문을 보고 잔뜩 주눅이 들었던 기억이 난다. 산 사람이 살던 집이 죽은 이의 집이 된 건 아마도 마을에서 유일한 이 솟을대문 때문이 아니었을까 싶다.

제실 관리인에게 부탁하여 잠긴 대문을 열고 들어가 집을 둘러보는데, 뒤늦게 따라들어 온 관리인이 내게 물었다.

"우리 문중 사람이오?"

"아녜요. 집이 고풍스러워서 한번 둘러보고 싶었습니다."

"에이, 고풍은 무어. 다 낡은 시골집인데…… 그나저나 어디서 오시는 길이오?"

"서울에 사는데. 여행 중입니다. 혹시…… 이 집이 원래 제실로 지은 건가요?"

나는 이 집이 윤씨 문중으로 넘어온 연유를 알 수 있을까 해서 그렇게 에둘러 물어보았다.

"글쎄요…… 오래 전 일이라 기억나지 않네요. 종가에 가서 물어보면 알게요."

제실 관리인은 마을에 있는 종갓집을 알려주었다. 이 집과 나와의 인연이 어디에서 끊어졌는지 잠시 궁금했으나. 굳이 그 내력을 알고 싶었던 건 아니다. 아마도 할머니가 마지막까지 살았으니. 그 즈음해서 주인이 바뀌었을 것이다.

1950년 여름. 한국전쟁이 일어났다. 인민군이 안동까지 밀고 내려왔다는 소문이 전해지자 80여 리 남쪽에 살던 우리 마을 사람들은 소달구지와 지게에 이불과 솥단지를 싣고 피난길에 올랐다. 그때 나는 어머니의 뱃속에 있었다. 우리 어머니는 시집온 지 일 년밖에 안 된 열여덟 살 난 새색

시였다. 경상북도 청도까지 내려간 우리 가족은 그 곳 냇가에 이불보로 천막을 치고 피난생활을 시작했다. 그 곳에는 이미 각지에서 몰려온 피난민들로 북새통을 이루고 있었다. 10명이나 되는 대식구가 이불보로 만든 천막 하나 속에서 함께 생활할 수는 없었다. 할아버지와 할머니, 그리고 고모 네 명과 나이 어린 막내삼촌이 천막을 차지했다. 그래서 아버지와 어머니, 그리고 큰삼촌은 밤이슬을 맞으며 차가운 자갈밭에서 자야 했다. 우리 할아버지와 할머니는 이렇듯 몰인정했다. 다른 집 같았으면, 할아버지가 밖으로 나오고 임신한 어린 며느리를 천막 안으로 들여보냈을 것이다.

피난생활 한 달이 지나자 가지고 온 식량이 모두 바닥이 났다. 피난민들이 바글거리는 이곳에서 식량을 조달할 희망이라곤 애시 당초 없었다. 이곳 청도 토박이 마을도 제대로 농사를 짓지 못해 제 가족 먹일 양식도 부족한 형편이었다. 들과 산을 누비며 먹을 수 있는 풀과 나무껍질을 구해와 끼니를 이어 갔다. 피난민이 많아 이마저도 날쌔지 않으면 구하기가 쉽지 않았다. 그래서 입 하나라도 던다는 심정으로 아버지는 큰삼촌과 함께 군대에 자원입대하기로 했다. 당시에는 전시라 젊은 장정들은 눈에 띄는 대로 모조리 강제 징집했다. 하지만 인민군을 피해 산길을 걸어 이곳까지 피난 오는 바람에 아버지와 삼촌은 그때까지 징집당하는 걸 모면했다.

이 사실을 알게 된 어머니가 울면서 매달렸지만 아버지의 결심을 되돌리지는 못했다. 그 날 밤, 아버지와 큰삼촌은 기어이 할아버지 할머니 몰래 어머니와 이별하고 천막을 떠났다. 떠나면서 아버지는 어머니에게 "우리 아이가 태어날 때쯤엔 이 전쟁도 끝날 거야."라고 했다. 이게 마지막 말이었다.

이튿날 아침, 두 아들이 군대로 간 사실을 안 할아버지와 할머니는 다짜고짜 어머니에게 "멍청한 년, 서방이 죽을 구멍으로 들어가는데도 빤히 보고만 있었냐! 어쩌자고 입 꼭 다물고 보냈느냐!" 하며 화풀이를 했다. 열일

200

곱 살. 세상물정도 모르던 나이에 시집와 나를 임신하는 바람에 제 몸 하나 추스르기도 벅찼던 어머니는 남편 없는 서러움을 생각할 겨를도 없이 호되게 휘둘렸다. 남편이 죽으라면 죽는 시늉까지 해야 하는 줄 알고 입을 다물었다가 시부모의 호된 타박을 고스란히 받았다.

"걔들한테 무슨 일 생기면 모두 네년 탓인 줄 알거라! 어디서 저런 멍텅구리가 들어왔는지 원. 제 서방 잡아먹을 년!"

아버지와 삼촌이 입대하는 바람에 이제 어머니 혼자 무서움에 떨며 천막 바깥 생활을 해야 했다. 어머니는 밤하늘에 뜬 별을 보며 혼자 날마다 눈물을 흘렸다. 뒷날 어머니는 이때 흘린 눈물이 작은 실개천 하나는 될 거라고 내게 말했다.

시부모의 매서운 홀대 속에 힘겨운 피난살이를 두 달 넘게 견뎌내다가 인민군이 물러갔다는 소식을 듣고 다시 고향 집으로 돌아왔다. 먹고 자는 걱정은 덜었지만, 어머니의 고된 시집살이는 이제 시작이었다. 두 사람의 입대를 막지 못했다고 타박하던 할머니가, 나중에는 어머니를 원인 제공자로 몰아붙였다. 얼마나 보기 싫었으면 새파랗게 젊은 마누라를 두고 죽을 자리로 갔겠느냐며 어머니를 홀대하고 혹사시켰다. 오죽했으면 어린 며느리에게 해도 너무한다며 이웃사람들이 나서서 할아버지와 할머니에게 항의하기도 했다.

입대했던 삼촌이 휴가를 나왔다. 내가 태어나고 한 달쯤 되었을 무렵이다. 삼촌은 철모를 쓰고 어깨에 총을 멘 군복 차림으로 돌아왔다. 마을 사람들이 우리 집으로 우 몰려왔다. 전쟁터에 나간 군인이 전시에 휴가를 나온다는 건 상상도 못했던 터라 우리 가족은 물론이고 마을 사람들 모두 놀라지 않을 수 없었다. 그 가운데 자식을 전쟁터에 보낸 몇몇 마을 어른들은 삼촌을 붙잡고 어떻게 휴가를 나왔는지 꼬치꼬치 캐묻기도 했다. 혹시나 자기 자식들도 휴가를 나올 방법이 있지 않을까 그렇게 희망의 끈을 붙잡고 있었다.

알고 보니, 우리 아버지와 삼촌은 미군부대에 배속되어 있었다. 그래서 전시지만 휴가를 나올 수 있었던 모양이다. 그 날 밤, 청도 냇가를 떠난 아버지와 삼촌이 처음 마주친 군부대가 미군부대였다. 그곳에서 일주일 간 머물다가 다른 장병들과 함께 미군 태평양사령부가 있는 일본 오키나와로 가서 기초 군사훈련을 받은 뒤 홍천에 주둔한 미군 부대에 배속되었다. 아버지가 분대장이었는데, 삼촌도 같은 분대에서 복무했다. 한국군에서는 형제를 같은 부대에 배속하지 않는다고 한다. 형제가 한꺼번에 희생되는 걸 막기 위한 배려였다. 그런데 삼촌이 떼를 쓰는 바람에 어쩔 수 없이 형제가 같은 분대에 배속되었다. 이번 휴가도 사실은 아버지에게 내려진 포상휴가였다. 삼촌이 식음을 전폐하고 우는 바람에 아버지가 상관에게 부탁하여 삼촌이 대신 휴가 나왔다.

어머니와 나의 불행은 여기에서 시작되었다. 삼촌이 휴가를 나온 지 3일째 되던 날, 미군 헌병 짚이 요란하게 사이렌을 울리며 마을에 나타났다. 잠시 뒤 그 미군 헌병 짚은 우리 집 대문 앞에 멈췄다. 미군 헌병과 함께 온 한국인 통역관이 대뜸 삼촌을 찾더니, 형님이 부상을 당했다며 함께 가자고 했다. 놀란 가족들이 얼마나 다쳤는지 물었으나 통역관은 가벼운 부상이라고만 했다. 가벼운 부상인데 그 먼 곳에서 사람을 데리러 올 리 없다며 할머니가 계속 매달렸지만, 통역관은 더 이상 말하지 않았다.

이렇게 하여 삼촌은 미군 헌병 짚을 타고 다시 부대로 돌아갔다. 우리 집에서 강원도 홍천까지는 짚으로 간다 해도 전시였던 당시 길 사정으로 보면 하루 종일 달려가야 하는 먼 거리다. 그 먼 곳에서 사람을 데리러 왔다면 예삿일이 아니라며, 할머니는 정화수를 떠놓고 손이 닳도록 아들이 무사하길 빌었다. 집안은 마치 폭격을 맞은 것 같았다. 누구 하나 이 일에 대해 먼저 입을 여는 사람이 없었다. 결과를 미리 알고 있기나 한 듯, 반쯤 얼이 나간 채 삼촌이 돌아오기만을 초조하게 기다렸다.

"대단한 빽이야. 지금이 어느 땐데. 전방에서 여기까지 헌병 짚을 보내다니. 둘째 놈 휴가 나올 때 알아봤네. 한국군이라면 어림도 없는 일이지. 우리 아들은 어디서 죽었는지 살았는지 소식도 없는데……."

영문을 모르는 마을 사람들은 무슨 큰 경사라도 난 것처럼. 그 와중에도 할아버지와 할머니께 칭찬이 자자했다. 그들 말도 일리가 있었다. 전쟁 막바지라고는 하지만 전선에서는 아직도 치열하게 전투를 하고 있었다. 마을 사람들에게는 전장에 나간 장병이 휴가를 나온다는 건 상상도 못하던 일이다.

미군 짚을 타고 부대로 돌아간 삼촌은 이틀 뒤 반죽음이 된 얼굴로 돌아왔다. 할아버지와 할머니가 걱정이 되어 묻는데도 삼촌은 입을 굳게 다문 채 식음을 전폐하고 계속 토하기만 했다. 뭔가 사단이 나도 단단히 났다며 가족들은 서로 눈치를 보며 삼촌이 입을 열기를 기다렸다. 그렇게 남은 휴가 기간 이틀이 다 지나간 뒤. 삼촌은 느닷없이 군복과 함께 총과 철모를 뒷마당에 파묻었다. 할아버지가 놀라 맨발로 달려가 말렸지만. 삼촌은 할아버지의 손을 뿌리치며 군장을 모두 땅에 파묻어 버렸다. 그러고 나서야 삼촌은 할아버지에게 처음으로 입을 열었다.

"형님이…… 죽었습니다."

"뭐라고?"

"형님이 죽었다고요!"

그 말을 듣고 할아버지와 할머니는 자지러지며 뒤로 넘어졌다. 부엌에서 설거지를 하던 어머니도 들고 있던 사발을 내동댕이치며 밖으로 달려나왔다.

"삼촌. 지금 뭐라고 했어요? 애기 아버지가 어떻게 되었다고요?"

어머니도 그 말을 하고는 바로 혼절해 버렸다. 놀란 고모들이 바가지에

찬물을 퍼 와서 어머니의 얼굴에 뿌리는 등 한바탕 야단법석이 일었다.

상황은 이랬다. 그 날 자정 무렵에 후퇴하던 중공군이 미군 부대를 기습했고, 잠결에 공격을 당한 부대원들이 황급히 무기를 챙겨 대응했다. 오전까지 벌어진 치열한 전투 끝에 중공군을 격퇴시켰지만, 기습 공격을 당한 아군의 희생도 컸다. 이 와중에 아버지가 전사했다. 미군 헌병은 이 사실을 알리기 위해 휴가 나간 삼촌을 소환했고, 가족들의 동요를 막기 위해 부상을 입었다고 거짓말을 한 것이다. 중공군의 수류탄 공격으로 전사한 아버지의 시신을 확인한 삼촌은 놀란 나머지 남은 휴가를 마치기 위해 돌아와서는 그렇게 군장을 땅에 묻어 버리고 귀대하지 않았다.

그 뒤로 우리 가족은 헌병과 경찰에게 끊임없이 시달림을 당했으며, 삼촌은 한동안 짚더미와 땅굴에 숨어 지내야 했다. 그러다 휴전이 되었고, 어수선한 사회 분위기를 틈타 뇌물을 주고 삼촌의 탈영 사건은 유야무야 무마되었다.

아버지의 전사로 인한 가족들의 슬픔은 시간이 흐르면서 매서운 칼날이 되어 어머니를 향했다. 청도 피난살이 때부터 할머니에게 듣기 시작했던 '서방을 잡아먹을 년'이라는 욕이 이젠 '서방을 잡아먹은 년'으로 바뀌어 남편을 잃고 슬픔 속에 살아가는 어머니를 괴롭혔다. 고모들은 빈둥빈둥 놀리면서 집안일을 몽땅 어머니에게 시켰고, 그것도 모자라 밤에는 길쌈과 바느질감을 한 아름 던져 주어 잠은커녕 갓난아이에게 제때 젖을 물리지도 못했다.

시댁의 홀대를 견디다 못한 어머니는 어느 날 새벽에 백일을 갓 넘긴 나를 업고 집을 나왔다. 숟가락 하나도 챙기지 못한 채 입은 옷차림 그대로 나온 어머니는 갈 곳이 없었다. 출가외인이라 친정으로 갈 생각은 하지 않았다. 생각 끝에 대처인 부산으로 가면 굶어죽지는 않겠지 하는 마음에 일단 면소재지에 있는 기차역으로 갔다. 표를 살 돈이 없어 몰래 기차를 타

204

기 위해 플랫폼에서 가까운 철길 옆 울타리에 몸을 숨기고 기차가 오기를 기다렸다. 하지만 어머니는 기차를 타지 못했다. 아무래도 친정어머니에 게만은 소식을 전하고 가야 도리일 것 같아 발길을 돌려 친정으로 향했다.

"새파랗게 젊은 것이 핏덩이를 업고 일가친척 하나 없는 낯선 곳에서 어떻게 살려고 하냐. 어렵더라도 여기서 함께 지내자."

외할머니는 어머니를 붙잡고 한사코 떠나지 못하게 했다. 외가도 넉넉한 살림은 아니었다. 식구는 많은데 가진 농토가 적어 외할아버지가 이웃의 밭을 경작해 주고 받아오는 품삯으로 겨우 끼니를 해결하는 형편이었다. 그래서 '입 하나 던다'며 어머니를 어린나이에 시집보냈다. 그 바람에 어머니는 걸핏하면 할머니로부터 "쌀 한 가마니를 주고 데리고 온 년"이란 소리를 들어야 했다. 결혼할 때 외가에서 혼수로 쌀 한 가마니를 받았기 때문이다.

이런 외가에 얹혀 살 수 없어 우리 모자는 외할머니 친구네 집 문간방 하나를 무상으로 얻어 독립생활을 시작했다. 외가에서 냄비와 밥그릇을 얻어오고, 이부자리는 동네 사람들이 갖다 주었다. 우리도 외할아버지처럼 어머니가 품일을 해서 구해온 식량으로 그날그날을 연명했다. 겨우 거지 신세만 면한 살림살이였지만 어머니는 허리를 졸라 가며 조금씩 곡식을 모았다.

약간의 밑돈이 모이자 어머니는 방물장사를 시작했다. 대구 서문시장에서 바늘과 실 등 일용품을 사와 머리에 이고 시골 구석구석을 돌아다니며 팔았다. 등에는 나를 업고 머리에는 무거운 짐을 인 채 하루 수십 리 길을 걸었다. 돈이 없는 시골 사람들은 물건 값으로 곡식을 주었다. 그래서 물건이 많이 팔리면 팔릴수록 머리에 인 곡물 자루는 점점 더 무거워졌다. 그렇게 돌아다니다가 해가 지면 들녘 밭둑 아래나 동구 밖 짚더미 옆에서 웅크리고 잤고, 운이 좋은 날은 어느 집 헛간을 빌려 겨우 밤이슬을 피하며 잤다. 여름날 모기가 극성을 부리면 어머니는 어린 나를 모기가 물지 못하게 속곳 속에 집어넣고 잤다. 방물장사가 어머니에게는 말할 수 없이 힘들었겠지만. 그 덕분에 우리의 형편은 조금씩 나아졌다. 얼마 뒤에는 방물장수에서 비단장수로 바뀌었다. 방물보다 비단이 이문이 더 남았다. 하지만 어머니는 그만큼 더 힘들었다. 방물에 비해 비단이 더 무거웠고. 값이 나가는 물품이다 보니 팔릴 때마다 곡물의 무게도 훨씬 더 무거워졌다.

내가 다섯 살 나던 해 읍내에 수산장(授産場)이라는 게 세워졌다. 군내 각면에서 전쟁미망인 1명씩을 뽑아 합숙을 하며 편물과 바느질을 가르쳐 자립시키는 곳이었다. 미국의 원조를 받는 종교기관에서 운영했다. 어머니가 우리 면 대표로 뽑혀 나는 어머니와 함께 수산장으로 들어갔다. 작은 읍내이긴 하지만 우리가 살던 시골보다는 훨씬 큰 대처 생활이 시작되었다. 각 면에서 선발되어 온 17명의 전쟁미망인들은 방 하나에 두 사람씩 짝을 이루어 함께 살았다. 그중 아이가 딸린 사람은 우리를 포함하여 3명 밖에 없었다. 아이를 시댁이나 친정에 맡겨 두고 온 사람도 있었지만. 대부분 신혼 초에 남편이 전사하는 바람에 자식이 없었다. 이 때문에 방을 배정할 때 시끄러운 일이 발생하기도 했다. 자식이 없는 사람들이 아이 딸린 사람과 같은 방을 쓰지 않으려 한 것이다. 우여곡절 끝에 몇 사람이 양보하여 이 문제는 일단락되었다.

이곳에 모인 전쟁미망인들은 우리 어머니처럼 모두 이십대 초반이었다. 혈기왕성하고 철없는 나이여서 그런지 매일 싸움이 벌어졌다. 이유는 사소했다. 미국에서 보내온 구호물자를 놓고 서로 좋은 걸 차지하려고 싸우거나. 소지품이 없어졌다고 남의 방을 뒤지는 바람에 몸싸움으로 번지기도 했다. 가끔은 화장을 짙게 한다고 흉을 보다가 싸우는 일도 있었다. 그러다가 밤에 몰래 무단 외출하여 남자를 만난 사건이 발생했다. 아무도 모르는 일이 밖으로 새나갔다며 방 짝끼리 머리채를 잡고 격렬하게 싸우는 바람에 원장까지 알게 되었다. 젊은 미망인들이 모여 집단 생활하는 곳이라 이런 소문은 치명적이다. 그래서 본보기로 당사자는 다음날 곧바로 퇴소당하고, 후임자가 새로 들어왔다. 아이들 때문에 다툼이 일어나는 일도 잦았다. 아이가 없는 미망인들은 한창 말썽을 피울 나이인 아이들을 이해하지 못했다. 조금만 떠들어도 야단쳤고, 좀 심하게 야단치다가 어른 싸움으로 번지기도 했다. 아이 문제는 날이 갈수록 심각해졌다. 아이가 없는 미망인들은 도저히 아이가 딸린 사람과 함께 살 수 없다며 방을 바꿔달라고 항의하기도 했다.

이 문제를 해결하기 위해 군수까지 나섰다. 수산장 운영에 깊이 관여하던 교회 장로와 함께 온 군수는 아이가 딸린 미망인들을 모아놓고 설명했다. 읍내에 전쟁고아들을 돌보는 '충애보육원'이 생겼다는 것이다. 그 곳에 가면 중·고등학교까지 공부시켜 준다며 아이를 충애보육원으로 보내라고 권했다. 부모가 모두 없는 고아들만 들어갈 수 있는데, 수산장에 사는 전쟁미망인들에게는 특혜를 줘서 어머니가 있어도 아이를 받아준다며 설득했다. 그리고 고등학교를 마치면 어머니가 데려갈 수 있다고 했다. 다른 건 몰라도 중·고등학교를 무상으로 교육시켜 준다는 말에 미망인들의 마음이 움직였다.

이리하여 수산장에서 함께 지내던 아이들 3명은 이튿날 모두 자기 어머니의 손을 잡고 충애보육원으로 갔다. 보육원은 읍내 북쪽 변두리의 교회 옆에 있었다. 허허벌판에다 아직도 흙벽돌을 찍어 계속 건물을 짓고 있는 중이어서 몹시 어수선한 분위기였다. 먼저 교회에서 예배를 보며 입소식을 했다. 입소식이 끝나자 함께 보육원 식당에서 떡국으로 저녁을 먹은 뒤 아이들은 어머니와 헤어져야 했다.

그 날 밤, 처음으로 어머니의 품을 떠나 낯선 형들과 자게 된 나는 어머니를 못 만난다는 두려움 때문에 잠을 잘 수가 없었다. 이튿날 날이 밝자마자 나는 아이들을 꼬드겨 함께 수산장으로 돌아와 버렸다.

　어머니는 나를 보자 반가워하기는커녕 "사내자식이 그것도 못 참으면 장래에 뭐가 될래!" 하며 무섭게 야단을 쳤다. 나는 다시 어머니의 손에 끌려 충애보육원으로 돌아가야 했다. 나와 함께 수산장으로 되돌아온 두 아이는 끝까지 버티는 바람에 그대로 자기 어머니 곁에 눌러앉았다. 혼자 충애보육원으로 돌아가면서 나는 처음으로 우리 어머니가 모질고 무서운 사람이라는 생각을 했다.

　이렇게 하여 나는 고아 아닌 고아가 되어 보육원에서 생활하게 되었다. 말이 보육원이지 이건 노예나 다름없는 생활이었다. 작은 온돌방 하나에 10명 정도 함께 생활했다. 나처럼 유치원에 다닐 나이의 아이에서 중·고등학교에 다니는 형들도 있었다. 나이 많은 형이 방장이었는데, 청소에서부터 땔감을 구해 오는 일 등을 진두지휘했다. 그 형의 말을 듣지 않으면 벌을 받는다. 벌은 경중에 따라 밥 몇 숟가락을 형들에게 덜어 주는 것이다. 말하자면 자기 밥그릇의 밥을 뺏겨야 한다. 밤에 잘 때도 형들은 제일 따뜻한 아랫목에서 자고, 나이 어린 나는 가장자리 문 옆에서 추위에 떨며 자야 했다. 덮고 자던 군용 솜이불도 자다가 보면 형들이 가져가고 없었다. 하루 일과는 시간표에 따라 움직인다. 아침에 눈을 뜨면 체조를 하고, 교회에 가서 예배를 본다. 그러고 나서 형들은 학교에 가고, 어린 우리들은 흙벽돌을 찍고 나르는 일을 돕거나 청소를 해야 했다. 하루 종일 쉬지 않고 일하다가 오후 늦게 형들이 학교에서 돌아오면, 이번엔 땔감을 주우러 들판을 돌아다녔다. 군불을 지피는 땔감은 스스로 해결해야 했다. 땔감을 적게 주워 오면 형들에게 밥을 뺏긴다. 그래서 어둠살이 내릴 때까지 들판을 헤맸다. 식사는 주로 미국에서 원조 받은 옥수수가루로 만든 떡국이나 죽을 먹었고, 밥은 하루 한 끼 강보리밥 한 공기씩을 주었다. 그나마 이 식사를 뺏기지 않으려면 형들의 말을 잘 들어야 한다.

충애보유원에서 지낸 지 일 년이 막 지났을 무렵, 어떻게 알았는지 할머니와 큰고모가 나를 찾아왔다. 어머니에게 알리지도 않은 채 할머니와 큰고모는 보육원 원장에게 거칠게 항의한 뒤 나를 할아버지 댁으로 데려가버렸다. 어머니 품에 안겨 할아버지 댁을 나온 뒤 여섯 살이 되어 혼자 할아버지 댁으로 들어간 것이다.

어머니와 연락이 두절된 채 나는 할아버지 댁에서 생활했다. 이곳에서도 그다지 좋은 대접을 받지는 못했다. 탈영했던 삼촌은 장가를 가서 나보다 한 살 어린 사촌이 있었다. 할아버지와 할머니는 그 사촌동생을 끔찍이 생각했는데, 나는 주워온 아이처럼 대했다. 나는 매일 들에 나가 소먹이 꼴을 한 망태기씩 베어 와야 했지만, 사촌동생은 집에서 장난치며 놀아도 아무도 야단치는 사람이 없었다.

이듬해, 아직 학교에 갈 나이도 안 된 나는 큰고모의 손에 이끌려 10여 리 떨어져 있는 시골 초등학교에 입학했다. 또래보다 한 해 먼저 입학해서 모든 게 서툴었고, 집에서 학용품도 사 주지 않아 교과서만 들고 다니며 공부했다. 보다 못한 담임선생님이 공책과 연필을 주면서 어머니를 학교에 모시고 오라고 했다. 어머니에게 어떻게 가야 하는지 몰라, 할머니에게 선생님의 이 말을 전했다가 호되게 야단만 맞았다. 어머니를 데려가지 않자 선생님이 직접 우리 집을 방문했다. 그러고 나서 며칠 뒤 읍내에 있던 어머니가 나를 데리러 왔다. 알고 보니, 선생님이 읍내 여고에 다니는 여동생을 시켜 어머니에게 나를 데려 가라고 했던 것이다. 그때까지 어머니는 내가 충애보육원에서 무탈하게 잘 지내는 줄로만 알고 있었다. 이렇게 하여 어머니의 손에 끌려 나는 다시 수산장으로 돌아왔다.

나는 지금 당시의 할아버지 나이가 되어서 이 집을 다시 찾았다. 내가 내 발로 이 집을 찾아왔다는 건, 나를 이 집에서 데리고 나간 어머니가 이제 이 세상에 안 계신다는 의미도 된다. 어느 해 설날, 이웃 어른들께 세배를 하고 와서 넌지시 어머니에게 "우리 할아버지와 할머니한테도 세배 드려야 하지 않아요?"라고 물었다가 혼쭐이 났다. 어머니는 단호하게 "내 눈에 흙이 들어가기 전에는 안 된다. 앞으로 그런 말 입 밖에도 내지 말거라." 하며 나를 무섭게 노려보았다. 그 이후 나는 어머니 앞에서 할아버지와 할머니에 관한 이야기를 한 번도 꺼낸 적이 없다.

어머니가 시댁에 대해 이토록 벽을 쌓은 데는 여러 가지 이유가 복합적으로 얽혀 있다. '남편을 잡아먹은 년'이란 소리까지 들으며 온갖 홀대를 받다가 젖먹이를 업고 도망치다시피 시댁을 나온 것도 그렇지만, 품일과 방물장사를 하며 고생할 때 시댁으로부터 쌀 한 톨 얻어먹지 못한 것도 깊은 한으로 응어리져 있었다. 결정적인 이유가 또 있다. 읍내 수산장에서 살 때 할아버지가 아버지의 전사통지서를 가지러 온 적이 있다. 면사무소에서 전사자 가족에게 위문품으로 무명천 한 필과 쌀 한 말을 주었는데, 그걸 받으려면 전사통지서가 필요했던 것이다. 이 때문에 할아버지와 어머니는 언성을 높이며 다투었다.

"그걸 왜 아버님이 받으려 하세요? 나라에서도 시댁에서도 지금껏 우리 모자를 나 몰라라 했는데, 그건 우리 모자가 받아야 하는 거 아닙니까?"

"쓸데없는 소리하지 말고 이리 내놔라! 내 아들 목숨과 바꾼 종이다. 면에서 물건을 받으면 너 줄 테니. 그 종이는 이제 내가 가지고 있어야겠다."

이렇게 밀고 당기다가 어머니는 결국 전사통지서를 할아버지에게 내주었다. 아들을 잃은 부모의 심정을 이해하고 양보한 것이다. 어머니는 전사한 아들 대신 그 종이나마 지니고 싶어 하는 노인에게 더 이상 거절할 수가 없었다고 했다.

전사통지서를 들고 면사무소를 찾아갔지만, 할아버지는 물품을 받지 못했다. 미망인이 1순위, 자녀가 2순위, 부모는 3순위 수령자라며 할아버지에게 물품을 내주지 않았던 것이다. 어쩔 수 없이 어머니를 대동하고 면사무소에 가서야 물품을 받아낸 할아버지는 무명천만 어머니에게 주고 쌀은 가지고 가 버렸다. 물론 전사통지서도 어머니에게 돌려주지 않았다.

이것이 나중에 큰 문제를 만들었다. 내가 초등학교 5학년 때 5·16혁명이 일어났다. 원호청이 생기면서 한국전쟁에서 희생한 장병 가족들에게 처음으로 국가 차원의 정기적인 보상이 시작되었다. 면사무소에서 전사통지서를 가지고 와서 원호가족 신청을 하라는 통지가 왔다. 그런데 5년 전 어머니에게서 받아간 이 전사통지서를 할아버지가 담배쌈지에 넣어 가지고 다니다가 잃어버렸다. 전사통지서가 없으면 원호가족 등록을 할 수가 없다. 전사한 사실을 이웃이 증명한다고 사정했으나, 면사무소에서는 안 된다며 병무청에 가서 전사확인서를 발급받아 오라고 했다. 곧장 대구에 있는 병무청을 찾아갔으나, 그곳에는 아버지의 전사 기록이 없었다.

어머니는 억장이 무너졌다. 전사통지서를 잃어버렸으니 남편을 두 번 잃은 거라며. 집으로 돌아온 어머니는 목 놓아 울었다. 정신을 추스른 어머니는 며칠 뒤 서울에 있는 국방부를 찾아갔다. 하지만 그 곳에서도 아버지의 전사 기록을 찾지 못했다. 담당 직원은 아버지가 미군부대에서 복무했기 때문에 기록이 누락되었을 수 있고, 당시에는 치열한 전투 중이라 서류를 제대로 정리하지 못한 채 소속 부대장이 전사통지서만 보낸 경우도 많다고 했다. 그러면서 잃어버린 전사통지서를 찾거나 당시 함께 복무했던 전우 10명 이상의 증언을 받아오라고 했다.

어머니는 그 길로 큰삼촌을 찾아가 함께 복무했던 전우들의 신상을 알려달라고 했으나, 삼촌은 협조해 주지 않았다. 이 일로 전시에 탈영한 사실이 불거질까봐 걱정했던 것이다. 아니, 그보다도 삼촌은 평생 혼자 가슴에 묻고 가야 할 엄청난 비밀이 탄로 날까 봐 더 두려워했는지도 모른다. 그것은 바로 삼촌이 아버지 대신 휴가를 나오는 바람에 아버지가 전사했다는 사실이 가족들에게 밝혀지기 때문이다. 어머니는 며칠을 삼촌댁에 머물며 불쌍한 조카를 위해서라도 협조해 달라고 사정사정하여 아버지의 전우 10명의 이름을 받아냈다.

겨우 이름과 고향만 알았을 뿐. 그분들이 어디서 무엇을 하는지는 알지 못했다. 어머니는 전국 각지에 흩어져 사는 아버지의 옛 전우들을 찾아 나섰다. 행방을 알기 위해 먼저 그분들 고향을 찾아갔고, 거기에서 현재 살고 있는 주소를 알아내 물어물어 찾아다녔다. 지금처럼 전화와 교통이 편리하던 시절도 아니었다. 주소 하나만 들고 사람을 찾는 건 '서울에서 김 서방 찾기'만큼이나 힘든 일이었다. 이렇게 전국을 헤맨 지 7개월여 만에 어머니는 마침내 아버지의 옛 전우 10명으로부터 당시 전투 상황과 아버지의 전사 모습까지 생생한 증언을 받아냈다. 세상을 떠난 분들도 있어서 추가로 전우 명단을 확보해서 또 찾아 나서기도 했다. 그렇게 해서 받아낸 증언을 들고 국방부로 가서 무사히 아버지의 전사자 등록을 마쳤다.

어머니가 이 일을 끝까지 해낸 건 몇 푼 안 되는 연금을 받기 위해서가 아니었다. 나라를 위해 목숨을 바친 아버지의 명예를 회복하는 일이고, 동시에 하나뿐인 아들의 장래를 위한 일이었기 때문이다. 원호청에 등록을 해야 학비보조금을 받으며 중·고등학교를 무상으로 다닐 수 있었다. 공부를 시키려고 어머니는 어린 나를 충애보육원에 보내기까지 했었다. 당시 형편으로는 중·고등학교에 보내는 것도 버겁던 시절이었다.

이것이 할아버지 댁과 벽을 쌓은 결정적 이유였다. 전우들을 찾아가 전사 입증서를 받던 중 아버지가 삼촌 대신에 전사했다는 사실을 처음으로 알게 된 어머니는 친가와 더 높은 장벽을 쌓았다. 그런 저간의 사정을 숨기고 우리 모자를 돌보지 않은 친가 사람들이 남보다 못하다고 생각했던 것이다. 어머니는 방물장사를 하며 거지처럼 돌아다닌 일이 그렇게 서러울 수 없다며, 내게 "내 눈에 흙이 들어가기 전엔 친가에 발걸음을 해선 안 된다."고 단호하게 말했다. 내가 아버지의 전사 당시 상황을 소상히 알고 있는 것도 바로 이 증언 때문이다. 어머니는 전우로부터 받아낸 증언을 한 부 더 복사하여 남겨두었다. 내가 크면 보여주기 위해서였다. 언젠가 무심결에 내가 어머니가 금기시하던 할아버지 이야기를 꺼낸 적 있다. 그러고 나서 며칠 뒤 어머니는 장롱 속 깊숙이 넣어둔 이 입증서를 꺼내 내게 읽어보라고 했다. 어머니는 학교를 다니지 못해 글을 쓸 줄도 읽을 줄도 모른다. 그래서 일일이 대서방에 가서 증언을 대필해야 했다. 대서방도 관공서가 있는 대처에나 있어서 증인을 데려가자면 수고비와 교통비를 부담해야 했다. 그러니 사람을 찾느라 고생한 일도 벅찼지만, 대필 비용을 마련하느라 빚을 내는 통에 몇 년을 고생하며 갚아야 했다. 나는 그런 어머니의 말을 거역할 수 없었다.

그렇게 완강하던 어머니가 작년에 세상을 떠났다. 임종을 앞둔 어머니에게 나는 이미 돌아가신 할아버지와 할머니, 그 두 분과 화해를 시켜드리고 싶었다. 하늘나라에 가서까지 서로 외면하며 살게 할 수 없었다.

"어머니, 이제 다 내려놓으세요."

희미한 정신 속에서도 에둘러 하는 나의 이 말을 알아들었는지, 어머니는 한참동안 나를 바라보다가 가쁜 숨을 몰아쉬며 힘없이 말했다.

"할아버지 할머니 산소에…… 술 한 잔 따라 드려라. 불효한 죄는…… 모두 내가…… 가지고 가마."

나는 어머니를 안고 목 놓아 울었다. 슬픔과 함께 서러움이 한꺼번에 복받쳐 올랐다. 내려놓고 나면 다 아무것도 아닌 것을, 왜 이토록 이분들에게 한 세상을 무거운 짐을 진 채 살게 했을까 참담하기도 했다.

어머니를 여읜 슬픔이 가시자, 이 엄청난 줄다리기를 끝낸 허망함이 나를 괴롭혔다. 줄다리기는 어느 한쪽이 쓰러져야 끝이 난다. 서로 팽팽하게 줄을 당기고 있을 때는 이기고 지는 사람 없이 모두 힘이 솟는다. 게임이 끝나고 나서야 이긴 이도 함께 쓰러진다는 걸 비로소 깨닫는다. 한쪽이 줄을 놓으면 모두 쓰러지는 게 줄다리기다. 그래서 이기고 진 사람이 없다. 모두 세상을 떠나고 난 이 순간, 내겐 그렇게 모두 쓰러진 허망한 뒷자리만 남겨져 있었다. 마치 허공에 서 있는 듯한 심정이었다.

고향 집 대문을 나오다가 나는 걸음을 멈추었다. 대문 안쪽 담벼락 밑에 화분 하나가 놓여 있었다. 들꽃이 소담하게 자라는 화분이 내 시선을 끌었다. 녹슨 철모였다. 나는 발길을 돌려 그 화분 앞에 가 섰다.

관리인이 그런 나를 보고 말했다.

"예쁘지요? 며칠 전에 들에서 캐왔는데, 여기서는 개국화라고 불러요."

"그런데 이 철모는 어디서 났나요?"

"뒤뜰 잡동사니 사이에 뒹굴고 있던 건데, 화분으로 안성맞춤이지 뭡니까."

"원래 이 집에 있던 겁니까?"

"잘은 몰라도 아마 그럴 겁니다. 여긴 전방도 아닌데 녹슨 철모가 돌아다닌다는 게…… 아마 누가 들에서 발견하고 엿장수한테 팔려고 주워왔겠지요."

나는 다시 지나간 먼 세월 속으로 달려갔다. 충애보육원에서 할머니와 고모 손에 끌려 할아버지 댁으로 왔을 때다. 섣달 그믐께라 들판에는 하얀 눈이 소복이 덮여 있었다. 방 안에서 마주친 할아버지 앞에 철모로 만든 화로가 있었다. 철모의 정수리를 움푹 들어가게 눌러 안정감 있게 하여 화로로 쓰고 있었다. 할아버지는 긴 담뱃대를 그 철모 화롯불에 대고 불을 붙이고 나서 불이 사그라지지 않게 부삽으로 재를 정성스레 다진 뒤 그 위에 불돌을 올려놓았다. 나는 할아버지보다 그 철모에 더 관심이 갔다. 그래서 할아버지에게 인사하는 것도 잊고 철모 화로를 가리키며 "이게 뭐예요?" 하고 물었다. 할아버지는 나를 노려보다가 "이게 너 애비다." 하더니 세차게 담배를 뻑뻑 빨아대었다. 그러고는 조금 전에 다져놓은 걸 잊어버린 듯 한참동안이나 다시 화롯불을 다졌다. 할아버지의 말뜻을 알아듣지 못해 궁금했지만. 할아버지가 나를 살갑게 대하지 않아 더 물어볼 수 없었다. 오랜 세월이 지난 뒤 어느 날 문득 할아버지가 한 이 말이 생각나 어머니에게 물었다가 뜻밖의 사실을 알았다. 아버지의 시신을 확인한 삼촌은 얼마나 제정신이 아니었으면 아버지의 철모를 자기 철모인 줄 알고 바꿔 쓰고 왔다. 미군 검시관이 형님의 유일한 유품이라며 삼촌에게 건네 준 하사 계급장이 붙은 아버지의 철모를 쓰고 온 것이다. 총과 함께 땅에 파묻었던 바로 그 철모를 할아버지는 화로로 사용하고 있었다.

나는 화분을 들고 밑을 확인했다. 정수리가 움푹 들어가 있었다. 할아버지가 사용하던 그 화로가 틀림없다는 확신이 들었다. 제실 관리인 말처럼. 전방도 아닌 이 평화로운 시골에서 철모를 보는 건 흔한 일이 아니다. "이게 너 애비다."라고 하던 할아버지 말이 환청처럼 들렸다. 그때 할아버지는 이 말을 하고서 세차게 담배를 빨아대었다. 왜 그랬을까? 아들의 유품이라 생각했다면 고이 보관했을 텐데. 왜 뜨거운 불을 담는 화로로 사용했을까. 할아버지의 심정을 알 길이 없다. 부모보다 앞서 세상을 뜬 자식에 대한 원망이었을까? 아니면 죽은 자식에게 뜨거운 생명을 불어넣고 싶었을까? 새삼스레 할아버지의 그런 행동에 대해 깊은 의문이 들었다.

오랜 세월 뜨거운 불덩이를 담고 있다가. 다시 차갑게 식은 채 내버려졌던 녹슨 철모는 이제 따뜻한 손길을 만나 꽃향기를 피우고 있다. 그런 생각을 하다 나는 멈칫했다. '혹시 나를 기다리고 있었던 건 아닐까?' 마치 아버지의 환생을 보는 듯했다. 한참동안 꿈속에 있는 것처럼 나는 그렇게 철모 화분을 바라보며 서 있었다.

"꽃이 맘에 드시오?"

나는 관리인의 말을 듣지 못했다. 들꽃에서 진한 향기가 배어나와 내 전신을 휘감아 왔다. 허리를 굽히고 얼굴을 꽃 가까이 가져갔다. 한참동안 그러고 있다가 관리인에게 말했다.

"이 화분. 내게 팔지 않겠습니까?"

"네에?"

"한번 키워 보고 싶네요."

"에이. 이 개국화는 들에 지천으로 피어 있어요. 팔기는 뭐. 그냥 가져가요. 버리려던 건데……."

나는 술값이라도 하라며. 받지 않으려는 제실 관리인의 손에 돈을 조금 쥐어주었다. 녹이 많이 슬어 이미 한쪽 귀퉁이가 삭아 부서지고 있는 철모 화분을 신문지로 조심스럽게 싸서 가슴에 안았다.

마을을 거의 빠져나왔을 때. 나는 잠시 걸음을 멈추고 뒤돌아보았다. 어쩌면 이 마을을 보는 것도 이게 마지막일지 모른다는 생각을 했다. 할아버지가 소를 몰며 쟁기질 하던 언덕배기 밭에 유난히 많은 아지랑이가 피어오르고 있었다.

오랜 세월 뜨거운 불덩이를 담고 있다가,
다시 차갑게 식은 채 내버려졌던 녹슨 철모는
이제 따뜻한 손길을 만나 꽃향기를 피우고 있다.

소설가 이영철(李永喆)

1957년 전북 군산(群山) 출생
삼양그룹 홍보실 근무
언어세계 주간
독서신문 편집위원
문학신문 편집위원
한국문인협회 이사(제24대, 제25대, 제26대 현)
한국문인협회 남북문학교류위원회 위원
한국소설가협회 편집장
한국소설가협회 이사(현)
(주)클랙슨 필름 영화사 부사장
(주)청어미디어 영화사 회장
청어출판사 대표(현)
(주)텔소프트 대표(현)

작품 활동

1981년   『竹筍』문학 16호, 「도시로 부는 바람」으로 등단
1984년   시집 『都市로 부는 바람』(한국문학)
1993년   장편소설 『마침내 나는 꿈을 꾼다』(서울창작)
1995년   장편소설 『청어와 삐삐꽃(전2권)』(기린원)
1996년   장편소설 『비오는 날의 쇼팽(전3권)』(기린원)
1996년   장편동화 『학교 폭력 혼내주자』(가나출판사)
1997년   장편동화 『학교 폭력 빠떼루 줘야합니다』(가나출판사)
1997년   장편소설 『神의 향수』·공저(소담출판사)
1999년   장편동화 『예수(전2권)』(다산교육)
2000년   장편소설 『더블 클릭(전2권)』(청어)
2001년   장편동화 『뚱보천사』(다산교육)
2002년   장편동화 『이젠 울지 않을 거예요』(다산교육)-문예진흥원 우수추천도서
2002년   장편만화 『예수님 이야기(전5권)』(다산교육)
2003년   장편동화 『보고 싶어, 토토』(이가서)
2004년   장편동화 『서울 촌놈』(다산교육)
2005년   영화입문서 『108개의 모놀로그』(청어)
2007년   수필집 『너만을 위한 사랑』(찬섬)
2009년   소설집 『성불』(청어)
2009년   교양서 『무궁화 이야기』(청어)
2009년   교양서 『세상을 바꿀 한국의 27가지 녹색기술』(영진닷컴)
2012년   영화입문서 『명작 속의 독백 모음집』(청어)
2012년   교육서 『리더가 되기 위한 POP 스피치(전4권)』(청어)
2014년   소설집 『이 비가 그치면』(청어)
          근간 장편소설 『겨울 벚꽃』

「자살여행」(단편), 계간소설가, 2004
「겨울 벚꽃」(단편), 한국소설, 2006 1월
「겨울비, 담배, 섹스 그리고……」(단편), 계간문예, 2006년 봄호
「첫 여자」(단편), 한류문예, 2006년 8월
「아버지의 반지」(단편), 문학과 의식, 2007년 봄호
「꽃지에 버린 사랑」(단편), 문학저널, 2007년 8월
「애가불망(愛歌不忘)」(단편), 한국소설, 2008년 12월
「이 비가 그치면」(단편), 한국소설, 2012년 10월
「메멘토 모리」(단편), 한국소설, 2016년 8월
「成佛」(단편), 한중대표 소설선집(한국·중국 동시 출간), 2016년
「한 사람이 보이고」(단편), 월간문학, 2017년 7월

문학상 수상

한국문예진흥원 문인창작기금 수혜(1995년)
문예진흥원 우수추천도서(2002년)
제6회 한국문협작가상(2009년)
제38회 한국소설문학상(2013년)

이영철

아버지의 반지

아버지의 반지

〈작가노트〉

바람이 낮은 포복으로 엎드린 밤,

생각이 많은 날은 좀처럼 지워지지 않는 얼굴들이 있다.

1

-아버지 산소를 이장해야겠다. 아버지를 모신 산을 깎아내고 아파트 단지가 들어선대. 이장할 산소 자리는 나가 다 알아서 준비했응께 다음 주 토요일에 내려오니라. 손 없는 일요일 날 이장허자잉.

지난 주, 형과의 통화였다.

차창을 때리는 빗방울이 점점 거세지고 있었다. 빗방울이 굵어지자 윈도우브러시도 자동으로 빠르게 움직였다. 서해안 고속도로는 비가 옴에도 불구하고 주말을 맞아 남녘으로 벚꽃놀이를 가는 차들로 가다 서다를 반복하고 있었다. 서둘러 나왔지만 이런 상태로 가면 해가 떨어질 무렵에야 형 집에 도착할 것 같았다. 기다리고 있을 형에게 전화했다.

"찬찬히 오거라잉. 빗길 조심허고."

아내와 아이들이 함께 가고 있다고 하자 형은 아버지가 어린 아들에게 당부하듯 말했다. 앞에 앉은 아내는 피곤했는지 진즉 잠이 들었고, 뒷좌석에 있는 두 녀석도 마치 봄나들이 꽃 여행이라도 나선 듯 재잘대다. 휴게

소에서 우동 한 그릇씩을 뚝딱 해치우더니 어느새 빗소리를 자장가 삼아 고개를 옆으로 떨어뜨린 채 깊은 잠에 빠져 있었다. 아빠가 운전하다 졸면 큰일 난다고 참새가 조잘대듯 앞 다투어 요즘 유행한다는 유머 시리즈를 떠들어댄 것이 채 십 분도 지나지 않아서였다.

고2, 중3이라지만 키나 체격만 커다랬지 아직도 약병아리티를 벗어나지 못한 녀석들이었다. 막내 녀석은 아직도 한밤중에 천둥번개가 치면 무섭다고 베개를 안고 팬티차림으로 안방으로 불쑥 쳐들어와 아내와 나 사이를 비집고 들어오는 놈이었다. 중학교 3학년이나 되는 녀석이 눈치도 없이.

며칠 전. 천둥번개와 함께 소나기 퍼붓는 밤이었다. 그날도 아내와 나 사이에 누워서는 수염이 곰실곰실 돋아난 턱을 들이대며, 헤헤거리며, "ㅋㅋ 오랜만에 엄마 젖 한번 먹어볼까?" 하며 아내의 잠옷을 들추다가, "애가 왜 이래. 징그럽게. 저리 안 가!" 아내는 막내의 손을 송충이 털어내듯 했고, 끝내 젖가슴을 한번 만진 막내는 엉덩이가 불이 나도록 두들겨 맞고는 제 방으로 쫓겨나야만 했다.

어머니는 내가 결혼하면서부터 모시다 막내가 초등학교에 입학한 해 봄에 돌아가셨다. 그때 큰놈은 초등학교 3학년이었다. 두 녀석은 아직도 어머니를 기억했다. 하지만 아내와 애들은 아버지를 빛바랜 사진첩에서나 보았을 뿐이었다. 아버지는 내가 열 살인 초등학교 3학년 때 돌아가셨기 때문이다.

"제수씨가 어디 노는 사람이다냐. 괜찮어. 그런 마음만 있으면 됐제. 음식이야 느그 형수허고 누이들이 해도 충분하당께. 제수씨헌티는 마음 쓰지 말라고 전해라잉."

아내라도 먼저 시골에 내려 보내 아버지를 이장하는 날 산일에 올릴 음식 만드는 일을 도와주려고 했지만, 형은 한사코 만류했다. 아내가 수업

을 빼먹으면서까지 그럴 필요가 없다는 거였다. 아내는 여자중학교 미술
교사였다.

나에게 있어 형은 아버지와도 같은 존재였다.

나이는 여섯 살밖에 차이 나지 않았지만 시골 뙤약볕 아래 과수원 일과
농사를 짓느라 고생해서 그런지 나이보다 훨씬 겉늙어 보였다. 해마다 추
수가 끝나면 손수 지은 쌀 몇 가마와 된장과 고추장을 비롯해 고춧가루며
시래기. 참기름 등을 올려 보냈다. 그러지 말라고. 사서 먹어도 된다고 해
도 군산에서 전자제품에 들어가는 반도체부품 만드는 회사를 다니는 큰조
카 차에 실어 서울까지 올려 보냈다. 큰조카가 군산에서 시골 형 집에까
지 가서 그것들을 싣고 서울까지 올라오고 다시 내려가는 기름 값이나 고
생하는 걸 생각하면 사서 먹는 게 경제적이었지만. 형이 동생인 나를 생각
하는 마음을 알면서 막무가내로 막을 수만은 없었다. 형 때문에 직장 다
니느라 피곤한 큰조카만 적어도 일 년에 한 번은 주말에도 쉬지 못하고 서
울을 올라와야 했다.

"나가 니한티 해줄 게 뭐시 있간디. 그나마 논마지기와 밭뙈기라도 있으
니께 그럴 수 있는 게지. 니가 먹을 쌀은 일부러 농약도 안 쳐 메뚜기와 우
렁과 미꾸리가 어깨동무하고 뛰논 논에서 거둔 무공해 쌀이랑께. 서울선
그런 쌀을 구할 수도 없응께 암말 말고 받어. 그래야 형으로서 늙으신 엄
니를 군말 않고 모시고 산 제수씨에게 그나마 체면이 설 거 아니겠어. 니
생각만 하지 말랑께. 니하고 난 동기간이라 그렇다 칠 수 있지만 어디 제
수씨하고 난 그렇냐. 그간 쌀 몇 가마니로 제수씨가 엄니 모시느라 마음고
생 한 걸 다 갚을 수는 읍겠지만. 이렇게라도 해야 내 맴이 편하니께 다시
는 안 받겠다는 말을 하지 말란 말여. 내 말 알아듣겠냐?"

나는 왜 지금도 형만 생각하면 늘 가슴 한구석이 짠하게 아려오고 죄스

러운지 몰랐다. 형은 서울에서 제 앞가림을 하며 사는 나를 대견하게 생각하지만, 난 형과 함께 있으면 내 앞에 도저히 뛰어넘을 수 없는 거인이 서 있는 듯, 한없이 작아지는 걸 느꼈다. 형은 2년 터울로 줄줄이인 누나들과 나를 가르치고 생계를 꾸려가기 위해 중학교를 자퇴하고 엄마의 농사일을 도왔다. 비록 초등학교는 시골이고 중학교는 군산이라는 작은 도시이긴 했지만 형은 초등학교는 물론 중학교를 자퇴할 때까지도 반장과 전체 수석을 한 번도 놓친 적이 없는 수재였다.

중학생인 형이 자퇴하는 상황까지 간 그때, 아버지는 금괴 찾는 일에 몰두하고 있었다. 8·15 해방을 맞이하기 직전인 전쟁 막바지에 일본군이 극비리에 군산항에서 금괴를 일본으로 가져가다 미군의 폭격을 맞아 고군산열도에 수장된 군함과 미처 일본으로 옮기지 못하고 무인도 어딘가에 숨겨뒀다는 금괴였다. 아버지의 바람처럼 운 좋게 엄청난 금괴를 찾으면 하루아침에 큰 부자가 되겠지만, 금괴를 찾을 때까지는 수입이 전혀 없고 지출만 계속되는 투기였다.

시간이 지나면서 여유 있던 집안 살림은 점점 어려워져 최악의 상태에 이르렀다. 마을 사람들은 소문으로만 전해지는 금괴를 찾는 일이 허무맹랑한 일이라 생각하면서도, 다른 사람이라면 몰라도 그 당시로서는 드물게 일본에서 대학까지 마치고 온 똑똑한 사람인 아버지가 하는 일이기에 반신반의했다. 하지만 엄마만은 아버지가 하는 일을 맹목적으로 믿었다. 결국 아버지의 금괴 찾는 일이 늦어지면서 대대로 물려받은 그 많던 논밭과 선산까지도 남의 손에 들어갔고, 급기야 금괴 찾는 일에 동참할 투자자들을 찾아다녀야 했다.

아버지가 신앙처럼 믿고 있는, 어디서 구했는지는 모르지만 금괴가 가득 실린 군산 앞 바다 가운데 보물선 위치와 금괴를 숨겨둔 곳이라 표시된 무인도 지도는 어쩜 전설처럼 전해지는 것을 누군가가 거짓으로 만든 것인지도 몰랐다. 집안이 기울고, 시간이 흘러도 금괴를 찾지 못하자 사람들은 반신반의하던 눈길을 거두고 미친 짓이라 비웃기 시작했다. 그런 비웃음 속에서도 아버지와 뜻을 함께한 꿈을 쫓는 몇몇 투자자들은 불확실한 장밋빛 미래에 매달려 바다와 섬에서 세월을 보냈다.

형은 아버지가 남들처럼 정상적인 생활을 했다면, 아니 있는 재산만 그대로 지키고 있었어도 충분히 대학까지 마치고도 남았을 것이다. 형은 자퇴만은 안 된다고 울며 매달리는 엄마의 손을 뿌리치고 마당 한가운데 교복과 책을 쌓아놓고 불을 지르며 절규했다.

"엄니는 헛된 망상에만 집착하는 아버지만 믿다가 저 어린 동상들을 모두 학교도 못 보내 무지렁뱅이로 만들고, 가만히 앉아서 굶겨 죽일 작정이신게라? 명색이 장남인 내가 뭐시라도 해서 동생들을 책임져야 하지 않겠냐고요. 예, 나도 다른 애들처럼 공부하고 싶고 부모님 사랑 받으며 좋은 집에서 호강하며 살고 싶당께요. 하지만 주어진 현실이 그렇지 않을 걸 어떡한다요. 아버지가 지금 하는 일이 옳은지 틀린지는 잘 모르겠지만, 어쨌든 지금 이 순간은 얼굴조차 보기 싫을 정도로 원망스러운 것만은 사실이지라."

"그래도 아버지잖냐?"

"엄닌 배알도 없으신게라? 나가 쬐깐했을 땐 그 인물에 그 학벌을 가지고 바람피우고 노름하느라 좋은 시절을 다 보내고 인제 와선 가족들은 나 몰라라 하고 허황된 금괴에 미쳐가지고는……."

"니가 아무리 니 아버질 미워해도 난 그럴 수 읍당께. 나헌틴 너무 과분한 분이랑께. 난 그저 니 아버지 그림자만이라도 멀리서 지켜볼 수 있다면…… 그려, 난 그렇게 평생을 니 아버지 종매냥 살래도 살아갈 수 있당께. 그러니께 니가 날 원망하는 거시라면 몰라도 내 앞에선 니 아버지에 대한 험담이나 원망은 하지 않았으면 좋겠당께."

엄마의 그 말에 형은 할 말이 많은 듯했지만 입을 꾹 다물었다.

그때 나는 초등학교 2학년.

온 산에 진달래가 불타는 봄이었다. 치솟는 불길에 교복과 책이 하얀 재로 변해 흩날릴 때까지 형은 자리를 뜨지 않고 지켜보았다. 그걸 지켜보는 형의 두 눈에서는 산소용접기 불꽃같은 시퍼런 불꽃이 튀고 있었다. 아버지에 대한 원망과 서러움과 분노 때문이었으리라. 엄마는 그날 이후로 며칠을 몸져누웠다. 아버지는 손님처럼 일 년에 서너 번 집에 들렀는데, 형은 아버지가 오면 동네 사랑방에서 자며 떠날 때까지 집 근처엔 얼씬도 하지 않았다.

동네 사람들이 하는 말을 들은 것이지만, 아버지는 면에서 한 명밖에 없는 일본에서 대학까지 마친 똑똑한 사람이었고, 엄마는 초등학교도 못 나왔다고 했다. 할아버지와 엄마의 할아버지가 아주 가까운 친구였는데 아버지와 엄마가 동갑내기로 태어나자 그때부터 짝을 맺어주기로 약속했다고 했다. 내 기억으로는, 아버지가 노름을 했는지 바람을 피웠는지까지는 몰라도 엄마를 무시하는 것을 한 번도 본 적이 없었다. 아버지는 엄마에게 늘 웃는 얼굴로 대했고, 엄마도 그런 아버지를 왕처럼 떠받들었다. 어린 내가 보기엔 두 분은 오누이처럼 사이가 좋아보였다.

"차라리 아버지가 없었으면 좋겠어."

큰누이는 아버지에 대한 얘기만 나오면 서슴지 않고 독설을 내뱉었다. 형이 중학교를 그만둘 때, 두 누이는 초등학교 6학년과 4학년이었다. 누나들은 아버지를 대신해서 농사도 짓고 집안을 꾸려가느라 고생하는 오빠를 보면서 노골적으로 아버지를 적대시했다. 나중에 안 사실이지만, 난 어려서 기억 못하지만, 두 누이는 전에도 아버지가 노름과 바람으로 세월을 보내는 동안 동네 사람들의 수군거림을 알아들을 나이였던 것이다. 그런 와중에도 엄마만은 아버지를 떠받들었다. 어려운 살림에 끼니마다 명절 때라야 구경하는 하얀 쌀밥에 고깃국을 밥상에 올렸고, 집을 떠날 때는 언제 준비했는지 늘 말쑥한 새 옷을 입혀 보냈다. 아버지는 형과 누이들에게는 아버지 대접을 받지 못했어도, 엄마에게만은 변함없이 하늘같은 지아비로서 떠받들음을 받았다.

아버지는 집에 오면 그동안 잠도 못 자고 먹지도 못한 사람마냥 며칠 동안 안방에서 꼼짝도 않고 먹고 자기만 했다. 엄마 역시 그때는 아무리 농사일이 바빠도 모든 걸 제치고 아버지와 함께했다. 누나들과 나는 누가 시킨 것도 아닌데 아버지가 집에 있는 동안은 아래채에서 먹고 자며 누구도 안방 근처에 가지 않았다. 아버지와 엄마는 밤낮으로 안방에서 무얼 하는지 꼭 붙어 있었다. 방에서 나오는 엄마의 머리는 막 잠자리에서 일어난 사람처럼 부스스 흐트러져 있거나, 술 먹은 사람처럼 얼굴이 발갛게 상기되어 있었고, 어느 때는 채 여미지 않은 옷고름 사이로 커다란 젖가슴이 보이기도 했다.

"이걸 형에게 전해주거라."

며칠 동안을 엄마와 방에서만 지내던 아버지는 집을 떠나기 전에 꼭 나를 불러 안주머니에서 한 움큼의 지폐가 든 봉투를 꺼내 손에 쥐어주었다. 왜 돈을 엄마나 형에게 직접 안 주고 나더러 주라고 하는지 알 수 없었다.

"그리고 이건 우리 막내 용돈이다. 너 쓰고 싶은 데 쓰거라."

아버지는 그때마다 내 까까머리를 쓰다듬으며 지폐 몇 장을 따로 내 꼬막손에 꼭 쥐어주며 손등을 토닥였다. 나 같은 꼬맹이는 만져보기도 어려운 큰돈이었다. 아버지지만 함께한 시간이 적어서 왠지 낯선 느낌에 쭈빗거리면 환하게 웃으며 번쩍 안아들고는 고슴도치처럼 수염이 돋은 턱으로 마구 볼을 비벼대다가 입을 맞췄다. 여린 볼따구니에 와 닿는 바늘 끝 같은 수염이 어찌나 따가운지 눈물이 핑 돌 지경이었다. 수염이 따가워서

226

어쩔 줄 몰라 쩔쩔매는 내 모습을 보며, 개구쟁이처럼 웃으며 입을 맞추는 아버지의 입에서는 늘 싸한 담배 냄새가 났다. 이상한 것은 잊을 만하면 맡는 아버지의 그 담배 냄새가 싫지 않다는 거였다.

오랜 세월이 지난 지금도 아버지를 생각할 때면 그때 활짝 웃던 개구쟁이 같은 표정과 담배 냄새가 먼저 떠올랐다. 아버지는 나를 내려놓고 내 키 높이에 맞춰 쪼그리고 앉아 내 눈을 보며 말했다. 아버지의 눈은 황소처럼 속눈썹이 유난히 길고 쌍꺼풀이 깊게 드리워져 있었다. 시골에서는 보기 드문, 누가 봐도 영화배우처럼 얼굴 윤곽이 또렷한 미남이었다.

"막내야. 엄마 말씀 잘 듣고…… 특히 형 말을 잘 들어라. 아빠가 집에 없을 때는 형이 아빠나 마찬가진 거야. 내 말이 무슨 뜻인지 알지?"

"네."

'형이 아빠라고?'

그 말이 내포한 뜻을 확실히는 알 수 없지만 어렴풋이 알 것도 같았다.

"그래. 너희에겐 내가 죄인이다. 특히 네 형에겐…… 하지만 어쩌겠니. 인력으론 안 되는 타고난 방랑벽을…… 두고 봐라. 아빠가 반드시 금괴를 찾아내 남들 보란 듯이 멋지게 성공하고야 말 테니까."

아버지는 한숨을 길게 내쉬며 알 듯 모를 듯한 말을 남긴 채. 내 입술에 싸한 담배 체취를 남긴 채. 휘적휘적 걸어 느티나무가 있는 동구 밖으로 멀어져 갔다. 이제 또 언제 만날지도 모를 이별이었다. 나는 아버지의 뒷모습이 마을 고샅길에서 사라질 때까지 사립문 뒤에 숨어서 오래도록 지켜보곤 했다. 형에게 주라던 돈 봉투를 손에 꼭 쥔 채.

2

"학교 다녀왔습니다."

"막내 왔냐."

벽에 등을 기대고 앉아 있던 아버지는 내 손을 꼭 잡았다. 조선 솥뚜껑처럼 크고 튼실하던 손이 삭정이처럼 바짝 야위고, 단단해 보이던 체격도 어느새 빈 부대자루를 뒤집어 쓴 허수아비처럼 뼈만 앙상했다. 시골사람들과는 다르게 뿌옇던 얼굴도 햇볕에 그을린 것처럼 까맣게 변했다. 집에는 아무도 없었다. 엄마와 형은 밭에 고추 모종을 심으러 나간 것 같았다. 아버지 머리맡에 있는 요강은 반쯤 차 지린내를 풍기고 있었다. 요강을 비우고 수세미에 비누칠을 해 깨끗이 닦아다 놓았다.

"막내야, 나 물 좀 다오."

아버지는 물도 넘기기 힘든지 한 모금 삼키고는 몇 번이나 잔기침을 하더니 겨우 또 한 모금 삼켰다. 기침을 멈춘 아버지는 까맣고 움푹 꺼져 병색이 완연한 눈가에 희미하게 눈웃음을 지으며 물었다.

"공부 재밌냐?"

"별로 재미없어요."

나는 고개를 저었다. 솔직히 하지 않을 수만 있다면 하고 싶지 않은 것이 공부였다.

"하긴 재밌어서 하는 애들이 몇이나 되겠니. 그냥 다른 애들보다 뒤처지지 않을 정도만 하고 실컷 뛰어놀아라. 인생의 완성이 공부로만 된다면 몰라도……."

아버지는 고개를 끄덕이며 말했다. 나는 그때 아버지가 말하는 '인생의 완성'이란 말을 잘 이해하지는 못했지만 조금은 알 것도 같았다. 막무가내로 무조건 공부를 열심히 하라는 엄마와 다른 점이었다. 가방을 열고 학교에서 점심 때 나누어 준 옥수수 빵을 꺼내 아버지에게 내밀었다. 반으로 쪼개 먹고 남겨둔 것이었다. 죽도 제대로 못 삼키는 아버지는 내가 가져다주는 옥수수 빵만은 그래도 어느 정도 먹었다. 그래서 매일 반씩 남겨왔다. 옥수수 빵을 드리는 것은 엄마도 모르는 둘만의 비밀이었다.

"너도 먹어라."

아버지는 내가 건네준 빵을 다시 반으로 쪼겠다. 사실 다 먹어도 양이 안 차는 걸 아버지를 생각해서 남겨온 것이었다. 아버지는 빵 한 조각을 떼어 입에 넣고 오래도록 씹다가 삼켰다. 뭐든 먹으면 제대로 넘기지도 못하고 토하기 일쑤였다. 그렇게 음식을 먹지 못하다 보니 하루가 다르게 야위어갔다. 병원에 보름쯤 입원해 있다가 집으로 옮긴 지 두 달이 넘어가고 있었다.

아버지는 고군산열도 금괴를 찾던 배 위에서 쓰러졌는데, 위암 말기라고 했다. 때가 너무 늦어 수술을 해도 소용없다며 병원에서도 포기한 상태라고 했다. 마을 사람들은 목소리를 한껏 낮춰 수군거렸다. 천벌을 받아서 저렇게 된 게야. 젊어서는 노름에 기집질에 실컷 놀아나더니 때늦게 포물선을 찾니 뭐하니 하고 헛된 꿈을 꾸더니 병들어 갈 곳이 없으니까 기어들어 왔어. 그래도 군소리 없이 지 애비를 받아주는 명철이가 참 효자는 효자여. 맞어. 그렇게 공부 잘하던 어린 것이 누구 때문에 핵교도 못 다니고 지 동상들 거두겠다고 그 고생을 하는디…… 하며 아버지 흉을 봤다. 나는 동네 사람들이 아버지 흉을 보느라 수군거릴 때마다 못 들은 척 슬그머니 자리를 피하곤 했다. 그런 날은 방죽으로 가 팔이 아플 정도로 물수제비를 뜨곤 했다. 내 눈에는 농사짓는 다른 애들의 아버지보다 훨씬 멋있어 보이던 아버지가 이토록 아파서 초라해 보이리라고는 꿈에도 생각해 본 적이 없던 나였다.

형은 한 집에 살면서도 아버지 얼굴을 보지 않았다. 엄마와 함께 농사일을 마치고 돌아와도 아버지에게는 인사도 없이 아래채에서 따로 밥을 먹었다. 처음에는 누나들도 엄마의 채근에 마지못해 아버지와 겸상을 하긴 했지만, 아버지가 밥을 먹다가 요강에 대고 토악질이라도 할라치면, 얼굴을 찌푸리며 '탁!' 소리가 나도록 숟가락을 밥상에 팽개치듯 놓고 핑 하니 밖으로 나가곤 했다.

어느 날부턴가는 누나들도 아래채에서 형과 밥을 먹고, 아버지는 안방에서 등을 벽에 기댄 채 엄마와 나하고 겸상을 했다. 나도 처음에는 아버지가 밥을 먹다 말고 토악질을 할 때는 비위가 상해 도저히 밥이 넘어가지 않았지만, 그런 일이 반복되다 보니 면역이 생겨 토악질 소리를 들으면서도 밥이 넘어갔다.

"막내도 아래채에 가서 밥을 먹지 그러냐."

한번은 아버지가 토악질을 하느라 뼈만 남은 목에 굵은 철사 줄처럼 팽팽하게 돋은 힘줄이 가라앉기도 전에 말했다. 음식을 먹은 것이 없는 아버지는 요란한 토악질 소리와는 달리 요강에 쏟아낸 것은 물밖에 없었다.

"아니에요, 괜찮아요. 전 아무렇지도 않아요."

거짓말이었다. 하지만 나는 일부러 아버지가 처연한 눈길로 볼 때 볼이 미어지게 밥숟가락을 떠 우걱우걱 씹었다. 사실은 아래채에 가서 형과 누나들과 밥을 먹고 싶었다. 하지만 나마저 아버지와 겸상을 하지 않는다면 너무 불쌍할 것 같은 생각이 들었다. 형과 누나들은 아버지를 싫어하지만, 나는 어려서, 철없어서 그런지는 몰라도 아버지에 대한 나쁜 기억이 전혀 없었다. 노름을 했건, 계집질을 했건, 집안을 돌보지 않고 밖으로 나돈 것에 대한, 가장으로서 직무유기를 한 것에 대한 평가를 내리기에는 난 아직 철부지였다.

아프기 전에 아버지가 이따금 집에 돌아올 때는 당시 시골 아이들은 구경조차 하기 힘든 장난감이나 운동화나 옷을 비롯해 생과자나 초콜릿 등을 한 아름 안겨주었다. 형이나 누나들은 아버지가 주는 선물을 받지 않았기 때문에 언제부턴가는 사오지 않았다. 그러니 아버지는 엄마와 내 선물만 입이 딱 벌어질 만큼 사들고 왔다. 주먹만한 고무공도 귀하던 시절에 가죽으로 만든 진짜 축구공을 사다주어 학교에서 일약 스타가 되기도 했다. 학교에도 없는 가죽 축구공이었다. 아이들은 내가 가지고 있는 가죽 축구공을 한 번이라도 차보기 위해 잘 보이려 갖은 아양을 떨었다. 게다가 아버지가 엄마 몰래 준 두둑한 지폐 용돈은 용돈의 개념조차 모르는 시골 아이들의 대장노릇을 하는 데 결정적인 역할을 했다.

"오늘 소풍간다고?"

"네."

"내가 같이 가주면 좋으련만……."

아버지는 겨우 흰죽 몇 술을 뜨다가 숟가락을 놓고 벽에 등을 기댄 채 담배를 물었다. 엄마의 성화에도 불구하고 아버지는 끝내 담배를 끊지 못했다. 어차피 갈 날을 받아 놓은 사람이 뭐 하러 평생을 피워온, 좋아하는 담배를 이제 와서 끊어야 하냐는 것이 아버지의 주장이었다. 뼈만 남은 손가락 사이에서 피어오르는 담배 연기는 묘한 이질감을 주었다. 아프기 전, 동네 사람들의 흙투성이의 옷에 투박한 손답지 않게 말쑥한 양복에 중절모를 쓴 아버지의 뽀얗고 통통한 손가락에 끼어 있던 담배를 기억하던 내게는 똑같은 담배인데도 전혀 다르게 보였다. 그때는 담배 피우는 모습이 그렇게 멋있어 보였는데, 지금은 너무나 초라해 보였다.

"여보, 지갑 좀 가져와."

아버지는 엄마가 서랍에서 가져온 지갑에서 몇 장 남지 않은 지폐 중에 한 장을 꺼냈다.

"자, 이걸로 소풍 가서 맛있는 것도 사먹고 너 필요한 거 사는 데 쓰거라."

아버지는 내게 지폐를 내밀었다. 나는 한 번도 엄마 앞에서 아버지가 주는 돈을 받은 적이 없어서 엄마 눈치를 살폈다. 받기도, 그렇다고 안 받기도 애매한 상황이었다. 아버지가 아프기 전, 집을 떠나기 전에 주는 지폐를 받을 때는 항상 둘만 있을 때였다.

"아니, 아에게 무신 그런 큰돈을 주고 그런다요잉. 아가 어디 쓸 데가 있다고. 주려면 동전이나 몇 개 주든지."

엄마의 반응은 내 예상대로였다. 만약 전에도 아버지에게 매번 지폐를 받아 몰래 다 썼다는 것을 알면 경을 쳐도 크게 경을 칠 것이 틀림없었다. 엄마의 반응으로 봐서는, 아버지가 내게 용돈을 준 것을 엄마에게 말하지 않은 것이 틀림없었다.

"이 사람아, 내가 이제 언제 우리 막내 소풍 가는 날 용돈을 줄 수 있겠어. 이번이 마지막일 텐데……."

짙푸르던 엽록소는 다 빠져나가고 겨울의 초입에 들어선 갈참나무 이파리처럼 바짝 마른 아버지의 목소리가 손톱 밑에 박힌 가시처럼 아프게 귀에 걸렸다. 아버지는 피우던 담배를 잔기침과 함께 재떨이에 눌러 끄고, 엄마의 눈치를 보느라 쭈빗거리며 두 손으로 공손하게 용돈을 받는 내 얼굴을 새삼스럽게 찬찬히 쳐다보았다. 그런 아버지의 시선이 낯설어 눈길을 피해 밥상 밑으로 눈을 깔았다.

"어여 일어나. 핵교 늦겠다. 아빠가 주신 용돈은 한꺼번에 다 쓰지 말고 아꼈다가 학용품 살 때 쓰고."

"네. 소풍 다녀오겠습니다."

"고맙습니다. 해야지."

"네. 아버지. 용돈 고맙습니다."

나는 엄마 말에 따라 아버지를 향해 고개를 푹 숙이고, 엄마가 미리 챙겨놓은 김밥과 눈깔사탕과 과자와 칠성사이다 한 병이 든 가방을 들고 일어섰다. 꾸벅 숙인 고개를 들다가 다시 아버지와 눈길이 마주쳤는데. 아랫입술을 꾹 깨물고 처연한 눈길로 내 얼굴을 뚫어져라 바라보는 아버지의 두 눈엔 금세라도 넘칠 것처럼 눈물이 가득 고여 있었다. 지금껏 한 번도 본 적이 없는 아버지의 눈물이었다. 학교에 가면서도, 소풍을 가면서도 아버지의 젖은 눈이 자꾸만 눈에 밟혀 그렇게 기다리던 소풍임에도 불구하고 즐겁지 않았다.

"이걸 엄마와 내가 함께 끼라고 사왔다 이거지?"

"네."

아버지는 내가 끼워준 반지를 보며 환하게 웃었다. 소풍 갔다가 돌아오는 길에 문방구에서 산 싸구려 반지였다. 금색으로 도금된 링에 큼직한 유리알이 다이아몬드처럼 박힌 반지였다. 문방구 앞을 지나다, 다른 엄마들 손에는 반지가 끼워져 있는데 엄마 손에는 아무 것도 없는 것이 문득 떠올랐다. 왜 갑자기 그런 생각을 했는지는 모르지만, 엄마 손에 내가 산 반지를 끼워주고 싶었다. 처음에는 엄마 것만 샀는데, 아버지의 손에도 반지가 없는 것이 생각났다. 그래서 똑같은 것으로 두 개를 샀다.

"호호, 우리 막내똥내구린내 덕분에 얼마 만에 껴보는 반지야!"

엄마는 내 볼에 입을 맞추고, 신기한 듯 반지 낀 손을 치켜들고 이리저리 보았다.

"우리 막내가 나보다 낫구려. 없는 살림을 꾸려가느라 결혼반지마저 판 당신 손에 난 반지를 다시 끼워줄 생각조차 못했는데…… 미안하오."

"어디 나만 그랬당가요. 당신도 못 낀 반지를 제가 어떻게 낀다요."

엄마가 아빠의 말에 얼굴을 살짝 붉히며 보던 반지 낀 손을 감추었다. 아버지는 링이 커서 삭정이처럼 야윈 손가락에서 겉도는 반지를 한참동안 만지작거리고 있었다.

그날 밤, 나는 아버지가 함께 자기를 원해 처음으로 아버지와 한 이불을 덮었다. 아버지는 배가 아픈지 밤새 끙끙 앓았다. 그 소리가 신경 쓰여 새벽이 다 되도록 잠을 이루지 못하며 뒤척이다. 뒷산 밤나무에 앉아 우는 부엉이 소리를 듣다가 여명이 터올 무렵에야 겨우 깜빡 여우잠이 들었다.

3

상복을 입은 형은 끝내 눈물을 보이지 않았다. 누나들도 마찬가지였고, 엄마만 자리에 누워 일어나지도 못했다. 아버지는 그렇게 벚꽃이 눈발처럼 흐드러지게 휘날리는 4월에 세상을 떠났다. 끝내 내게 약속한 금괴를 찾지도 못하고, 엄마의 몸부림만을 뒤로 남긴 채.

형은 돌밭이나 다름없는 비탈진 산을 샀다. 그동안 아버지가 나를 통해 준 돈을 한 푼도 쓰지 않고 모아둔 것과 엄마의 간청에도 불구하고 병원에서 서둘러 퇴원해 마지막으로 얼마간 남겨준 돈을 합한 거였다. 형과 엄마는 비탈진 돌산을 과수원으로 만들기 위해 새벽부터 밤늦게까지 소처럼 억척같이 매달렸다.

형과 엄마의 손은 거친 일로 갈라지고 터지기를 반복해 도저히 사람 손이라곤 믿어지지 않을 정도로 엉망이 되어갔다. 누이들도 토요일은 수업이 끝나기가 바쁘게 달려와 도왔다. 일요일에는 네 식구가 모두 돌산에서 땅을 뒤지는 산짐승처럼 살았다. 나만 형의 명령으로 돌산을 과수원으로 만드는 일에서 제외됐다. 내가 할 수 있는 거라곤 땀 흘려 일하는 가족들을 위해 주전자에 시원한 물을 담아 나르는 게 전부였다. 가족이 힘을 합쳐 억척을 떨자 조금씩 논밭과 과수원이 늘어갔다.

형은 내게 넉넉하지는 않지만 공부할 수 있는 경제적인 뒷받침을 했다. 중고등학교에 들어갔을 때도, 대학생이 되었어도, 이제 충분히 일할 수 있는 나이가 되었음에도, 아무리 과수원 일과 농사일이 바빠 고양이 손이라도 빌릴 정도가 돼도 절대로 일을 시키지 않았다. 아예 처음부터 농사나 과수원 일을 배우지 말라는 거였다. 너만이라도 공부를 제대로 해서 집안의 기둥이 되라는 거였다. 누이들도 고등학교만 졸업하고 과수원 일을 돕기 위해 대학 진학을 포기했다. 나는 일개미처럼 노동에 지쳐 있는 가족들을 생각하면 한시도 공부를 게을리 할 수가 없었다.

대학 2학년 때.

내게 큰소리 한 번 안 치던 형에게 딱 한 번 맞은 적이 있는데, 그 사건은 내가 지금껏 살아오면서 흐트러지려 할 때마다 하나의 경종이 되었다.

그날은 학교가 끝나고 모처럼 탈춤동아리 선후배들과 어울려 술을 마셨다. 너무들 취해 집에도 가지 못하고 단체로 여관방에 쓰러졌는데. 다음날 단체로 학교 오전수업도 빼먹었다. 점심 무렵에야 겨우 몸을 추스르고 쓰린 속들을 늦은 해장으로 달랬다. 집에 오는 동안 차멀미로 몇 번이나 헛구역질을 했다. 울렁거리며 쓰린 배를 움켜쥐고 마당에 들어서자마자 형이 마루에 앉아 있다가 벌떡 일어났다.

"너 어디서 오는 중이냐?"

나는 형의 물음에 입이 떨어지지 않았다. 부엌에 있다가 형 목소리에 급히 달려 나온 엄마는 형 뒤에 서서 소리도 내지 못하고 뭐라고 입을 바삐 움직이며 다급한 손짓을 형 모르게 했다. 내게 무슨 말인가를 해주려 애썼지만 엄마가 전하고자 하는 말을 눈치 챌 수가 없었다.

"다시 묻겠다! 너 지금 어디서 오는 중이냐?"

형의 목소리는 평소와 다르게 이제 막 제재소 톱날을 통과해 나온 각목의 모서리처럼 날카롭게 각이 져 있었다. 거짓말을 할 수는 없었다.

"……동아리 선후배와 어울려 술 한잔 하다가 취해 그만 여관방에……"

채 말을 끝내기도 전에 왼쪽 뺨 관자놀이에서 번쩍 번갯불이 튀었다. 어찌나 세게 맞는지 휘청하며 달팽이관이 다 먹먹할 정도였다. 그 순간. 엄마가 튕기듯 달려와 나를 덥석 얼싸안으며 형을 향해 울부짖었다. 울부짖는 엄마의 두 눈에선 시퍼런 불꽃이 튀었다.

"이놈아, 니가 뭐시간디 야를. 니 동상을 함부로 때리는겨. 니 아버지는 단 한 번도 니들을 때리긴 고사하고 쳐다보는 것도 아까워서 솜털조차 건드리지 않았어. 쬐깐한 막둥이를…… 남들 맹크로 제때 제대로 멕이지도, 입히지도 못한 그런 불쌍한 것을 니놈이 왜 때리는 겨. 니 아버지도 안 때린 매를 니가 무신 자격으로 행사하는 겨! 천하에 불쌍한 막둥이를 때리려거든 나를 패라. 이놈아! 차라리 나를 패!"

엄마는 때때기(방아깨비) 같은 여린 몸매로 자신의 몸 두 배쯤이나 되는 왕치(방아깨비 암컷)만한 나를 온몸으로 부둥켜안고, 주먹으로 가슴을 펑펑 때리다 몸부림치며 울부짖는 것을 보며. 절규를 들으며. 나는 뭐라 형용할 수 없는 연민으로 불쑥 뜨거운 응어리가 치밀어 올라 가슴이 꽉 막혀왔다.

형에게 맞아 아직까지 고막이 먹먹한 귀뺨의 아픔보다. 아버지에 대한 아픈 기억이, 엄마의 처절한 몸짓이. 울부짖음이 더 가슴을 먹먹하게 했다. 처음 느껴보는 엄마의 모습. 매일 보아왔던 엄마의 체구가 그날따라 그렇게 작아 보일 수 없었고, 미처 모르고 지나쳤던 흰 머리카락이 여기저기 보이고…… 얼마나 다급했는지 신발이 벗겨진지도 모르고 달려와 부둥켜안고 절규하고 있는 이 여인이. 내 어깨 정도밖에 와 닿지 않는 키의 바짝 마른 쑥부쟁이 같은 여린 몸매의 여인이 진정 내 엄마의 모습이었단 말인가. 온몸으로 형의 시선을 막고 있는 엄마의 손을 잡은 나는 또 한 번 놀라지 않을 수 없었다. 손바닥엔 개울가 차돌맹이처럼 동그랗고 단단한 굳은살이 박이고, 손가락이 갈퀴처럼 굽고, 손가락 마디가 옹이 진 늙은 소나무 등걸처럼 거칠고 굵었다.

'엄마!'

나는 심장이 터질 것만 같았다. 어쩌면 가장 가까이에 있었기에 모르고 지나쳤는지도 모르는 엄마라는 실체이자 존재감이었다. 얼굴이며 행동거지 하나까지 아버지를 쏙 빼닮았다고. 나를 보면 마치 아버지를 보는 것 같다며. 막내지만 조심스러워하던 엄마였다. 어떨 땐 잠든 내가 깰세라 조심스럽게 얼굴을 쓰다듬거나 손을 잡고는 손등에 입맞춤을 하던 엄마였다. 엄마는 나를 통해 먼저 간 아버지에 대한 그리움을 위로받고 있는지도 몰랐다.

형은 그런 엄마와 나를 처연한 눈길로 쳐다본다. 이제 막 노을이 번지는 핏빛 하늘을 올려다보며. 마당 한가운데 우두망찰 장승처럼 서서 깊은 한숨과 함께 쓸쓸한 담배 연기 한 자락을 허공을 향해 길게 내뿜었다.

"명식이 자냐?"

"들어오세요."

형이었다. 나는 누워 있다 벌떡 일어나 이부자리를 구석으로 밀었다. 간밤에 마신 술의 여독으로 아직 속과 머리가 개운하지 못한 상태였다. 방에 들어서는 형에게서 소주 냄새가 역하게 풍겨왔다. 형에게서 술 냄새를 맡기는 처음이었다. 술 냄새를 맡자 불편하던 속에서 울컥 신물이 넘어왔다. 토할 것 같았지만 넘어온 신물을 눈을 질끈 감고 억지로 꿀꺽 삼켰다. 형이 들고 온 까만 비닐봉지 속에는 소주 한 병과 종이컵 두 개와 마른 오징어 한 마리가 들어 있었다.

"형. 한잔 했다잉."

형은 혀 구부러진 소리를 내며 붉게 충혈된 눈으로 나를 보며 시니컬한 미소를 짓고 있었다.

"……"

나는 그런 형의 눈길을 마주볼 수도. 외면할 수도 없어 당황스러웠다.

"명식아. 형도 술 마실 줄 안당께. 형도 다른 사람들 맹크로 슬플 때면 울고 싶고. 기쁘면 웃을 줄 아는 사람이란 말여."

"......"

"자, 일단 한 잔 받그라잉."

형은 종이 잔 가득 넘치도록 소주를 따랐다. 잔을 놓고 두 손으로 공손히 형 잔을 채웠다. 형은 단숨에 술을 입에 털어 넣었다. 많이 마신 것 같았지만 만취한 것은 아니었다. 소주잔을 놓고 형과 나 사이에 긴 침묵이 깊은 강의 여울처럼 흘렀다. 그 어색한 침묵을 먼저 깬 것은 형이었다.

"긴말 않겠다잉. 니는 다른 애들처럼 그렇게 어영부영 살면 안 된당께. 아버지 마지막 유언이 뭐신지 아냐?"

나는 학교에 있어 아버지 임종을 지켜보지 못했다. 당연히 모를 수밖에 없었다. 내가 초등학교 3학년에 올라가 벚꽃이 한창인 봄이었다. 아버지 임종은 엄마와 형이 지켰다고 했다.

"......바짝 마른 나무토막 같은 손으로 내 손을 꼭 부여잡고......"

거기까지 말하고 한동안 말이 없던 형은 끝내 굵은 눈물방울을 후두둑 떨어뜨렸다. 그토록 아버지를 미워했던 형이 임종을 지킨 것도 의외였지만, 지금껏 몇 십 년이 지나도록 단 한 번도 '아버지'란 말을 입 밖에 내지 않던 형이 아버지 이야기를 하면서 눈물까지 떨어뜨리는 것은 쉽게 와 닿지 않았다.

"......당신을 대신해서 널 어떻게든 고등학교까지만 졸업시켜주면 고맙겠다고 했당께. 그 죗값은 지옥에 가서라도 당신이 다 받겠다고 하시믄서...... 아버진 아직 철부지로만 보이는 막둥이 니 때문, 니 걱정 때문에...... 숨을 거두시기 직전에 명식이 니 이름을 몇 번이나 부르다...... 결국 눈도 못 감고 돌아가셨당께."

형은 손수 술잔을 채워 단숨에 들이켰다.

나는 형의 그 말을 듣는 순간, 어릴 적에 들었던 '내가 없으면 형이 내 대신'이라던, 형이 아버지나 마찬가지니 형 말을 잘 들어야 한다던 아버지 말이 불현듯 떠올랐다.

"그리고 말이다잉. 마지막에 남기신 말이…… 그건 낭중에. 낭중에 말해주마."

나도 잔을 채워 단숨에 마셨다.

아버지를 생각할 때마다 어둑한 동굴에 낮고 짙게 깔린 안개 같은 뭔지 모를 슬픔으로 늘 가슴이 답답하고 먹먹하게 아팠었다. 어려서는 잘 몰랐지만. 머리가 굵어지면서 다른 사람은 몰라도 나는 아버지를 이해할 수 있을 것 같았다. 주변 사람 모두가. 누이와 형까지 아버지를 손가락질했다 해도, 나만은 아버지가 우리 가족을 나름대로 얼마나 사랑했는지 그 마음을 알 수 있을 것 같았다.

"아버지가 마지막 남기신 말씀이 뭡니까? 그 말이 어떤 말이라도 이제 나도 그 정도는 소화할 수 있는 나이가 됐다고 생각합니다."

나는 아버지가 형에게 마지막 남겼다는 그 말이 몹시 궁금했다.

"아니다. 때가 되면 말해줄게. 그건 그렇고…… 명식아. 형이 돼갖꼬 아까 니한티 손찌검한 건 미안하다잉. 난 니가 걱정돼서 학교까지 갔다 왔당께. 한 번도 그러지 않던 니가 밤새도록 아무런 기별도 없어 혹시라도 무신 좋지 않은 일이 생겼나. 별의별 방정맞은 생각이 다 들어 엄니나 나나 한숨도 못 잤당께. 그란디 술 마시고 수업까지 빼먹었단 말을 니 친구에게 듣고는…… 명식아. 넌 적어도…… 너만은 두더지처럼 흙이나 뒤지며 사는 형 같은 무지렁뱅이 농사꾼이 돼서는 안 된당께. 니는 형을 위해서도 누이들을 위해서도, 아니 불쌍하기 그지없는 엄니를 위해서라도 우리 식구들에게 손가락질하던 남들 보란 듯이 성공을 해야 된당께. 그래야 지금까지 나나 엄니의 모진 삶이 헛된 것이 되지 않는 것이랑께. 넌. 형 몫까지 공부해서 반드시, 반드시 성공해야 한당께. 내 말 알아듣냐? 넌 누구보다 잘 알잖여. 내가, 이 형이 얼마나 공부하고 싶어 했는지를……."

나는 말없이 형의 빈 잔에 소주를 채웠다. 네, 알고말고요, 형. 가슴에 피 멍울로 응어리진 공부에 대한 한을 알고말고요. 수재였던 당신이 아버지 대신 가족을 위해 교복과 책가방과 책을 불사르던 그 심정을 알고말고요. 나는 험한 과수원일과 농사일로 투박해진. 엄마 손보다 더 험한 형의 손을 보며 터져 나오려는 울음을 참기 위해 아랫입술을 피가 나도록 깨물어야 했다. 뒷산에선 아까부터 밤 부엉이가 울어대고 있었다.

4

형은 두 누이와 내가 결혼할 때마다 아버지 몫을 대신했다. 다행히 두 매부는 건실한 사람이어서 형의 걱정을 덜었고, 내가 결혼하면서 싫다는 어머니를 서울 집에 모셨다. 그동안 시골에서 형과 고생만 하신 어머니를 조금이라도 편하게 모시고 싶어서였다. 하지만 어머니는 일 년에 6개월 정도는 형 집에서 보냈다. 서울 생활은 몸이 근질거려 못 살겠다는 핑계였 다. 그래서 농사일이 뜸한 겨울과 무더위가 극성을 부리는 여름철만 우리 집에서 보냈다. 나는 일 년에 6개월 정도만 내 집에 있으려는 어머니의 마 음을 알고 있었다. 어머니는 시골에서 고생하는 형의 일손을 조금이라도 도와주고 싶어 늙으신 몸을 놀리지 않으려는 것을.

어머니는 아내가 극구 반대함에도 불구하고 집안 살림을 맡았다. 새벽 에 일어나 아침밥을 준비하는 것은 물론. 반찬거리와 빨래와 아이들 돌보 는 것까지 도맡았다. 아내에게는 아이들을 가르치는 선생 노릇도 힘드니 집안 살림은 맡기고 모자란 아침잠을 조금이라도 더 자라는 거였다. 나도 처음에는 늙으신 어머니가 젊은 며느리를 놔두고 그러는 것이 보기 싫어 반대했지만. 당신이 좋아서 그러는 거라 생각하고 편하게 마음먹었다. 다 행히 어머니와 아내는 친 모녀간처럼 사이가 좋았다. 어머니가 자기를 그렇게 끔찍하게 생각해주자 아내도 마음을 열고 어머니를 친정엄마처럼 스스럼없이 대했다.

"할머니, 나 유치원 간다."

"오냐, 내 강아지. 어서 업히거라잉."

이제 일곱 살 된, 덩치가 어머니만 한 큰 강아지는 신발주머니와 가방을 들고 헤헤거리며 쪼르르 달려가 쪼그리고 앉아 있는 어머니 등에 찰거머리처럼 덥석 붙었다. 어머니는 아침마다 큰놈을 동네 유치원까지 업고 갔다가 유치원이 끝날 시간이면 기다렸다가 슈퍼에 들려 아이스크림을 하나 입에 물려 역시 업고 왔다. 집에 오면 또 샘을 내는 작은 강아지를 업어주어야만 했다. 두 강아지들은 할머니를 제 엄마보다 더 따랐고, 어머니는 살림하고 손자들 뒷바라지하는 것을 낙으로 삼았다. 아내가 매번 용돈을 주면 손자들 옷이나 운동화 등을 사고 간식거리를 장만하는 데 다 썼다. 당신을 위해서는 단 한 푼도 쓰지 않았다.

"어머니 언제 오시지? 빨리 올라오시라고 전화할까?"

"이 사람 말하는 것 좀 봐. 늙으신 시어미 못 부려먹어서 안달난 사람 같아."

"누가 들으면 진짜인 줄 알겠네. 보고 싶으니까 그렇지."

아내는 어머니가 형 집에 내려가면 오히려 불편해했다. 그건 아이들도 마찬가지였다. 매일같이 전화를 걸어 언제 올라올 거냐고, 몇 밤 자고 올 거냐고, 빨리 오라고 떼를 썼다. 그러던 어머니가 어느 날 갑자기 화장실에서 지병이던 심근경색으로 쓰러져 손 쓸 새도 없이 우리 집에서 세상을 떠나셨고, 아버지 산소에 합장했다. 오래전부터 형에게 그렇게 부탁했다는 거였다. 죽으면 꼭 아버지와 함께 묻어달라고. 아버지가 신혼 초부터 바람이 나 딴 살림을 차려도 단 한 번도 싫은 내색을 하지 않던, 밤새도록 노름을 하고 새벽에 들어와도 군소리 한 마디 없이 해장국을 끓여 바친 어머니였다. 아버지를 향한 어머니의 한없이 착한 그런 심성이 결국은 아버지로 하여금 어머니 곁으로 돌아오게 했는지도 몰랐다.

어머니 관을 묻을 때 가장 슬퍼 운 것은 형도 누나들도 나도 아닌 아내였다. 그렇게 매사에 똑부러지고 냉철하던 아내가 하관하려는 어머니의 관을 붙잡고 어찌나 슬프게 우는지 장례를 치르는 우리 가족과 친척 모두가 아내 때문에 어머니를 여윈 슬픔이 배가됐다.

5

어머니와 아버지를 합장한 산소 주변은 형이 산과 들에서 캐다가 심은 야생화들로 만발했다. 산소로 들어서는 초입 100여 미터 길 양쪽에 심은 산 벚꽃도 어느새 우람하게 자라 바람이 살랑살랑 불 때마다 하얀 꽃잎을 눈발처럼 흩날렸다. 누가 보아도 정성껏 가꾼 흔적이 역력히 보이는 양지바른 산소였다. 제를 지내고, 지관의 명에 따라 산일을 하는 사람들이 봉분을 들어내고, 아버지와 어머니를 합장한 석관을 땅 위로 올렸다. 모두가 지켜보는 가운데 지관이 관 뚜껑을 열었다.

"엄마!"

"어머니!"

누나들과 아내는 석관 속에 백골만 남은 채 나란히 누워 있는 아버지와 어머니의 유골을 보고는 울음을 토해냈다. 지관은 산소 잔디에 창호지를 넓게 펴고 아버지의 머리뼈부터 아래로 하나씩 맞춰갔다. 이제 세월이 많이 흘러 잔뼈들은 삭아 없어지고 큰 뼈들만 남은 아버지의 유골이 눈부신 햇살 아래 전체의 윤곽을 잡아갔다. 그때였다. 아버지의 유골을 맞추던 지관이 뭔가를 치켜들고 이리저리 살펴보다 고개를 갸우뚱하며 말했다.

"이게 뭐당가? 분명 유골은 아닌 것 같은디……."

지관의 말에 누나와 아내가 지관 옆에 쪼그리고 앉아 지관의 손에 들린 것을 같이 살펴보았다. 나도 궁금증이 일어 지관 옆으로 바짝 다가갔다. 지관이 연신 고개를 갸우뚱하며 말했다.

"반지 같기도 허고……."

"반지요?"

큰누나가 지관의 말을 되물으며, 지관의 손에 들린 동그란 형태의 것을 가져다 수건으로 세심하게 닦기 시작했다. 오랜 세월 덕지덕지 묻은 흙과 녹이 닦여나가자 정말 반지 형태가 드러났다. 반지의 한가운데 있는 콩알만한 보석 같은 것이 봄 햇살을 받아 반짝 빛을 발했다.

"어머나. 정말 반지 맞네!"

순간, 큰누나의 얼굴이 놀라움으로 출렁였다. 작은누나와 아내도 방금 전까지 슬픔에 잠겨 있던 모습은 온데간데없고 뜻밖에 석관에서 나온 반지에 호기심이 가 있었다. 반지의 링은 삭아서 금방이라도 부서질 것처럼 형태만 남았지만 다이아몬드처럼 생긴 알만은 전혀 손상이 없었다.

"잠깐, 여기 모친 손가락 부분에도 똑같은 게 있네!"

지관이 이번에는 어머니의 유골에서 방금 전과 똑같은 반지를 집어 들었다. 이번에는 작은누나가 황급히 수건으로 닦기 시작했다. 어머니의 유골에서 나온 반지는 아버지 것과 똑같았다. 누나들과 아내는 무슨 영문인지를 몰라 어리둥절해했다. 그건 나 역시도 마찬가지였다. 아버지는 몰라도 어머니 입관 때는 나도 분명히 있었는데, 어머니의 손가락에 반지를 끼워준 기억이 없었다. 아무리 생각해도 이해가 되지 않는 일이었다.

나는 두 개의 반지를 손바닥 위에 올려놓고 유심히 쳐다보았다. 순간, 뭔가 분명 머릿속을 반짝 스쳐지나가는 것이 있긴 했는데, 김이 서린 거울에 비친 사물을 보듯 명징하게 잡히진 않았다. 처음 보는 것인데도 이상하게 낯선 느낌이 들지 않는 반지였다. 주변에 있던 친척들도 난데없는 두 개의 반지 출현에 잔뜩 호기심이 어린 표정이었다.

그때였다. 그때까지 한 마디 없이 서 있던 형이 입을 열었다.

"그 반지는 두 분께 내가 끼워드린 거다."

사람들의 시선이 일시에 형에게 쏠렸다. 형은 내 손에 들려 있던 반지를 가져가 손바닥에 올려놓는가 싶더니 꼭 쥐었다. 그렇게 반지를 쥐고 모두의 시선을 받으며 한동안 말이 없던 형이 갑자기 주르르 눈물을 흘렸다. 투명한 봄 햇살이 가득한 분분히 날리는 하얀 벚꽃 속에서.

"막둥아. 넌 아직도 모르것냐잉? 이 반지가 어떤 반진지?"

그 순간. 나는 벼락을 맞은 듯 온몸에 전율을 느꼈다.

아. 맞다! 그 반지!

나는 형 손에 들려 있는 반지를 황급히 가져다 손바닥 위에 올려놓고 다시 한 번 보았다. 그랬다! 두 개의 반지는 내가 초등학교 2학년 때 소풍 갔다가 돌아오면서 문방구에서 사서 아버지와 엄마에게 끼워드렸던 싸구려 반지였다. 벌써 40여 년 전의 일이었다. 그런데 어떻게 이 반지가 여기에 있는 것일까. 나는 영문을 몰라 형의 얼굴을 보았다.

"아버지는 숨을 거두기 직전에 내 손을 꼭 잡고 그동안 당신이 잘못 살아온 것에 대한 용서를 빌었고, 명희와 명애에게도 못난 애비를 용서해 달라 전한다고 부탁했당께. 그리고 마지막으로 명식이를…… 우리 막둥이를 고등학교까지만 이라도 졸업시켜 달라는 말과 함께 막둥이가 소풍 때 사온 이 반지를 꼭 함께 묻어달라고 하셨고…… 마지막 숨을 몰아쉬는 그 순간까지도 명희와 명애 니들을 애타게 찾으며…… 이름을 부르며 눈도 감지 못하고 돌아가셨당께. 특히 어린 막둥이 명식이 걱정에……."

"아버지!"

"아빠!"

형의 울먹이는 말에 그제야 처음으로 누나들 입에서 오열과 함께 '아버

244

지', '아빠' 소리가 동시에 튀어나왔다. 지금까지 우리 가족에게 있어 아버지에 대한 말은 약속이나 한 것처럼 금기시되어 있었다. 특히나 누나들은 더 심했다. 제물을 직접 준비해 와 음식을 만들던 어머니의 제사와는 달리 아버지의 제사 때는 형수 혼자서 음식을 장만했고. 누나들은 형수와 시누이인 아내 때문에 체면상 마지못해 형식적으로 제수거리 비용으로 돈을 얼마 보내고 제사에 참석했다가 끝나기가 바쁘게 돌아가곤 했다. 두누이에게 있어 아버지란 기억에서 지워버리고 싶은. 차라리 없느니만 못한 존재였다.

"엄니 유품을 정리하다 수건으로 몇 겹이나 정성껏 싼 것을 발견하고 풀어보니께 아버지 반지와 똑같은 것이 있어…… 직감적으로 막내가 소풍 때 사와 두 분 손에 끼워준 반지란 걸 알았당께. 그래서 엄니 입관 직전에 너그들 모르게 내가 끼워드렸당께. 니들도 알다시피 두 분은 을마나 사이가 좋았냐. 돌아가셔서도 나란히 누워 어린 막둥이가 사온 똑같은 반지를 끼고 있으면 을마나 좋을까. 내 나름대로 생각했당께."

'아버지!'

'엄마!'

나는 끝 간 데 없는 저 가슴 깊은 곳에서부터 솟구쳐 오르는 오열을 참으며 반지를 쥔 손을 가슴에 모아 쥐고 속살이 파헤쳐진 봉분 앞에 주저앉았다. 온몸을 쥐어뜯으며 몸부림이라도 치고 싶은 심정이었다. 그때까지 태어나서 처음으로 겪는 낯선 광경에 멀뚱한 눈길을 주고 있던 큰놈과 막내의 두 눈에도 반짝 이슬이 맺혔다. 형의 말을 듣고는. 할머니의 등에 업혀 유치원을 가고 오고, 아이스크림을 물고 히히대던 아련한 철부지 시절의 할머니 모습을 떠올리기라도 한 것처럼.

산 벚꽃이 눈발처럼 분분히 날리는 사월의 눈부신 햇살 아래.

인생은 다 그런 거 너무 슬퍼마라

빈손마저 두고 가는 삶은 죽음의 잣대일 뿐

미리 울지도 마라 너무 슬퍼마라 슬퍼마라

김대현

주막

희곡작가 김대현(金大鉉)

현재
사회적기업 전문예술법인 창작마을 촌장
가치나눔미래연구소 소장
중독예방교육연극연구소 소장
강남문인협회 회장, 한국문인협회 희곡분과회장
(사)한국사회문화예술진흥원 이사
(사)옥당국악극극보존회 상임이사
서초구사회적경제생태계조성단 단장
한국국악협회, 한국희곡작가협회 회원
한국전통문화전문강사협의회 이사

학력
경기공대 정밀측정과, 단국대학원 예술경영학과
방송통신대학교 중문학과, 디지털서울문화예술대학교 사회복지학과

자격
전통놀이강사 1급, 중독예방교육연극지도사 1급, 산업기사

수상
한국일보 신춘문예 「외등아래」 당선
한국희곡문학상 대상, 중구문화예술상, 탐미문학상, 문광부전통연희개발 당선
표창장: 서울시장, 서초구청장, 중구청장
공로상: 인천마약퇴치운동본부, 경기마약퇴치운동본부
2015 올해의 최고예술가상-제35회 한국예술가평론협의회

전력
제3대 학교극·청소년극 연구회 회장 역임
(사)한국희곡작가협회 초대이사장 역임

강의
2004년 3월 1일~2004년 12월   선린인터넷고등학교(희곡창작)
2004년 3월 29일~2005년   한국희곡작가교육원 기초반, 종합드라마반
2004년 8월 24일~2006년 12월 인덕대학 방송연예과(공연예술경영학)

작품집
1986년	시작품집 「손바닥」
1995년	장편소설 「내린하늘」
2000년	희곡집 「라구요」
2014년	동화책 「깨비난장」

공연 희곡
1994년 3월	<외등 아래> 공연, 문예회관 소극장	
1995년	<라구요> 공연, 연우무대/문예회관/뚜레박 외	
1996년 7월 27일~28일	<라구요> 지방자치1주년 포항시립극단 제24회 정기공연, 포항문화예술회관 대공연장	
1997년	<아리수별곡> 공연, 예술의전당 오페라하우스	
1997년	<립스틱 바른 공치> 공연, 꼼빠홀	
1997년	<그림자를 찾아서>공연, 충돌소극장, 명동창고극장	
1998년	<환승역> 공연, 명동창고극장	
1999년	<강삼삼고삼삼> 공연, 연강홀	
2000년	<하구요> 공연, 명동창고극장	
2003년	<봉급쟁이 일기-그림자를 찾아서> 공연, 명동예술극장	
2005년	<택견아리랑> 공연, 성암아트센터	
2007년	<국극 택견아리랑> 공연, 국립국악원 별맞이터	
2008년	<드럭> 공연, 인천지역 순회공연 중	

2009년 11월	<지금 이 순간> 공연, CJME아트스페이스
2010년 10월 30일~31일	<천년의 기억> 공연, 국립극장별맞이극장
2011년 8월 30일	<천년의 기억> 공연, 거창국제연극제, 김해숙갤러리소극장
2011년 10월 1일	<겜짱> 공연, 갬해숙갤러리소극장
2012년 7월	<니코카페> 공연, 경기마약퇴치본부 순회공연
2012년~2013년	<로긴><스마트홍보폰놀보폰> 공연, 인터넷과다사용예방예술체험, 서울시교육청, 한국정보화진흥원
2013년	<담알약> 공연, 경기마약퇴치본부 순회공연
2015년	<오늘 또 오늘> 공연, 예술의전당
2016년	<오늘 또 오늘> 공연, 뉴욕브로드웨이, 대한민국연극제
2017년	<주막> 공연, 대한민국연극제

연출

1996년	<미혼부> 고옥화 작, 연우무대
1998년	<나도 부인이 하나 있었으면 좋겠어요> 고옥화 작, 동승아트센터
1998년	<환승역> 김대현 작, 명동창고극장
1999년	<실타래> 김지숙 작, 명동창고극장
2000년	<화부> 최용근 작, 문예회관, 명동창고극장
2001년	<여자의 성> 박현숙 작, 명동창고극장, 대구연인씨어터
2002년	<내가 없는 방> 강성희 작, 명동창고극장
2002년	<하구요> 김대현 작, 명동창고극장
2002년	<사모곡> 장성임 작, 명동창고극장
2003년	<노가리> 마미성 작, 명동창고극장
2003년	<구두코와 구두굽> 김지숙 작, 명동창고극장
2005년, 2007년	<택견아리랑> 김대현 작, 성암아트센터, 국립국악원
2006년	<명창 박록주 탄신100주년 기념공연>, 국립국악원
2005년	<박록주제 옥당 이옥천류 판소리발표회>, 한옥마을 등 매년행사
2009년 11월	<지금 이 순간>, CJME아트스페이스
2010년 10월 30일~31일	<천년의 기억>, 국립극장별맞이극장
2011년 4월	<국극 춘향전>, 청춘극장
2011년 8월 30일	<천년의 기억>, 거창국제연극제, 김해숙갤러리소극장
2011년 10월 1일	<겜짱>, 갬해숙갤러리소극장
2011년 11월 3일	<국극 춘향전>, 남양주시 평내도서관 대강당
2012년 7월	<니코카페>, 경기마약퇴치본부 순회공연
2012년~2013년	<로긴>, 인터넷과다사용예방 예술체험 <스마트홍보폰놀보폰> 서울시교육청, 한국정보화진흥원
2013년	<담알약>, 경기마약퇴치본부 순회공연
2015년	<오늘 또 오늘>, 예술의전당
2016년	<오늘 또 오늘>, 뉴욕브로드웨이, 대한민국연극제
2017년	<주막>, 대한민국연극제

연재 발표

| 2002년~2004년 | 문화타임즈 연재-장편소설「내린하늘」 |

주막

The riverside inn

등장인물

방장

의원

돈쥬앙

탱이

술이

날라리

그 외

선장, 엄마, 줌마, 공공, 달건, 새댁, 학생

그리고 할머니1, 2, 3, 선원1, 2, 3, 4, 5

무대

강가 주막. 오방색 천이 하늘에서 늘어져 있고 주방 중심으로 광각 형태의 실내가 펼쳐져 있다. 주방 앞에 손님들이 앉아 식사할 수 있는 탁자와 의자가 놓여 있다.

무대는 목재의 질감을 살린 흙빛 황토색이고 빛은 오전에는 청색, 오후에는 적색 느낌이다. 토속적인 전통음률이 지배하지만 가끔 도시적인 감각에 의해 파괴된다.

250

序幕

밤안개 짙다. 도마질 소리. 절규(絶叫) 곧이어 북소리.
뱃짐 지고 보급품을 분주히 나르는 선원.
사람들이 웅성웅성 모여 유희 벌이면서 나루터로 간다.

인생은 다 그런 거 너무 슬퍼마라
한 번 오면 한 번은 가는 것
살아 있다는 건 죽음 향해 가는 것
인생은 다 그런 거 미리 울지도 마라
사는 건 짧아도 죽는 건 영원하다
죽는 게 사는 것 산다는 게 죽는 것
인생은 다 그런 거 너무 슬퍼마라
사는 게 죽는 거라면 살 이유 없어도
한 번 떠나면 다시 돌아올 수 없어
인생은 다 그런 거 너무 슬퍼마라
빈손마저 두고 가는 삶은 죽음의 잣대일 뿐
미리 울지도 마라 너무 슬퍼마라 슬퍼마라

선장   닻 올려라! 배 나간다!

떠나가는 배를 향해 손 흔드는 방장과 탱이와 공공. 하염없이 손 흔든다.
한켠에 숨어있는 사람 형체. 꿈틀거림을 발견한 공공이 쫓아간다.
마치 우리 밖에 나온 동물을 포획하는 모습 같다.
방장과 탱이 들어가면 공공이 마침내 형체를 포획해서 사라진다.

김대현   251

1장

파도소리.

엄마가 자장가 부르며 나온다. 잃어버린 자식을 찾고 있다.

곧이어 사람들의 절규가 들린다.

아픔을 토막치듯 도마질 소리에 잦아들면서

선장   (소리) 해 뜬다! (도마질 소리)

부스스 나오는 탱이. 하품하며 긁적인다.

선장   (소리) 해 뜬다!

탱이   모가지를 콱!

선장   (소리) 해 뜬다!

탱이   해 떴다! 유난히 시끄럽네. 갈수록 꿈꾸는지 밤만 되면 뒤숭숭. 으 사람 냄새 (자기 몸 맡고, 긁으며) 식중독인가? 어라. 살비듬이 생겼네 (햇빛에 털며) 눈 부셔. 이러다 달거리 하는 거 아냐?

방장   (나오며 핀잔) 손님 받을 준비나 해.

탱이   돈이 생겨. 쌀이 생겨?

방장   천벌 받는다. 하늘이 맡긴 네 일 게을리 하면.

탱이   나 땡중이다. 천벌 수행 중. 오늘도 땡 내일도 땡.

방장   해가 중천이다.

탱이   (코웃음) 우리가 시간 먹고 살어?

방장   투정부리는 거 보니. 다 나은 모양이다. 차나 준비해.

탱이   싫어.

방장	점점.
탱이	번잡스러워. 물 한 잔 마시면서 도 닦는다고. 자기도취에 빠져서. 아까운 시간 다 흘려보내 놓고. 그리고 뭐 바쁘다고? 누구 물 멕여?
방장	차 한 잔에 해석도 많다. 몹쓸 네 혀 다스리려고 그런다.
탱이	마음 다스린다며?
방장	마음이 혀다. 물 한 잔이 생명수고.
탱이	피 눈물 만드는 생명수? 종이컵에 커피믹스나 타.
방장	인스턴트 안 좋다. 주면 주는 대로 먹어 자연산으로.
탱이	왜? 도마질도 자연산 짱돌로 하지? 뼈 자르는데 자동톱날이 좋다는 둥 식칼은 독일제 브라더? 그건 왜 찾아?
방장	그만 탱탱거려. 배 안 고프냐?
탱이	밥 맛 없어.
방장	너 자꾸 속 비니까 예민해지는 거야. 밥 맛 없으면 입맛으로라도 먹어. 오늘 재료 신선하다. 탁자나 닦든지.
탱이	또 그거 주려고?
방장	왜?
탱이	지겨워.
방장	세월탕이 어때서? 가만히 있어도 먹는 게 세월인데.
탱이	근데 언제까지 기다려야 하는데?
방장	손님 온다.
탱이	꼭 딴청이야! 언제까지 가만히 있어야 되냐구?

방장. 모른 체하며 퇴장.

탱이	언제까지 가만히 있어야 되냐구?

술이	(씩씩거리며 나와) 시끄러워서 잠을 잘 수가 있어야지.
탱이	내 소리가 그렇게 커?
술이	아니. 밤에 말야.
탱이	그지 밤에 무슨 소리 들리지?
술이	그래 몸부림치는 그 고함소리.
탱이	노래 소리던데? (엄마의 노래 흥얼거린다)
술이	졌다. 살려달라는 절규가 노래 소리로 들리는 네 능력 앞에는.
탱이	꿈인가? 내가 꿈꿀 리 없는데.
술이	그래 기억도 못한다면서 꿈은 어떻게 꿔?
탱이	그러게.
술이	꿈이라도 꿨으면 좋겠다. 꿈속에서라도 집으로 가게.
탱이	좋겠다. 돌아갈 집 있어서.
술이	지금 나 놀리는 거지?
탱이	아니. 부러워서. 평생 여기서 서빙하고 지내야 되나 해서.
술이	좋겠다. 평생 직장 있어서.
탱이	지금 나 놀리는 거지?
술이	아니. 요새 취직하기 얼마나 힘든데.
탱이	그래서 방장님이 너 부른 거 아니야? 사람 손 모자란다고?
술이	끔찍한 소리 마.
탱이	오늘 예약된 손님은 누굴까?
술이	다시 한 번 부탁하는데. 예약되지 않은 손님 제발 받지 좀 마!
탱이	왜 나한테 성질이야. 내가 알고 받나. 오니까 그냥 받지.
술이	잘못돼도 책임지는 사람 하나도 없고.
탱이	그걸 알면 내가 벌써 따졌게? 왜 내가 여기에 있는지, 내가 누군지?
술이	웬일이야? 그런 얘길 다 하고?

탱이	글쎄 꿈인지 생시인지 밤마다 노랫소리가 들려.
술이	며칠 밥 안 먹더니 헛소리에 헛것이 보이는구나?
탱이	사람 냄새가 점점 싫어.
술이	어라. 헛구역질까지?
탱이	누군가 날 자꾸 불러.
술이	(노래) 왜 불러, 왜 불러, 돌아서서 가는 사람 왜 불러. 넌 돌아갈 이유가 없겠지만 난 가야된다니까. 날라리 혹시 봤어?
탱이	벌써 나갔지. 너 온 다음부터 새벽형 인간이 됐어.
술이	잡히기만 해 봐!
탱이	차 줄까? 세월차?
술이	됐거든.
탱이	자연산인데.
술이	숨어 있을지 모르니까 찾아봐야겠다. (퇴장)

출구에 빛이 들어온다. 길이 생기고
날라리는 의원과 돈쥬앙, 줌마 세 사람을 데리고 들어온다.

의원	이봐! 이봐! 대체 어디로 가는 거야!
날라리	가 보시면 안다고 몇 번을 말해요.
의원	분명히 골프 치고 있었는데 돈사장, 왜 우리가 여기에 와 있는 지. 왜 우리가 이 사람을 따라가야 하는지 당신 알아?
돈쥬앙	모르겠는데요. 10번 홀 보기 치고 11번 홀 가고 있는 중 아니었 습니까?
의원	알어 그건. 근데 김 검사. 이 사람은 또 어디 간 거야?
돈쥬앙	그늘막 간 건 아닐까요? 서 캐디 보는 눈이 심상치 않던데.
의원	눈이 맞든 배가 맞든 그게 뭐가 중요해. 빌어먹을. 왜 우리가 여

기 있느냐 이거지.

돈쥬앙　번개 번쩍했잖습니까. 그리고… 의원님이 잘 생각해 보세요. 왜 여기 있는지.

의원　당신 머린 장식품이야? 난 나이가 들어서. 기억이 안 난다고 볼 수도 있고 난다고 볼 수도 있고……

돈쥬앙　(핀잔) 돈 계산하실 땐 정확하시던데.

의원　민생 챙기다 보면 십 원짜리 하나하나 챙겨야 하는 거야. 정확해야지 작은 돈일수록! 근데 이상하게 사람들은 큰돈은 안 따지거든. 작은 돈에 목숨 걸지.

돈쥬앙　저는 큰 거. 큰 거.

의원　재롱 떨지 마. 징그러.

돈쥬앙　그저 전 의원님 오라고 하면 오고. 가라고 하면 가니까.

줌마　염병하네.

의원　가만. 지금 누가 뭐라 그랬는데?

돈쥬앙　뭐가요?

의원　잘못 들었나? 지금 와서 얘기지만 저번 감사 받을 때 뭐라 그랬어? 뭐? 내가 시켜서 한 거뿐이라고?

돈쥬앙　시켜서 한 게 아니라 어떻게 하면 좋겠느냐고 자문 받은 거뿐이라고 했다니까요. 오핵입니다 그건.

의원　자문을 받는다? 그게 그 소리 아냐.

돈쥬앙　다르죠. 비용 절감을 위해서는 정책을 따라가야 하니까. 엉뚱한데 돈 찔러 봐야 허당이라니까요. 국력 낭비예요. 정책이 곧 돈의 방향 아닙니까.

의원　그러니까 정경유착 그런 소릴 듣지. 앞으로 내 핑계 대지 말고. 내가 선택해서 그랬다. 내가 책임지겠다 그러라구. 자기가 한 행위에 대해 책임지는 사회가 돼야 민주사회고 자유시장체제

	아니야? 제대로 하슈. 나라와 민족을 위해서.
돈쥬앙	항상 좋은 문구는 의원님을 위해 준비되어 있다는 게 신기하다니까요. 맞습니다. 나라와 민족을 위해서.
줌마	염병하네.
돈쥬앙	네. 그렇습니다. 염병할 정도로 경쟁력 있는 대한민국에서는 글로벌만이 살 길입니다. 글로벌. 자본주의 꽃은 재벌 아닙니까. (염병하네) 재벌. 염병할 재벌 하나 잘 키우면 나라 전체가 먹고 삽니다. 우리가 천연자원이 많습니까. 그렇다고 조상님께 물려받은 유산이 많습니까. 오로지 우리가 살 길은 글로벌 그리고 창조경제!
날라리	이동하시겠습니다.
돈쥬앙	이동하시, 이봐! 영장이나 동행명령서라도 있어야 될 거 아니오? 안 그래요 의원님?
의원	우리가 죄졌어? 영장이라니? 잠깐. 이 사람 택배회사 직원 같지 않아?
돈쥬앙	그러고 보니 맞네요. 택배.
날라리	역시 배우신 분들이라 다르네요. 본인들 스스로 물건이라는 걸 인정하시고.
의원	물건? 물건이긴 하지. 근데 뉘앙스가 다르잖아. 물건? 어디다 대고?
날라리	아. 잠깐만요! 손 내리시구요. 조금이라도 흠집이 생기면 안 되거든요.
의원	우리야말로 안 되겠어. 돌아가자구! 갑자기 골프 치다 이게 뭐야. 그린도 안 보이고.

의원과 돈쥬앙은 반대편으로 간다.

날라리   조금 앞에 가서 쉬겠습니다.

          줌마는 날라리 따라 퇴장.
          반대편에서 서성대는 의원과 돈쥬앙.

돈쥬앙   어디로 가죠?
의원   어디긴 어디야. 저 사람 반대 방향! 왔던 길로 다시 가야지.
돈쥬앙   전 항상 의원님 옆에 붙어 있겠습니다.
의원   좀 떨어져 더워.

          의원, 돈쥬앙 퇴장.
          할머니1, 2, 3, 새댁 그리고 학생이 나온다.
          할머니3는 치매 걸린 상태다.

할머니1   얼마나 좋아요 자식들이 다 건강하게 살아 있다니.
할머니2   둘째가 아직도 혼자라니까요. 에미 속을 그렇게 썩여요.
할머니1   속 안 썩이면 그게 자식이우? 나야말로 결혼 오년 만에 남편 땅
          에 묻고 자식 가슴에 묻고 나니 막막합디다. 그냥 따라 죽으려
          고 하는데 뱃속에서 막내가 발을 찹디다. 그게 자식이우.
할머니2   힘드셨겠어요.
할머니1   힘들지 않은 인생 어디 있겠어요. 살아야 한다는 거밖에 생각
          안 나요. 뱃속에 있는 새끼는 어떻게 하나. 그때부터 거울을 보
          지 않았어요. 절망할지 모르니까. 뭐에 쫓겨 그렇게 살았는지.
          막상 장가 보내고 나니 또 그렇게 허전합디다. 터덜터덜 걷다
          보니 남편과 함께 큰애 배냇저고리 사던 곳이더라구요. 많이
          변했네. 빌딩이 들어서고 가로등도 바뀌고. 그때 쇼윈도우에

258

비친 제 모습을 봤어요. 누구지? 누구지? 엄마? 왜 엄마가 여기 서 있어? (울먹인다)

할머니2 숨 한 번 크게 쉬세요.

할머니1 괜히 주책 떨었네요. 날씨 참 좋아요. 한때는 날씨마저 무심하다고 생각했는데.

할머니2 제가 여기 올 땐 물안개가 자욱했는데.

새댁 전 비를 홀딱 맞았어요.

할머니1 감기 조심해요. 혼자 있을 때 제일 서러운 게 아플 때니까.

새댁 서럽진 않아요. 오늘 같이 햇볕이 있고 따스한 날이면.

할머니1 세상살이 뒤돌아보면 모두 따스한 거유. 젊었을 땐 심장이 뜨거우니까 그걸 몰랐지. 나이 들어 체온 떨어져 보니 조그만 온기에도 눈물 난다우. 매일 먹는 밥인데 숟갈 드는데 눈물이 납디다. 밥에서 김이 모락모락 얼굴 위로 올라오는데. 그냥 눈물이 나와요. 밥 먹는다는 게. 왜 그리 눈물 나는지.

방장 (밥 갖고 나오다 주춤)

할머니2 밥이에요?

방장 네. (딴청) 탱이 인석 어디 갔지?

할머니1 마지막으로 먹는 밥 아니죠?

방장 그냥 맛있게 드세요.

할머니1 이제 눈물 날 일도 없겠군요.

할머니2 문 밖이 저승길인데 뭐 그래요.

할머니1 허긴. 오십이면 배운 년이나 안 배운 년이나 똑같고, 육십이면 화장한 년이나 안한 년이나 똑같고, 칠십엔 돈 있는 년이나 없는 년이나 똑같고, 팔십은 근력이 남아 있는 년이나 없는 년이나 똑같고 구십 되면 죽은 년이나 산 년이나 똑같다고 합디다.

전부 함께 웃는다. 오직 학생만이 심각한 얼굴이다.

할머니2가 할머니1에게 턱짓한다.

웃음 사라진다.

할머니1   (학생에게) 학생? 혼자 왔수?

학생은 아무 반응 없이 한 지점만 응시할 뿐이다.

할머니2   혼잔가 봐요.

할머니1   에미 속이 얼마나 끓겠어.

방장   친구들한테 따돌림을 많이 당했나 봐요.

할머니1   이런. 왜 그러는 줄 몰라. 학교에서 뭘 배우는지. 영어 수학 이
           런 거 다 필요 없어요. 우리 애도 아버지 없다고 따돌림 당했거
           든. 아니지 부모들도 대놓고 친구하지 말라고 했으니까.

방장   있는 동안 잘 보살펴 주세요. 상처 깊은 아이니까.

할머니2   그래야겠네요.

새댁   (웃는다)

할머니1   새댁은 뭘 생각하길래 웃고 그래요?

새댁   그냥요.

할머니2   실없긴.

새댁   그냥 웃음이 나와요. 따사롭고 간지럽고 그래요.

방장   강 건너. 그런 세상이 기다릴 거예요.

새댁   그래요. 어차피 돌아갈 수 없다면 머물 필요도 없겠죠. 궁금하
           네요 강 건너 뭐가 기다리고 있을까.

할머니1   혹시 좋은 사람이 기다리고 있을지 누가 아우? 사랑은 늘 또 다
           른 모습으로 기다리고 있으니.

새댁	사랑. 이제 그만 할래요.
할머니1	하고 싶지 않아도, 해야 하는 게 사랑이우. 참고 싶어도 참을 수가 없는. 그런 간지러움?
할머니2	맞아요. 간지러워요.

학생이 벌떡 일어선다.

학생	죽여버릴 거야!
할머니2	깜짝이야.
학생	하나하나 죽여버릴 거야!
할머니2	무서워요.

공공이 나온다. 학생에게 다가가 제압하려고 한다.
방장은 건드리지 말라고 손짓하며 학생에게 조심스레 다가간다.

학생	기다려. 복수가 무엇인지 보여줄게.
방장	(주머니에서 초콜릿 꺼내며) 이거 먹으럼. 한결 기분이 좋아질 거야.
학생	귀찮게 하지 마세요.

탱이와 술이 등장.

방장	괜찮아 편해질 거야.
학생	그냥 내버려 두라니까요!
방장	초콜릿이야. 먹어. 기분이 좋아진다니까.
학생	건드리지 마세요. 제발!
탱이	(나서며) 맛있겠다. 방장님 너무 하시다. 누군 주고 누군 안 주고

방장	그래 너도 하나 먹든가.
술이	저두요! (방장에게 초콜릿 받아 가르며) 자, 우리 셋이 똑같이 나누는 거야. 알았지?
학생	(끄덕)
탱이	야 근데 너 말하는 거 처음 봤다. 씩씩하고 좋은데.
술이	남자는 말이 없어야 여자한테 인기가 있는 법이야.
탱이	그래 맞아. 말 많은 남자는 딱 질색이거든.
술이	내 얘기하는 거 같다.
탱이	꼭 그렇다는 건 아니고. 자 먹어.

탱이와 술이는 친근감 있게 학생을 안정시킨다.
초콜릿을 먹자 순해지는 학생.

탱이	우리 게임하러 갈까?
술이	좋지 농구. 고우!

세 사람 나가고

할머니1	역시 아이들끼린 금세 친해져요. 저러다 싸우기도 하고.
할머니2	그러게요 어른들이 문제죠.
방장	맞아요. 어른들은 자기가 살아온 시간만큼 고집이 불통이에요. 이해하려고 하지도 않아요. 이해하는 순간 내 삶이 무너진다고 생각하니까. 모든 집착 버리시라고 준비했어요. 세월차에 세월탕에 세월주. 세월가도 불러드리죠.
할머니1,2	박수!
방장	자 그럼 불러드릴 테니 안으로 들어갑시다.

할머니2   좋아요.

방장의 노래 시작되면서 할머니1, 2, 새댁 퇴장.

(중략)

의원과, 돈쥬앙 다시 나오며

의원   저 강 건너엔 뭐가 있죠? 안개가 끼어서 보이지 않네요.

방장   안개가 낀 게 아니라 시력이 나쁜 겁니다.

의원   시력이 나쁘다니? 평생 눈칫밥 먹고 산 사람인데. 앞 시력은 안
         좋아도 옆 시력은 2.0이오 내가.

방장   그래서 그런지 조금 사시인 거 같네요.

의원   어떻게 알았소. 내가 사시 패스한 거.

방장   써 있네요.

의원   뭡니까 그건?

방장   이력서 같은 거요.

의원   개인정보를 왜 당신이 갖고 있소? 난 싸인한 적이 없는데.

방장   미안하지만 태어나기 전에 다시 돌아온다고 싸인했네요, 여기.

의원   여기 혹시 정신치료 받고 그런데 아니우?

돈쥬앙   격리시설 뭐 그런데 맞죠?

의원   좋아요. 태어나기 전에 싸인했다면 지금 또 싸인하면 되겠네.

방장   일단 강을 건너서야 합니다.

의원   그냥 가면 돼지. 무슨 강인데 꼭 건너가야 합니까?

방장   망각의 강이요.

의원   망각의 강이라? forget 잊어버린다? 거참 재미있군.

탱이   차 나왔습니다.

방장   곧바로 식사 준비할게. (퇴장)

탱이	네 그러세요.
줌마	무슨 차유?
탱이	세월차입니다.
줌마	세잎 녹차처럼 생겼네.
탱이	새록새록 피어나는 기억 다 잊으시라구요. 지나간 세월. 힘들었던 시간.
줌마	지나간 세월 찾을래야 찾을 수도 없지.
탱이	(의원에게 갖다주며) 차 한 잔 드세요. 편해지실 거예요.
돈쥬앙	저 아가씨. 여기 휴양시설이나 복지시설. 맞죠?
탱이	뭐 그런 셈이죠.
돈쥬앙	누가 하는 거예요?
탱이	방장님인지 선장님인지. 아무튼 여기 책임자는 방장님이세요.
의원	환경부담금 1억인 거 보니 국립은 아닌 거 같고.
탱이	(킁킁) 아저씨 몸에서 돈 냄새 나요.
의원	돈 냄새? 그럴 리가. 돈 냄새는 바로 저 사람한테 날 텐데.
탱이	아닌데요. 아저씨가 더 심한데요.
돈쥬앙	의원님 늘 얘기하시는 게 돈 아닙니까?
의원	어허! 돈사장!
탱이	메뉴 당첨! 돈까스!
돈쥬앙	갑자기 무슨 소리야?
탱이	저희 방장님은 음식치료사거든요. 음식으로 몸과 마음을 다스리죠.
돈쥬앙	돈까스 같은 소리하고 있네. 난 채소류를 좋아해요. 다이어트 해야 되거든.
탱이	아. 그럼 사장님은 잘 비비니까 산채비빔밥.
돈쥬앙	주문이나 받아요.

탱이　　　미안하지만 여긴 주문 안 받아요.

의원　　　식당에서 주문을 안 받다니?

탱이　　　주문식이 아니라 맞춤식이거든요. 주방장님이 해주는 데로 음식을 드셔야 합니다.

돈쥬앙　　주면 주는 대로?

탱이　　　개인 특성에 맞춰 나오거든요.

의원　　　특성에 맞춘다? 한방치료는 얘기 들었어도 음식치료는 처음 듣네.

돈쥬앙　　뭘 먹어야 하는지 어떻게 알아? 아 그렇지 아까 이력서니 뭐 그런 거 갖고 있다 그랬지.

의원　　　오랜만에 먹긴 하겠다. 옛날엔 돈까스 아니면 짜장면이었거든.

줌마　　　(탱이에게) 난 메뉴가 뭐야?

탱이　　　(생각) 아줌만 돈 때문에 고생하셨으니까. 돈나물, 돈도라지, 돈육, 돈꼴리오네, 돈사마, 돈카레.

줌마　　　돈까스겠지 뭐.

탱이　　　맞아요. 여기 처음 들어오면 대부분 세월차하고 돈까스 거든요.

방장　　　(소리) 1번 테이블, 3번 테이블 돈까스!

줌마　　　빨리도 나온다.

탱이　　　네. 가요!

탱이 주방 쪽으로 가고

돈쥬앙　　앞에 요트장. 여기 카지노 관광개발. 어떨 거 같습니까 의원님.

의원　　　누가 이런 곳에 오겠소. 알바 구하기도 쉽지 않겠어. 주변에 볼거리도 없잖아.

돈쥬앙　　라스베가스도 사막 아닙니까. 볼거리 많으면 돈 못 벌죠. 도박

장에 없는 거 세 가지. 창문. 시계. 거울. 여기가 딱입니다.

의원   좋은 생각이야. 근데 전화가 있어야 지적공사든 토지공사든 전
           활 해볼 거 아냐.

탱이는 돈까스 접시를 의원과 돈쥬앙 식탁 위에 먼저 놓고
줌마 식탁에도 접시를 놓는다.

줌마   저 사람들이랑 똑같네. 돈까스.

탱이   소스가 달라요. 돈 있는 사람과 없는 사람이 똑같은 건 먹을 수
           없으니까. 부드러운 거에요.

돈쥬앙   고기가 왜 이리 질겨. 돈까스 맞아 이거?

의원   아가씨?

탱이   네!

의원   이빨이 안 좋아서 그러는데 좀 바꿔줄 수 없소?

탱이   죄송합니다. 맞춤식이라서.

돈쥬앙   소 심줄보다 더 질기네. 이걸 어떻게 먹으라구.

탱이   보이시죠? 음식 남기시면 환경부담금 1억.

의원   잘게 썰어야겠군.

돈쥬앙   돈을 안 받는 이유가 있었군. 빌어먹을!

(중략)

의원 돈쥬앙 나간다.

탱이   어디 가세요?

의원   다 먹었으니 소화도 될 겸 산보나 다녀오겠소.

탱이   멀리 가지 마세요. 길이 없어서 길 잃어버리기 쉬우니까요.

266

의원	말도 희안타. 길이 없는데 길을 잃어버린다니.
돈쥬앙	길 없는 길. 뭐 그런 말보다 의원님 말이 더 피부에 닿죠. 우리가 가는 길이 길이다.
줌마	염병하네. 다른 사람이 가면 길이 아냐?
돈쥬앙	아줌마마저 드세요. 그만 하시고.
탱이	강쪽으론 가지 마세요. 한 번 빠지면 아무도 못 나와요.
돈쥬앙	알겠습니다 아가씨. 조심하겠습니다.

의원과 돈쥬앙은 나가고, 술이와 탱이.
줌마는 습관적으로 청소하기 시작한다.

줌마	염병. 뒷처리 깨끗이 하고 가든가. 화장실 기껏 닦아놓아 봐. 배설하고 뒤도 안 돌아보는 저런 인간도 있고. 지 몸에서 나온 거 치워줬는데 우릴 바퀴벌레 보듯 한다니까. 정말 역겨워.
탱이	아줌마 청소 안하셔도 돼요 이제.
줌마	내가 지저분한 꼴을 못 봐.
탱이	이젠 쉬세요.
줌마	쉬면 더 처져. 버리고 갈 몸인데 뭘 아껴. 아깐 그냥 해본 소리고
탱이	그래도요.
줌마	아가씬 여기 종업원이우?
탱이	몰라요 그냥 여기 있어요.
줌마	그냥?
술이	건너가야 하는데 물이 무서워서 못 간대요. 수영 못하는 애들 있잖아요.
줌마	배 타는데 뭐.
술이	그 배가 문제죠.

줌마   왜?

탱이   (몸을 움츠린다)

줌마   왜 그래 왜?

탱이   (숨 가삐 몰아쉰다)

줌마   어디 아파?

탱이   숨을 쉴 수가 없어요. 숨을.

줌마   안 되겠다. 물이라도 마셔야지.

술이   안 돼요 물. 물을 많이 마셔서 그런대요. 무서운 거예요, 물이.

줌마   그럼 어떡해?

술이   그냥 안아주세요. 조금 있으면 괜찮을 거예요.

줌마   몸쓸병에 걸렸구나. 이런…

의원과 돈쥬앙이 하수로 나온다.

의원   아니. 우리가 분명히 오른쪽 오른쪽으로 갔는데 왼쪽으로 나오
         다니.

돈쥬앙   그러네요. 오른쪽 오른쪽으로 걸었는데 왼쪽이라니.

의원   그럼 이번엔 왼쪽으로 쭉 가 보자구.

돈쥬앙   넵. 껌딱지!

의원 뒤따라 돈쥬앙 따라간다.

줌마   왜 그렇게 움츠리고 있어?

탱이   그냥요.

줌마   허리 펴.

탱이   어색해요.

268

줌마   엄마가 너 여기 있는 거 알아?

탱이   엄마요?

줌마   왜 없어?

탱이   몰라요.

줌마   기억이 안나?

탱이   안 나요.

줌마   엄만 너 잃고 얼마나 해매고 계시겠니.

탱이   얼굴이 생각나지 않아요.

술이   너, 방장님이 준 음식 먹어서 그래.

탱이   세월탕?

술이   그래. 날라리가 그러더라. 너, 너무 물 많이 먹어서 그런다구.

탱이   생각 안 나.

술이   너, 꿈에서 무슨 노래 소리 들린다며?

탱이   (흥얼흥얼)

줌마   (같이 흥얼) 엄마가 아기 때 들려줬나 보지?

탱이   그런 거 같아요.

방장   (나오며) 왜? 탱이 어디 아프니?

줌마   몸이 허한가 봐요.

방장   그러니까 뭐랬어. 입맛 없어도 먹으라니까.

의원, 돈쥬앙 오른쪽으로 나온다.

의원   경이로워. 왼쪽 왼쪽으로 갔는데 오른쪽으로 다시 나오다니.

돈쥬앙   왼쪽 왼쪽 왼쪽으로 갔는데 오른쪽이라니.

의원   뫼뷔우스 띠 같은 거 아닐까. 설명이 어려운?

돈쥬앙   전. 위아래는 알겠는데 좌우 방향감각은 전혀 모르겠습니다.

의원	우리는 무조건 오른쪽! 아참. 여기선 이게 안 통하지. 다른 방법을 찾아야겠어.
술이	찾으셨어요, 출구?
의원	못 찾았으니 왔지.
돈쥬앙	한참 걸었더니 배가 고프네. 방장님! 먹을 거 좀 없어요?
방장	뭘로 드릴까?
돈쥬앙	웬일이십니까? 주문 안 받는다면서요?
방장	방장 마음인데 뭐. 서비스 뭐 드릴까?
돈쥬앙	의원님 뭐 드시겠습니까? 남의 살 좀 드시겠습니까?
의원	그러지.
돈쥬앙	아깐 너무 딱딱하고 질겨서 혼났습니다. 이번엔 소고기 좀 연한 걸로요.
방장	그래요 연한 걸로. 술은?
돈쥬앙	술까지요? 쇠고기에 와인? 아니면 사케?
방장	전도 하나 해드릴까?
돈쥬앙	전까지요?
방장	뭐 이왕이면.
의원	이상하다? 혹시 음식에 뭐 집어넣는 건 아니죠?
방장	엠에스지나 유전자변형 우린 안 써요. 오로지 자연산 (주방으로 가며) 알았어요. 내가 준비해 주리다. 고기는 쇠고기 중에 제일 부드러운 모르쇠고기. 술은 구라사케. 전은 썰전!
탱이	(따라가며) 맛있겠다. 혓바닥 고기.

탱이는 주방으로 간다.

돈쥬앙	셀러드로 시킬 거 잘못했나.

의원	돈쥬앙.
돈쥬앙	네. 의원님.
의원	만약에 말야. 진짜 우리가 죽었다면 어떻게 될까?
돈쥬앙	큰일 나죠. 전 아직 후계자 승계도 안 해놨는데. 재산세 상속세 증여세. 다 내주면 재산이 반 토막 납니다. 죽 쒀서 개 주는 꼴이죠.
의원	그동안 타인의 명의로 된 땅이고 주식이고 다 남 좋은 일 되겠어.
돈쥬앙	그건 의원님도 마찬가지 아닙니까. 농담도 그런 말 마십시오.
의원	지금껏 국가와 민족 위해서 목숨 바쳤는데 여기서 멈출 순 없지.

탱이, 음식과 양초를 갖다 준다.

돈쥬앙	웬일이야. 분위기 있게 양초도 갖다 주고.
탱이	분위기용이 아니고 조리용입니다.
돈쥬앙	조리용.
탱이	촛불로 구워드셔야 합니다.
의원	촛불로?

암전.

문학평론가 장윤익(張允翼)

학력 및 교육경력
1939년 경북 경주 출생
1958년 대구사범학교 졸업
1965년 2월 영남대학교 국어국문학과 졸업
1969년 경북대학교 대학원에서 문학석사 받음
-'1930년대 한국모더니즘 시 연구'
1984년 명지대학교 대학원에서 문학박사 학위 받음
-'한국서사시연구'

1972년	중앙일보신춘문예에 문학평론 '자의식문학과 난해의 한계성'이 당선되어 문학평론가로 문단에 데뷔
1980~1980	관동대학교 교수
1980~2004	성결대학교 재단이사
1980~1991	인천대학교 교수 인문대학장 부총장역임
1984~1985	문교부 해외 교수 파견, 프랑스 파리 7대학 동양학부 교환 교수
1989~1992	경북일보 논설위원
1992~1993	인천대학교 제 2대 총장
1995~1998	경주대학교 제 3대 총장
1996~1999	2002 월드컵 유치위원
1999~2004	경주대학교 문예창작학과 교수
2005~2008	경주대학교 명예교수 성결대학교 석좌교수 역임
2001~2015	동리목월기념사업회 회장 역임
2007~2016	동리목월문학관장
2007~현재	동리목월문예창작대학장
2011~	통일문학포럼 회장 역임
2013~2015	한국문학관협회 회장 역임
2013~현재	세계인문학포럼 인문학 위원
2014~현재	한·터문학 교류협회 공동회장

문단경력 및 학회 활동
1978~2005.	국제펜클럽 한국본부 회원, 이사 역임
1972~현재	한국문인협회 회원
1984~현재	구라파한국학회(AKSE) 회원
1999~현재	국제언어문학회 회원, 회장 역임 및 명예회장
2001~	일본사회문학회 회원
2011~	통일문학포럼회장 역임
2013~	한국문학관협회 이사장 역임

『시문학』『한국문학』『심상』『문학사상』『현대시학』 등의 잡지와 중앙일보 등의 신문에 '소월의 시에 나타난 한의 심리', '역사주의 비평의 허실'을 비롯한 1000여 편의 작품과 월평을 발표하고, 최근 터키에서 한·터문학심포지엄을 개최하여 터키 언론과 한국 언론에서 한·터문학 교류의 발판을 마련했다고 보도됨.
동리목월문학관을 건립하여 문학심포지엄, 동요경연대회, 문학 소외 지대를 찾아가는 시 낭송회 개최, 동리목월음악회, 전국 시낭송대회를 개최하한국문예의 진흥에 크게 기여함.
통일문학포럼 회장에 선출되어 압록강 답사, 두만강 답사, 압록강 답사 북한사진전, 백령도 통일문학심포지엄, 판문점 강화도 안보상황 답사, 육군 6사단·12사단·15사단 방문 등을 통하여 통일의 준비를 위한 한국 통일문학의 전개에 크게 기여함

저서
『문학이론의 현장(1979)』,『북방문학과 한국문학(1990)』,『열린 문학과 닫힌 문학』(1991),『지방화시대의 문학(1998)』,『경주의 소설문학(2000)』
『사회주의문학과 문학이론』, 회고록『산 넘고 물 건너』 등 다수가 있음

수상
1972년 1월	중앙일보 신춘문예 당선 중앙일보 사장상 수상
1991년 7월	한국문학평론가협회상 수상(한국문학평론가협회장)
2000년 12월	경주시 문화상 수상(경주시장)
2002년 12월	경주시민상 수상(경주신문사장)
2002년 12월	경상북도 문화상 수상(경상북도 지사)
2003년 10월	조연현 문학상 수상(한국문인협회이사장)
2008년 11월	한국예술발전상 수상(한국예술발전협의회장)
2015년 12월	한국문학인상(한국문인협회이사장)
2016년 1월	동서문화상(계간지 동서문화)

훈장
청조근정훈장(국민훈장 모란장)-대통령
삼일문화대상(특별상)-삼일문화재단

장윤익

시와 회화의 만남

시와 회화의 만남

1. 머리말

이중섭(李仲燮. 1916~1956) 화가의 탄생 100주년 기념행사가 서울·제주도·통영·부산 등 여러 곳에서 열리고 있다. 또한 중앙과 지방의 여러 언론 기관이 특집으로 다룬 그의 생애와 예술은 화가 이중섭의 새로운 면모를 보여주는 계기가 되었다.

이중섭은 일제강점기와 좌우익 이데올로기의 갈등을 겪던 해방기. 6·25 남북전쟁의 혼란 시기에 불우한 생활을 한 화가로 알려져 있다. 그는 마흔한 살로 일생을 마쳤지만. 서귀포의 푸른 바다를 배경으로 해마다 이중섭 축제가 열릴 정도로 제주도민들과 미술 애호가들의 사랑을 받고 있다. 그의 그림은 빈센트 반 고호에 비교되어. 요즈음 한 점에 일억 원 이상으로 팔려 가짜 작품들까지 등장한다.

이중섭 그림의 기반은 사랑과 그리움과 순수성이다. 일본 유학 시절 너무나 사랑했던 야마모토 마사코(山本方子)와 결혼하고. 아내의 이름을 이남덕(李南德)으로 바꾸었다.

6·25전쟁이 일어나자 원산에서 남한으로 피난했다. 전쟁을 피해 옮겨 다닌 피난생활은 그를 떠돌이 가난뱅이의 신세로 만든 것이다. 가난 때문에 일본으로 떠난 아내 이남덕과 자식들에 대한 그리움으로 그는 항상 외로움 속에서 살아야 했다. 부산·통영·대구·서귀포 등을 전전하면서 아내와

다시 만나기를 애틋하게 기다리면서 그림을 그렸다.

　그러나 주변 사람들은 그의 순수한 마음을 이용하기만 했다. 그들은 전시회에서 팔린 그림을 은박지에 그렸다고 그림 값을 주지 않고, 통속적이라는 말로 더할 수 없는 인격모독을 감행했다. 그리고는 그 작품을 몰래 빼돌려 몇 배의 이득을 챙겼다. 아내와 자식들에게 갈 여비를 마련하지 못해 이중섭은 가난과 회한 속에서 심한 정신적 갈등을 겪었다. 그는 종이가 없어서 담뱃갑 속껍질 은박지에 그림을 그려야 했지만, 우직하게 살아가는 소와 천진스런 아이들, 달과 까마귀, 바닷게 등을 그려서 그의 인간적 고뇌와 아픈 상처를 예술에서 찾으려고 했다.

　아내가 있는 일본과 좀 더 가까이 있고 싶어서 우리나라 제일 남쪽 서귀포로 이주했다. 먼 바다를 바라보면서 바람에게 아내와 아이들의 소식을 물으며 그림을 그렸다.

　그의 그림은 매우 시적이다. 그래서 시인들은 그의 그림을 종종 시의 소재로 삼았다. 시인과 화가는 시대와 장르를 초월해서 진지한 미를 발굴하려고 한다. 그러한 미의 발굴 작업은 예술의 신비성을 창조한다. 이중섭과 김춘수(金春洙)는 이러한 예술 원리를 자기 예술에 담아 성공시킨 대표적인 화가요 시인이다. 이 두 예술가는 현실과 비현실의 일반적인 의미를 훨씬 뛰어넘는 사물의 내밀한 뜻을 인식하는 데서부터 예술의 출발을 시작한다.

　특이한 소재 선택과 새로운 실험적 표현을 시도하여 미적인 진실성을 심화시킨다는 점에서 두 예술가는 동질성을 지닌다. 이렇게 해서 이중섭의 생활과 그림은 김춘수의 시로 형상화된다. 김춘수시인의 연작시 「이중섭」이 그 대표적인 케이스이다. 이 작품은 지금까지의 김춘수의 시작생활 중에서 어느 작품보다도 그의 예술적 의도와 표현기법의 특성을 가장 선명히 드러낸 작품이라고 말할 수 있다.

연작시 「이중섭」은 1973년에서 75년까지 15회 정도 여러 문학잡지에 발표되어 독자들의 관심을 끈 작품이다. 시 「이중섭」은 시와 회화의 만남을 통해 예술적 아름다움을 새롭게 전개한다.

2. 서귀포의 바람과 그리움

김춘수의 연작시 「이중섭」은 이중섭이 살던 곳을 따라가며 그의 고뇌와 그림을 시적 형상화로 나타낸 작품이다. 무의미 시의 참신한 이미지가 이중섭의 그림과 일체감을 가진다. 아래의 시들은 이중섭의 서귀포 생활과 그림을 시로 변용한 이중섭 예술세계의 진수를 보여준 작품들이다.

> 씨암탉은 씨암탉. / 울지 않는다. 네잎 토끼풀 없고 / 바람만 분다. /
> 바람아 불어라. 서귀포의 / 바람아 / 봄 서귀포에서 이 세상의 / 제일
> 큰 쇠불알을 흔들어라/ 바람아.
>
> —『월간문학』 1974. 4.

이 시는 이중섭이 부부를 상징하여 그린 「닭」과 「소」의 그림이 중심 소재로 등장한다. 서귀포는 이중섭 예술의 중심 활동 무대가 된 현실적 지명으로서의 이미지와 아내와 이별한 곳으로서의 아픔을 지닌 곳이다.

'네잎 토끼풀 없고'는 행복을 상실한 이중섭의 고뇌를 즉물화시킨 시적 표현으로 보인다. '제일 큰 쇠불알'은 이중섭의 그림 「소」 연작의 정경묘사와 유사하며, 이것은 성적 충동을 강하게 나타낸 부분이기도 하다. '부부'와 '씨암탉'과 '쇠불알'은 모두 성적인 문제와 관계가 깊은 사물들이다. 이러한 것들은 여성적 성격에서 탈피하려고 하는 김춘수 시인이 가장 관심

을 가진 소재들이다.

그러나 이 시에서 가장 중요한 시적 제재로 등장한 것은 바람이다. 바람을 중심으로 해서 씨암탉·토끼풀·서귀포·쇠불알 등이 모여지고 있다. 이러한 물상들은 바람을 통해서 비로소 이미지로 구체화되고, 시적 묘미를 지니게 된다. 또한 이 바람은 이중섭의 인간적 고뇌와 예술적 충동을 형상화하는 역할을 한다.

> 봄은 가고 / 바람은 평양에서도 동경에서도 / 불어오지 않는다. /
> 바람은 울면서 지금 / 서귀포의 남쪽을 불고 있다. / 서귀포의 남쪽
> / 아내가 두고 간 바다 / 게 한 마리 눈물 흘리며 / 마굿간에서 난
> 두 아들 달래고 있다.
>
> -『한국문학』 1975. 8.

이중섭의 예술(바람)은 아들과 아내와 인간적인 모든 것들과 이별한 고뇌의 땅 서귀포의 바다에서 그 진수를 나타낸다. '바닷게'도 눈물 흘리고, 바람도 우는 서귀포의 남쪽. 그것은 김춘수가 항상 동경하던 인간의 원초적인 아름다움의 세계이며, 이중섭이 그의 그림 「가족」에서 표현해 내었던 예술의 고향이다. '마굿간에서 난 두 아들'을 달래는 그의 인간적 고뇌는 바람을 통해서 예술적 가치를 발휘한다.

> 바람아 불어라 / 서귀포에는 바다가 없다. / 남쪽으로 쓸리는 / 끝
> 없는 갈대밭과 강아지풀과 / 바람아 네가 있을 뿐 / 서귀포에는 바다
> 가 없다. / 아내가 두고 간 / 부러진 두 팔과 멍든 발톱과 / 바람아 네
> 가 있을 뿐. / 가도가도 서귀포에는 / 바다가 없다. / 바람아 불어라.
>
> -『문학사상』 1975. 4.

이 시는 바람과 서귀포에는 바다가 없다는 것을 반복하여 강조한다. 이중섭은 아내의 흔적인 '부러진 두 팔과 멍든 발톱'을 인생의 상처와 그리움으로 받아들인다. 갈대밭과 강아지풀이 있는 곳을 지나 아내에게 달려가고 싶으나 펼쳐진 바다만을 볼 수 있는 것이 현실이다. 생의 모든 고뇌를 포용하는 "바다가 없다."에서 그 있음의 의미가 더 강조되고 있다. 거리를 더 확인하는 '그리움'으로 나타난다. 바람과 바다를 병치시킨 김춘수의 시는 서귀포에서 사심 없이 행한 이중섭의 예술 활동을 잘 집약시켜주고 있다.

3. '바닷가 아이들'과 '달과 까마귀'

이중섭은 아이들을 그림의 대상으로 등장시킨다. 아이들이 좋아하는 바람과 달과 별, 모두가 이중섭이 그리고 싶은 소재들이다. 이러한 사물들은 아이들이 천진스럽게 노는 풍경과 참신한 이미지로 조화를 이룬다.

> 다리가 짧은 아이는 / 울고 있다. / 아니면 웃고 있다. / 달 달 무
> 슨 달 / 별 별 무슨 별 / 쇠불알은 너무 커서 / 바람은 서북쪽 / 삐
> 딱하게 매달린다. / 한밤에 꿈이 하나 눈 뜨고 있다.
> 　　　　　　　　　　　-김춘수의 「이중섭」, 『현대시학』, 1975. 10.

이 시는 이중섭의 그림 「바닷가의 아이들」에서 소재를 취하고 있는 것 같다. 군동풍경(群童風景)에서 나타나고 있는 천진스런 동심의 세계가 내부적 정경묘사로 환치되고 있으며, 참신한 이미지가 감동을 준다.

'다리가 짧은 아이'와 '달 달 무슨 달'의 시행(詩行)은 이중섭의 그림 「바닷

278

가의 아이들과 「달과 까마귀」를 대상으로 한 것으로 생각된다. '쇠불알은 너무 커서 / 바람은 서북쪽 / 삐딱하게 매달린다'의 정경묘사는 「소」의 연작과 「소와 게와 새」의 그림에서 온 소재들이다. 벌거벗은 아이들과 쇠불알은 현실의 때가 묻지 않은 본능적인 충동의 요소로서 강한 인상을 불러일으키는 이미지들이다.

쩍 벌린 황소 다리 사이로 축 늘어진 불알통을 물려고 하는 발정의 이미지를 바람을 통해서 더욱 심화시키고 있다. 게를 발정(發情)의 상징으로 보는 분석심리학자 칼·융(Karl Jung)의 해석을 따른다면, 벌거벗은 아이들과 쇠불알은 현실과 때가 묻지 않은 본능적인 충동의 요소로서 강한 인상을 불러일으키고 있다.

김춘수 시인이 이중섭의 예술에서 감동을 받은 것은 원초적인 성적 충동이다. '한밤에 꿈이 하나 눈뜨고 있다.'는 무한의 세계. 즉 벌거벗은 원시의 자연성과 본능적 성애의 만족을 구하는 이중섭 예술의 영원성에 대한 작가 자신의 꿈인 것도 같다.

이중섭의 부산생활도 바다와 더불어 있고, 바다는 항상 이중섭으로 하여금 이별한 아내 남덕을 회상하는 촉매작용을 한다. 부산에서 그린 「달과 까마귀」는 아내를 생각하는 이중섭의 직접적인 표정이기도 하다. 김춘수 시인은 이중섭의 이러한 표정을 우회하여 묘사한다.

저무는 하늘 / 동짓달 서리 묻은 하늘을 / 아내의 신발 신고 / 저 승으로 가는 까마귀 / 까마귀는 / 남포동 어디선가 그만 / 까욱 하고 한번만 울어버린다. / 오륙도를 바라보고 아이들은 / 돌팔매질을 한 다. / 저무는 바다 / 돌 하나 멀리 멀리 / 아내 머리 위 떨어지거라.

-『현대시학』 1975. 10.

김춘수 시인은 아내에 대한 이중섭의 절실한 그리움을 '아내의 신발 신고'로 표현한다. 까마귀가 아내와 연결해 주기를 바라는 이중섭의 마음은 감정 이입의 시행을 통해 선명한 이미지로 다가온다.

남포동 어디선가 '그만 까욱 하고 한번만 울어버린다'는 시행은 전쟁 중에 겪어야 하는 현실과 저승이라도 함께 가고 싶은 그리움의 비명일 수도 있다.

그러나 이 시의 작자는 저무는 바다에서 돌팔매질을 하는 아이들의 천진성이 아내의 머리 위에 떨어지기를 바란다. 저무는 하늘과 바다에서 느끼는 외로움은 시를 통해 까마귀와 아이들의 돌팔매질을 통해 예술의 아름다움으로 승화한다.

4. 충무시 동호동과 대구 동성로의 꽃가게

충무시 동호동은 이중섭이 정성을 쏟으며 그림을 열심히 그리던 곳이다. 그곳의 생활도 가난과 외로움에 시달리는 삶이었다. 김춘수 시인은 그때의 이중섭 예술을 그의 그림 「새와 나무」·「나무와 달과 하얀 새」를 소재로 형상화를 시도했다.

> 충무시 동호동 / 눈이 내린다. / 옛날에 옛날에 하고 아내는 마냥 / 입술이 젖는다. / 키 작은 아내의 넋은 / 키 작은 사철나무 어깨 위에 내린다. / 밤에도 운다. / 소리 내어 아내는 가고 / 충무시 동호동 / 눈이 내린다.
>
> ─『한국문학』 1975. 10.

이 시는 '충무시 동호동 / 눈이 내린다.'로부터 시작한다. 눈 내리는 겨울 정경은 아내와의 옛날을 회상하도록 한다. 아내가 가버린 세계는 눈이 내린 텅 빈 세계이다. 사철나무 어깨 위에 내리는 아내의 넋은 밤에 우는 한 마리 새와 같은 모습이다. 이중섭의 「새와 나무」, 「나무와 달과 하얀 새」는 김춘수의 시를 통해 그 예술적 진가가 되살아난다.

이중섭은 충무·부산·대구·제주도로 주거를 옮겨가면서 그의 예술 편력을 계속한다. 김춘수 시인은 이러한 이중섭의 예술 활동을 따라가면서 시적 형상화를 시도한다. 그리하여 눈 내리는 충무시 동호동은 대구 동성로 꽃가게로 이어진다. 대구의 동성로는 6·25전쟁 당시 피난 온 많은 예술가들이 만나서 예술 활동을 전개하던 문화의 거리이다. 동성로는 이중섭이 예술 활동에 정력을 쏟던 곳으로 알려져 있다.

> 아내의 손바닥의 아득한 하늘 / 새가 한 마리 가고 있다. / 겨울이
> 가도 / 대구는 눈이 내리고 / 팔공산이 아마(亞麻) 빛으로 가라앉는
> 다. / 동성로를 가면 꽃가게도 문을 닫고 / 아이들 사타구니 사이 /
> 두 개의 男根 / 마주 보며 저희끼리 오들오들 떨고 / 있다.
>
> -『한국문학』, 1976. 1.

대구에서의 이중섭 예술 활동은 「손과 새. 가족」, 「동자상」 등 여러 작품으로 나타난다. 그 그림에는 아내와 혈육에 대한 그리움이 본능적 충동으로 묘사되고 있다. 김춘수는 이러한 이중섭의 예술을 시로 변용한다. '아내의 손바닥의 아득한 하늘 / 새가 한 마리 가고 있다.'는 시행은 「손과 새. 가족」에 나오는 아내에 대한 그리움을 새로 형상화 되고 있다.

亞麻빛의 팔공산과 동성로의 꽃가게는 이중섭이 가장 아끼고 사랑하던 거리요 자연이다. 눈으로 문을 닫은 꽃가게는 애틋한 아쉬움을 남긴다. 그러나 가족을 묘사한 이중섭의 「동자상」의 연결에 이르러서 김춘수는 자신의 성적 콤플렉스를 짙게 노출시키고 있다.

'아이들 사타구니 사이 / 두 개의 남근 / 마주 보며 저희 끼리 오들오들 떨고 / 있다.'는 시행들은 김춘수의 시 「冬菊」에서 표현한 '미8군 후문 / 철조망은 대문자로 OFF LIMIT / 아이들의 拘杞子빛 男根이 / 오들오들 떨고 있다.'와 유사한 이미지로 등장한다.

김춘수의 시에 남근이 자주 등장하는 것은 그의 남성적 과시의 충동이며, 순수를 지향하는 그의 예술 역시 성적 본능에서 온 것이다. 이중섭이 대상의 표현을 위해서는 어떠한 한계도 두지 않았듯이 김춘수의 성적 본능도 매우 충격적인 이미지로 독자들의 마음을 사로잡는다.

5. 아내의 가장 더운 곳

이중섭의 그림 「부부」는 아내 남덕과의 환상적인 사랑의 재회를 묘사하고 있는 것처럼 보인다. 이 사랑의 재회는 너무나 애정적이고 에로틱하다. 정직한 화가 이중섭은 이 「부부」에서 아무것도 감추지 않고 있다. 본능의 욕구를 가식 없이 묘사하면서 순수한 환상의 아름다움에 빠져들어 간다.

김춘수는 이중섭의 이러한 에로틱한 면을 지나쳐 보지 않는다. 아내를 중심으로 여러 가지 소재들이 모이고 있는데, 모두 프로이트나 칼·융이 성의 상징으로 쓰고 있는 물상들이다.

서귀포 남쪽 / 바람은 가고 오지 않는다. / 구름도 그렇다. / 네가

지 빛깔을 다 죽이고 / 바다는 밤에 혼자서 운다. / 게 한 마리 눈이 멀어 / 달은 늦게 뜬다. / 아내는 毛髮을 바다에 담그고 / 눈물은 아내의 가장 더운 곳을 적신다.

-『문학사상』, 1976. 2.

'서귀포 남쪽'은 아내 남덕이 있는 일본을 의미하고, '바람은 가고 오지 않는다'의 바람은 이중섭의 인간적 고뇌와 그리움을 집약한 것으로 보인다. '구름도 그렇다.'의 구름은 바다와 같은 뜻으로 받아들일 수 있다. '네 가지 빛깔을 다 죽이고 / 바다는 밤에 혼자서 운다.'의 바다는 모든 빛깔을 다 수용하는 바다. 모든 생명적 존재를 탄생시키는 산고(産苦)의 아픔을 의미하고 있다. 어쩌면 그것은 여성의 가장 더운 곳을 비유적으로 표현하고 있다고 생각된다.

'게 한 마리 눈이 멀어 / 달은 늦게 뜬다.'는 표현은 앞에서 여러 번 말한 바와 같이 발정의 상징으로 등장하고, 이 눈먼 게에게는 광명보다 어둠이 더 의미를 지니게 된다. 바다와 게와 달은 성적 분위기를 조성하는 면에서 잘 조응되어 참신한 시적 분위기를 조성하고 있다.

이와 같은 김춘수의 성적 관심은 마지막 두 행에 와서 더욱더 충동적인 색깔이 짙어진다. '아내는 모발을 바다에 담그고 / 눈물은 아내의 가장 더운 곳을 적신다.'의 모발과 바다. 아내의 가장 더운 곳은 여체의 가장 깊은 곳을 상징하여 성의 신비성을 드러낸다. 이러한 상징성은 의도적이기보다는 무의식적으로 작가의 마음속에 심상 풍경을 형성한다.

이 시는 이미지를 처리하는 기법에 있어서 김춘수 시인이 항상 말하고 있는 내면적 충동의 외부적 정경 묘사인 '의미의 무의미화'가 시도되고 있다.

6. 마무리

　김춘수 시인은 관념이나 의미를 배제하는 무의미시를 주장해 왔지만, 연작시 「이중섭」은 의미를 완전히 배제할 수 없다는 것을 보여준다. 그것은 이중섭의 회화와 생활을 무의미의 의미로 시화하는 새로운 시도로 이루어진 것이다.

　이중섭의 회화 예술과 예술 활동의 바탕을 이루는 비현실의 현실적 가치는 김춘수의 시에서 보다 많은 의미와 미적 의의를 가지고 등장한다. 김춘수 시인은 어떤 화가, 시인들보다도 이중섭 예술의 진수를 철저하게 인식하고, 이중섭이 추구하던 예술의 원초적 원리를 장르의 초월을 통해 예술미를 구체화시킨 시인이다.

　이중섭과 김춘수가 공통적으로 실험한 성적 본능의 감각적 표현은 독자들에게 미적 즐거움과 충격으로 전달된다. 예술은 언제나 한계를 그을 수 없는 무한성에서 그 의의를 발휘한다. 김춘수의 연작시 「이중섭」은 이런 점에서 그의 시 「꽃」과 더불어 우리 문학사에 길이 남을 작품이다.

저무는 하늘과 바다에서 느끼는 외로움은 시를 통해
까마귀와 아이들의 돌팔매질을 통해 예술의 아름다움으로 승화한다.

수필가 박양근(朴洋根)

1952년	경북 청도군 유천면 유호2리에서 출생
1974년	경북대학교 사범대학 영어교육과 졸업
1981년 3월	부경대학교(전신 부산수산대학교) 교양과정부, 이후 영어영문과 근무
1988년 8월	대구가톨릭대학 대학원 영어영문과 문학박사 취득
1993년 12월	『월간에세이』에 『첼로가 되고싶어라』 에세이스트 천료
1994년	미국 워싱턴주립대학에서 연구교수
1997년	첫 수필집 『작은 사랑이 아름답다』 발표
2001년 12월	제2수필집 『풀꽃처럼 불꽃처럼』 발간
2001년 12월	『문예시대』 제1회 작가상 수상
2004년 4월	『좋은수필 창작론』 초판 발행
2005년	『미국수필 200년』 발간
2005년	수필과비평사 신곡문학대상 수상
2005년 3월	영남수필학회장 취임
2006년 3월	『좋은수필창작론』 재판 발간
2007년 3월	한국문인협회 기관지 『월간문학』 편집위원
2007년 5월	제3수필집 『문자도』 발간
2007년	수필문학사 주관 제17회 수필문학상
2008년 1월	부산광역시수영구문인회장 취임
2009년 7월	제4수필집 『서 있는 자』 발간
2009년 11월	제5수필집 『길을 줍다』 발간
2009년 12월	현대수필사, 한국수필학회 구름카페문학상 수상
2010년 2월	수영구문화예술회장 취임
2010년 3월	부산수필문인협회부회장 겸 『부산수필문예』 주간
2010년 10월	『사이버리즘과 수필미학』 발간
2012년 11월	제6수필집 『손이 작은 남자』 초판 발간
2012년 5월	산귀래문학상 수상
2012년 6월	『현대산문학』 발간
2012년 6월	제6수필집 『손이 작은 남자』 재판 발간
2012년 7월	미주펜클럽 주최 해변문학제 초청강사
2012년 8월	부산국제문학제 집행위원장
2012년 11월	『부산현대수필작가론』 발간
2012년 10월	제19회 부산문학상 본상 수상
2013년 2월	부산문인협회부회장, 『문학도시』 주간 취임
2013년 2월	제34대 사단법인 국제펜클럽한국본부 부이사장
2013년 2월	『문학도시』 주간
2013년 7월	『현대수필창작이론』 발간
2013년	산귀래문학상 수상
2013년	『부산현대수필작가론』 발간
2016년	『현대수필 비평이론과 실제』 발간
2016년	동서문학상 수상
2016년	제7수필집 『일곱 번째 성좌』(2016) 발간
2016년	『구름카페문학상 작품세계』 (공저) 발간
2017년	『잊힌 수필, 묻힌 산문』 발간
2013년 3월	부경대학교 명예교수

수필집
『일곱 번째 성좌』(2016), 『손이 작은 남자』(2012), 『서 있는 자』(2009), 『길을 줍다』(2009), 『문자도』(2007), 『작은 사랑이 아름답다』(2000), 『풀꽃처럼 불꽃처럼』(1997)

문학 저서
『잊힌 수필, 묻힌 산문』(2017), 『현대수필 비평이론과 실제』(2016), 『구름카페문학상 작품세계』(2016, 공저), 『현대수필창작이론』(2013), 『부산현대수필작가론』(2013), 『한국산문학』(2012) 『사이버리즘과 수필미학』(2010), 『좋은수필 창작론』(2005), 『미국수필 200년』(2005) 등이 있다.

수상
동서문학상(2016), 산귀래문학상(2013), 부산문학상본상(2012), 구름카페문학상(2009), 제17회수필문학상(2007), 신곡문학대상(2005)

박양근

무희송(舞姬松)
찰칵, 촬영 끝
글내 난다
십화화쟁(十花和諍)
그 분이라면

무희송(舞姫松)

　녹의의 군무. 바람이 불면 활옷은 하늘로 펼쳐진다. 비바람이 세찬 밤에
는 속까지 배인 한기를 떨쳐버리려는 기세로 춤을 춘다. 수백 년 세월이
다시 흘러도 속인은 끼어들 수 없는 한 서린 숲 속의 광경이다.

　고즈넉하다. 여름철 대낮도 서늘한 기운을 쫓아내지 못하는 외진 곳. 숨
소리 하나 흐르지 않는 적막이 깔렸다. 이 침묵 속에서 신라 오백 년의 영
화와 더 오래 망각된 역사가 나무마다 감기고 있다. 보이는 것도 들리는
것도 없지만 태평무가 울리고 무희들의 고혹스런 미소가 어른거린다. 그
춤사위가 발길을 머물게 한다.

　십여 호가 자리 잡은 시골 마을을 비켜 골목을 돌아서면 소담한 솔밭이
앞을 막는다. 흥덕왕릉을 에워싼 소나무 군락이다. 깊은 계곡을 따라 웃
자란 여느 송림과는 달리 손질을 가한 듯한 운치가 마음을 끈다. 선왕의
넋을 지키기 위해 시립한 그루마다 애틋한 정이 넘친다. 아니면, 왕의 총
애를 애타게 바라던 궁녀들이 죽어서도 제왕을 가까이하려는 몸짓인가.
왕의 주검과 함께 매장되었다가 소나무의 몸을 빌려 녹의의 무희로 환생
한 장소. 그래서 신라의 야궁(野宮)을 지키는 무희들은 오늘도 바람을 기
다린다.

　우연찮게 흥덕왕릉의 솔숲이 빼어나다는 이야기를 들었다. 신라 유적지
에 관해 자신감을 가진 사람일지라도 이곳을 찾기가 쉽지 않다. 외지인이
라면 지명마저 생소할 터. 흥덕왕은 누구에게나 잘 알려진 왕이 아닐뿐더

러 경주가 아닌 안강읍에서 꽤 떨어진 산자락에 위치해 있어서다. 도로변에 세워진 표지석도 초라하기 이를 데 없다. 하지만 몇 번이고 물어가며 찾아도 괜찮을 만큼 호젓한 은신처다.

무엇보다 한적한 풍경이 마음을 끈다. 세상사를 잊기에는 더없이 넉넉하다. 그러면서도 한 뜻 한 뜻이 모인 신비스러운 형상에 마음이 어지러워지기도 한다. 그랬다. 처음 그곳을 찾았을 때, 여타 송림과는 전혀 다른 분위기가 나를 품어 가두었다.

소나무는 무사의 충절을 나타낸다. 대나무가 선비의 절개로, 매화가 여인의 지조로 피어난다면, 소나무에는 무인의 기상이 서려 있다. 고산준령의 독송(獨松)에는 천군만마를 호령하는 장수의 쩌렁쩌렁한 목소리가 배어 있다. 소나무를 칭송하는 글이 흔하다면 변절조차 부끄러워하지 않는 인간에게 절망한 때문일 것이다.

이곳 소나무들은 여타 소나무와 형상이 사뭇 다르다. 남성적인 기상보다는 여인의 기품과 연모의 자태가 먼저 떠오른다. 가녀린 허리를 약간 꼰 형상. 안길 듯 앞으로 기운 생김새. 시중을 들려고 두 가지를 받쳐 든 모습. 옥체를 괴려는 마음으로 무릎을 은근히 내민 형상. 수줍음으로 은총을 살짝 뿌리치는 율동. 그러면서도 모든 소나무들은 왕의 부름을 애타게 기다리며 능이 자리 잡은 방향으로 시립해 있다. 감정 없는 나무조차 사모의 정은 이토록 간절한가 보다.

정이 춤이 된다.

무희는 사랑의 마음으로 춤을 춘다. 아무리 무딘 관객도 마음을 풀어 내는 춤을 보면 말할 수 없는 감동을 느낀다. 냉기가 펼쳐지면 냉기를 한이 밀려오면 한스러움을 전해 받는다. 호소하는 가락에 전율하고 애원의 발걸음이 버선코에 모이면 가슴이 저려진다. 전율의 파장이 두 존재를 잇대서이다. 이처럼 사랑의 요체는 옛날이나 지금이나 환희가 아니다. 쾌감도 아니다. 시린 겨울 계곡에 손을 담가 함께 눈물을 흘리려는 회한의 공유이다. 바람에 실린 솔가지도 그러하다.

소나무 그루마다 그 아픔이 묻어 있다. 고개를 들고 몸을 내세운 귀인이 아니다. 가장자리의 소나무는 단심의 사랑을 바치고 싶은 기녀들이다. 높다란 옥좌를 우러러 볼 수도, 옥체를 가까이할 수도 없는 비천한 궁녀들은 길목에 자리한다. 임금에 대한 풋사랑이 두려워 고개를 들지 못한 무수리도 있다. 연모의 기쁨으로 춤을 추다가 생을 마친 궁궐 안 무희들은 능 가까이 둘러서 있다.

슬픈 무희들. 아름다움이 다하도록 오직 한 분의 임 앞에서만 춤추고 노래하는 애처로운 여인들. 육체의 탄력이 사라지면 그들의 춤사위는 끝나고 아무도 모르게 궁중에서 추방되어 낯선 곳에서 삶을 마쳐야 한다. 잊히고 버려진 서러움은 죽어도 구천을 헤맬 뿐. 그 넋이 바람에 날려와 씨앗으로 뿌려졌다. 하늘을 떠돌던 혼백이 야산에 자리한 왕의 능으로 달려와 정절의 푸른 소나무로 자란다.

더워도 임의 손길이 아니면 벗지 않을 녹의의 너울을 머리에 두르고 천년 사랑의 춤을 춘다. 추워도 홑겹의 무희복 아래 드러난 맨몸 살결을 부끄러워하지 않는다. 온몸에서 흘러내린 땀방울이 송진으로 맺힌다. 옷고름을 풀지도 못한 몸매가 풍상을 견디지 못하고 썩은 가지로 떨어진다. 눈길도 받지 못할 군무를 추면서 한 움큼씩 뽑아낸 절망의 머리칼이 황토바닥에 겹겹의 솔 갈비로 깔린다. 깨우려 한들 백토가 되어버린 임의 넋을 덮기 위함이다.

정이란 여린 것이다. 소유하고픈 마음을 먹는 순간 그것의 아름다움에 눈멀게 된다. 그만큼 미련은 끈끈하기도 하다. 죽어 임을 가까이하려는 마음이 차라리 자유롭다.

찰칵, 촬영 끝

대학 강단의 34년이 일장춘몽이다. 가만히 기억하면 그리움과 아쉬움의 변주곡이거나 한편의 영화처럼 보인다. 29살 풋내기 청년이 흰머리를 쓴 야인이 되도록 한 교문만을 들락거린 장면으로 이루어진 영화는 싱겁고 재미가 없기 마련이다. 세월을 다룬 영화 아닌 것이 어디 있으랴만 강바람이 지나간 흔적도 사실은 사람들이 만든 것이다. 이런저런 추억을 돌이켜보면 알겠지만 직장 세월은 무논처럼 물꼬를 틔우고 막는 일이다.

'첫'이라는 말이 사람을 생송생송하게 만든다. 첫 나들이, 첫 데이트, 첫 선물, 첫 편지…… 장소든 시간이든, 사람이든 물건이든 '첫'이 붙으면 가슴이 설레어진다. 꽃도 이름을 붙여주면 다가온다는데 처음이라는 좌표를 찍으면 어찌 남다른 인연이 생겨나지 않을까. 후일 회상하면 별다른 이유도 없건만 가슴이 먹먹해진다. 섬뜩해지면 정말 그랬던가 하는 놀람과 의문이 함께 생겨난다. 생이란 꼼꼼히 들여다보면 매일매일이 '첫'이라는 만남과 작별로 이어지는 게 사실이다.

학교에 근무하는 선생의 연중행사는 학생들을 만나고 헤어지는 것이다. 그 만남 중에서 첫 부류의 제자들과 상면한 것이 남다른 영상으로 남는다. 1991년 3월 1일은 3·1운동 72주년을 맞이하는 날이었다. 다음날 아침 "인문사회과학대학 영어영문학과 근무를 명함"이라는 발령 통지서를 총장실에서 받았다. 한 시간 후 20명의 알토란 같은 제자들과 상견례를 했다. 얼굴이 앳되고 발그스레한 새내기 영문과 여학생들이었다. 이상하게

도 그때의 상황이 고스란히 기억된. 단발이 채 자리지 못한 터에 일반 복
장이 몸에 붙지 않아 어딘가 어설퍼 보이던 고만고만한 학생들이 투박한
책상을 두고 앉아 있었다. 교실 밖에는 누런 잔디 위로 차가운 바람이 흘
렀다. 학생들도 서로가 낯설어 나를 빤히 응시하고 있었다. 나이 먹고 중
후한 교수를 상상했지만 노총각 같은 사람이 들어와 다소 의외라고 여기
는 모양이었다. 그 의아한 표정이 학과 제자와의 만남의 장면이었고 그건
아직도 잊히지 않는다.

십여 년이 지나 '첫'이라는 이름을 가진 대학원생들이 또 들어오기 시작
했다. 이번에는 대부분 어른들이었다. 먼저 교육대학원 석사과정 학생들
이 입학했다. 일반교사들이 대부분이었다. 다음으로 첫 일반대학원 석사
과정 학생, 첫 박사과정 학생들과 차례차례 상봉을 했다. 그중에서 박사
과정의 학생들과의 관계는 부모와 자식과 다름없었다. 5년이 넘도록 힘
든 학문을 공부하다 보면 서로의 눈빛만으로도 상대방의 마음을 읽는다.
호통과 눈물, 칭찬과 웃음, 술잔을 앞에 두고 문학을 이야기하는 해가 지
날수록 끈끈한 사제지정을 품는다. 첫 박사 제자가 논문을 발표하고 사회
로 진출할 때면 자식을 떠나보내는 아비의 마음이 된다. 그건 흐뭇하면서
섭섭한 떠남이다.

학교에서는 이런 만남과 떠남을 되풀이한다. 매화가 필 때 들어온 학생
들이 이른 매화 방울이 돋기 시작할 무렵 어른이 되어 떠나는 곳이 대학
이다. 올해는 내가 매화 꽃망울이 터질 무렵 교정을 떠나게 되었다. 지난
해 12월 중순, 고별 강연을 했다. 마지막 인사를 하고 학생들의 박수를 받
으며 강의실 출입문을 열었다. 차가운 바람이 멈춘 복도가 조용히 내 몸
을 받아주었다. 학생들이 준 장미꽃 향기가 복도에 번졌다. 등 뒤로 강의
실 문을 닫았다. 복도를 거쳐 연구실에 돌아오는 아무 생각을 않기로 했
다. 생각하면 조금은 울컥할 테니까.

매년 학생을 사회에 보내는 교수가 개찰구에 서서 승객들의 표를 검사하는 검표원이라는 생각이 든다. 요즈음에는 승객 각자가 알아서 제 기차를 타고 차장은 객실에서 좌석번호와 승객을 대조 확인한다. 간혹 남의 좌석에 앉아 있거나 엉뚱한 방향의 기차를 타고 타는 경우가 생긴다. 나도 그런 적이 한두 번이 아니다. 그럴 때면 예전처럼 역 입구에 검표원이 있었으면 하는 아쉬움을 갖는다. 기차를 놓치지 않고 잘 타도록 도와주는 검표원 같은 선생이 되어도 그게 어딘가.

그 노릇도 제대로 하지 못하고 떠나게 되었다. '양반은 얼어 죽어도 곁불을 쬐지 않는다'는 속담처럼 교수의 자존심은 별게 아니다. 첫 대면에서 원로교수는 교수의 목숨 줄은 잘 가르치고 논문 많이 쓰는 것이라고 말씀하셨다. 그것이 갖추어지면 술 먹고 조금 비틀거려도 멋으로 봐준다 하셨다. 두 눈을 부릅뜨고 심야를 이겨내는 올빼미가 되라는 말이것다.

그 올빼미 짓을 하지 않아도 되는 첫 해가 왔다. 36년 동안 동고동락한 책상이 사라질 운명이 다가왔다. 2016년. 마지막 1년을 남겨두고 연구실 생활을 한껏 만끽하기로 했다. 밤 1시가 가깝도록 연구실에서 밥 먹고 선잠 자고 쉬고 간식까지 먹었다. 자폐증 환자와 다름없었다. 전기세 수도세 관리비 내지 않는 특혜기간이 다 되어 간다. 청소 아줌마가 청소하고 경비원 아저씨가 순찰해주는 경호 마감도 지척이다. 어지러이 널린 책과도 작별을 고해야 한다. 아무튼 이런 것들도 세월이 지나면 그리움이 된다.

10년. 20년. 30년도 후딱 지났다. 석 달. 두 달. 한 달. 다시 3주. 2주. 그리고 1주 남았다. 1016호 주인이 이곳을 떠나게 되면 저 많은 책들이 어디로 갈까. 고아가 되는 것은 아닐까. 자질구레한 저 비품들은 어떻게 될까. 고물상에도 갈 수 없을 텐데. 34년의 기억과 추억은 어디에 갇힐까.

그런 생각을 하며 창밖을 내다보았다. 창밖 풍경이 변함없다. 비가 내리고 안개가 끼고 차가운 바람이 교대로 불고 캠퍼스 벚나무와 은행나무도 변함없다. 만사가 그런 것이다. 세상은 그대로이고 사람만 변하여 떠난다.
어쩌면 앞서 은퇴한 교수 분들도 이렇게 생각하며 짐을 꾸렸을 것만 같다.

무엇보다 긴 복도를 지나 내 연구실 문을 열고 실내 스위치를 켰을 때의
'찰깍' 하는 청량한 소리가 잊히지 않는다.

여섯 평 무릉도원의 그리운 봄날이 끝났다.

촬영 끝.

글내 난다

모든 사물은 고유의 냄새를 지니고 있다. 동식물뿐만 아니라 사람의 몸에서도 냄새가 난다. 무엇인가 있다는 낌새를 알아차리려면 냄새를 먼저 맡는다. 모두가 체취로 자신을 드러내려 하므로 인간의 오감 중에서 후각이 가장 예민하다.

냄새 중에는 좋은 것이 있고 나쁜 것이 있다. 흔히 좋은 냄새를 향기라 부른다. 차향, 꽃향이 있고 한지에 쓴 글씨에는 묵향이 배어 있으며 천년 땅속에서 제 몸을 삭힌 참나무에서는 침향이 스며난다. 향기야말로 모든 사물이 지니고 싶은 이상적인 기운일 것이다. 옛 선비들도 자신의 글에서 지필묵 향기가 묻어나기를 소망하였다. 그런데 글과 글씨에서는 문향과 묵향이 풍겨난다고 하지만 정작 글을 쓰는 사람에게서는 먹물 냄새가 난다고 말한다. 옷에 먹물을 잔뜩 묻힌다고 먹물 냄새가 나지 않는다. 몸 구석구석까지 냄새가 배이도록 글을 가까이 하여야 겨우 먹물 냄새가 난다. 꽃향기가 꽃송이에만 담겨 있다면 나무 냄새는 줄기는 물론 뿌리 냄새까지 합쳐야 되는 것과 같다.

오래전에 돌아가신 할머니는 거의 매일 선친이 계셨던 산 절을 오르내렸다. 장남이 출가하여 스님이 된 아쉬움 탓인지 다섯 평도 못 되는 시골 암자의 조그만 대웅전 청소만은 한사코 할머니가 맡으셨다. 청소를 마치고 법당에서 나올 때 할머니는 항상 "향내 난다"고 하셨다. '향기 난다'고 말씀하시지 않았다. 할머니에게 향내라는 말은 향과 냄새가 합친 말일 게

다. 법당에서 피어오르는 향불을 촌 노인답게 표현한 말이라고 생각했다.

냄새라는 말은 어딘가 낮춤말로 들린다. 고상하고 고귀한 명품보다는 세속적이고 범상한 물건을 떠올려준다. 향기가 한자말이고 냄새가 우리 말인 언어적 차이에서 오는 선입견일 수도 있다. 향기라 하면 정자가 떠오르고 문방사우와 매난국죽이 연상되지만 냄새라면 거름더미나 쑥떡 만드는 시골 아줌마가 생각난다. 향기가 정신적 가치를 향유하는 계층의 언어라면 냄새는 몸으로 세상을 살아가는 사람들끼리 나누는 말로 여겨진다.

그러므로 냄새라면 비린내나 구린내 같은 부정적인 말이 먼저 떠오른다. 그것도 잠시. 이내 곱살스러운 접미사 "내"에 갖가지 말이 붙는다. 살내. 젖내. 땀내. 분내. 단내. 흙내…… 이때의 '내'는 '냄새'를 줄인 말이다. 살냄새. 젖냄새. 땀냄새. 분냄새. 흙냄새를 줄여 "살내. 젖내. 땀내. 분내. 흙내라 말하면 까닭 없이 마음이 아파오고 저절로 눈이 감긴다. 그것들은 오래 졸이고. 한참 묵히고. 늘 지니고 다녀. 저절로 우러나는 냄새이다.

그 냄새를 가진 것들이 거의 사라져가고 있다. 젖내와 살내와 분내를 풍기던 사람들이 멀어졌다. 땀내 날 정도로 일을 하던 청춘은 까마득하고 입에서 단내 나도록 온몸의 기를 쏟아내던 열정도 옛 이야기가 되었다.

냄새는 온몸으로 맡아야 제대로 느낄 수 있는 기운이다. 그렇지 않다고 말할 수도 있지만 냄새라는 말을 줄여 "내"라고 하면 그땐 진짜 온몸으로 풍겨내고 온몸으로 받아들여야 하는 기운이라는 확신이 든다. 사람 냄새는 얼굴에서가 아니라 온몸에서 흘러나오는 것이므로 코라는 감각 기관만으로 감당하기에는 충분치 않다. 그래서 사람 향기라는 단어보다 사람 냄새라는 말을 즐겨 쓰는가 보다.

달력을 한 장 한 장 넘기다 보니 어느덧 입추가 지났다. 해가 조금씩 늦게 뜨고 일찍 서산으로 넘어간다. 짧은 셔츠를 입던 사람들이 긴 소매옷으로 갈아입고 짧은 스커트를 입었던 여인들도 하늘거리는 긴 치마를 입기 시작한다. 시샘하듯 다투어 피어났던 봄꽃들은 다 져버리고 무성했던 여름 나뭇잎들도 가을 색으로 변해 간다. 갖가지 형상이 넘쳐나는 여름이 지나 냄새의 계절 가을이 오면 모든 것들은 거추장스러운 색깔과 겉모양을 버리고 자신이 무엇인가를 세상에 증명하는 단 하나의 기운만 간직한다. 계절이란 갖가지의 향기를 단 하나의 냄새로 변하게 하는 시간. 난 그렇게 믿으려 한다.

요즘 글의 냄새에 대해서 종종 생각한다. 향을 싼 종이에서는 향내가 나고 생선을 싼 종이에서는 비린내가 난다. 그 말을 믿으며 글을 쓰기 시작했을 때 내 글에서 향기가 묻어 나오길 기대했다. 정자에 앉아 시를 읊조리는 선비의 모습을 상상하면서 언젠가는 내 글에서도 묵향과 문향이 묻어나는 꿈을 꾸었다.

이제 내 나이가 가을이 되었다. 한 해도 가을로 접어들고 있다. 쌀쌀해진 저녁 바람을 맞이하면서 문득 내 글에서 가을내가 났으면 하는 생각을 해 본다. 문향은 여전히 과분하고, 글 냄새라고 하기에는 어딘가 허름하다. 글내라면 사람 냄새는 담겨 있겠지.

왜 갑자기 삼십여 년 전에 돌아가신 할머니가 생각날까. 법당 구석구석을 정성스럽게 닦아내고 문을 나서며 하신 "향내 난다"고 했던 말씀이 불쑥 떠오를까. 어쩌면 할머니는 법당에 들어설 때마다 부처님이 가르친 불법 향기와 참선을 하느라 밤을 하얗게 새운 아들의 살 냄새를 모두 맡고 싶었는지 모른다. 어느 것 하나 버릴 수 없는 운명을 이겨내며 차디찬 마룻바닥을 단내 나도록 걸레질 하셨을 할머니. 그 마음을 비로소 이해하면서 내 글에서 글내나마 풍겨났으면 한다.

"글내 난다."

글이 잔잔한 시냇물처럼 흘러 내려가면 좋겠다. 글내가 소리 없이 형체 없이 번져 가면 좋겠다. 이 가을에 내 글을 읽고 "글내 난다"라고 말하는 한 명의 독자를 만나면 더 없이 좋겠다.

십화화쟁(十花和諍)

입춘과 우수가 지나면 봄이 본격적으로 밀려온다. 천지사방에서 꽃송이들이 연이어 터지고 싱그러운 춘엽이 무성해지면 계절의 변화에 무딘 사람조차 한번쯤은 "봄이 왔네!" 하고 거든다. 그럴 쯤이면 춘래불사춘(春來不似春)이라는 말도 무색해진다. 대자연의 변신을 경이롭게 바라보면서 사람들은 봄이 늦다고 불평하였던 자신의 투정을 쑥스러워한다. 인간의 가벼운 마음을 경고하려는 듯, 춘래불사춘의 의미도 봄이 아니라 간절히 기다리는 그 무엇이 오지 않을 때를 지칭하는 말로 바뀐다.

봄에 가장 먼저 피는 꽃을 영춘화(迎春花)라고 부른다. 봄을 맞이하는 첫 꽃은 가늘디가는 줄기 하나에 긴 겨울을 몰아내려는 화등(花燈)을 내건다. 그래도 사람들은 꽃이 제때 피지 않는다거나 찔끔찔끔 핀다고 투정을 한다. '봄이 왜 안 오나, 봄이 왜 안 오나.' 도시화가 진행되면서 제비의 내방이 사라져버린 터에 영춘일화인래백화개(迎春一花引來百花開)라는 말만 남아 있으니 봄꽃에 대한 벅찬 기대가 이해가 되긴 한다. 그래서 봄맞이꽃은 다른 꽃들에게 이제 피어나도 괜찮다고 일러주는 역할을 맡는다. 봄의 진격을 알려주는 전령사이고 나팔수인 만큼 영춘화는 사람들의 사랑과 존경을 받기 마련이다.

세상 만물의 등장과 퇴장에 순서가 있다. 인류로 말하면 장유유서이고, 생명체에 견주면 생로병사라 하겠다. 우주에도 무소불위의 절대자가 상단에 자리한다. 봄꽃도 순서에 맞추어 등장하는 것이 순리이다. 만일 갯

버들의 움이 돋지 않았는데 산수유가 성깔을 부리면 반칙을 하는 것이다. 붉디붉은 도화가 희디흰 매화보다 일찍 벙글지 않는 것도 그들의 세계에서 지켜지는 무언의 협정이다.

올 봄에 그 법칙이 무너졌다. 예외 없는 규칙이 없다지만 봄꽃들이 기분 좋은 음모를 꾸민 듯이 한꺼번에 피어났다. 이것을 지켜본 사람들은 꽃들이 반란하네. 발광하네 하며 걱정 반. 경탄 반의 말을 내던진다. 한반도가 아열대로 변하는 기후 탓이라고 설명하기도 한다. 이유가 무엇이든 올해 난 한껏 봄의 향기를 즐길 수 있어 고마웠다. 산수유 한 줄기만으로, 목련 한 송이로… 달빛 머금은 배꽃 소리만 들어도 반가운 터에 한꺼번에 찾아와 주었다. 어쩌면 한반도가 온대에서 아열대로 변한 기후 탓으로 뒤에 자리한 꽃들이 새치기하듯 피지 않으면 안 된다는 불안감이 입력되었는지도 모를 일이다.

꽃들의 폭동만큼 아름다운 풍경이 없다 싶다. 개나리가 봄기운을 느지막이 알려주는가 싶더니 산수유가 '나도' 하며 일어선다. 섬진강 매화마을이 백야를 맞이한다는 소식이 찾아들기도 전에 늙은 벚나무 줄기에 하얀 연분홍 꽃송이가 훈장처럼 달린다. 때맞추어 깔끔한 차림새로 서 있는 목련이 흰 종소리를 울린다. 야트막한 산기슭에 숨어 있던 진달래가 발간 가슴팍을 헤집고 양지 바른 비탈에선 배꽃 무리가 흰 이불을 펼친다. 복숭아 과수원에서 복사꽃이 추파를 날리고 조팝나무가 시골길을 따라 하얀 천 자락을 늘어뜨린다. 그런가 하면 외진 산길에서는 찔레꽃이 숨은 눈물을 흘린다. 그렇게 올봄에 나는 꽃들의 동시 출현을 가슴 아프도록 즐겼다. 하지만 왠지 마음이 가볍지 않다.

백가쟁명(百家爭鳴)이란 말이 있다. 사상가들은 옛 중국 대륙이 혼란에 빠졌을 때 천하통일을 이룰 수 있는 방책을 두고 논란을 벌였다. 그들은 부국강병과 회맹정벌(會盟征伐)을 실현하기 위해 자신의 학설을 내세우면서 다른 주장을 배척하였다. 자신을 먼저 다스리는 것을 수기치인(修己治人)이라 한다면 백가쟁명은 천하를 움켜쥐는 것을 목표로 삼는다. 평화보다는 전쟁을, 화합보다는 논쟁을, 수용보다는 정쟁을 좇는다. 당연히 백가쟁명이 지닌 어감이 조용하지도 평화롭지도 아름답지도 않다.

그런데 올해는 봄꽃이 함께, 더불어, 사이좋게 핀다. 제주도에서 서울까지 뭇 봄꽃들이 일심으로 화평스러운 웃음을 터뜨린다. 나는 그 광경을 들여다보면서 십화화쟁(十花和諍)이라는 말을 떠올렸다. 무슨 이유에서인지 모르나 백화(百花)라는 이름과 화쟁(和諍)이라는 용어가 동시에 합친 것이다. 봄에 피는 꽃들이 백 가지가 넘으련만 내가 시선을 준 것은 얼마 되지 않는다. 가만히 헤아려보니 봄나무 꽃으로 개나리, 목련, 산수유, 매화, 벚꽃, 진달래, 배꽃, 이팝나무, 복사꽃, 찔레가 먼저 떠오른다. 올 봄에 내가 본 것은 이뿐이지만 열이라는 숫자도 많다면 많다. 그러니 '십화화쟁'이 억지스러운 조어라고는 생각되지 않는다.

요즈음 화쟁이라는 말이 새삼 귀하게 여겨진다. 신라의 자장율사를 거쳐 원효대사가 집대성한 화쟁은 우리나라 불교의 기본 사상인 평등일심을 일컫는다. 신라의 불교 이론가들이 자신들의 교리만 옳고 다른 이론들은 틀리다고 주장하였을 때 원효는 경전을 폭넓게 이해하면서 차별 없는 불법을 펼쳐냈다. 백가쟁명을 화쟁사상으로 바꾼 것이다.

꽃(花)은 '풀 초'(草)에 '될 화'(化)가 합친 말이다. 풀이 꽃으로 변하면서 봄이 왔음을 알려준다. 봄꽃이 이루려는 화(和)는 무엇일까. 겨울 동안 꽁꽁 언 마음을 녹이고 웅크린 자세를 풀어 함께 살아가는 사상일 것이다. 꽃을 지켜보면서 원효대사가 일으킨 화쟁사상을 새삼 생각해 본다.

봄을 맞이하여 도처에서 영춘화가 핀다. 꽃잎을 열어 말을 하건만 사람들은 개화의 속뜻을 쉬 알지 못한다. 매화가 맺혀도 마이동풍이고 벚꽃이 피어도 서로에게 냉랭하다. 배나무 줄기마다 하얀 꽃이 얹히건만 아직 등

돌리고 복사꽃이 피를 토하듯 외쳐도 서로의 거리는 여전히 멀다.

올봄에 참다못한 꽃들이 거사를 일으켰다. 사람들의 속 좁은 마음을 움직이기 위해 화쟁 작전을 세웠다. 노랗고 희고 붉은 언어가 가지마다 피어있다.

꽃꽃꽃. 그 하나하나가 설법보다 귀한 말씀이다.

그 분이라면

문학은 인생의 꽃이다. 프랑스의 비평가인 포올 발리레니는 시인을 "언어의 연금술사"라 불렀고, 디즈레일리는 "영혼의 화가"로 칭하였다. 플라톤은 "시인들은 자신들도 이해하지 못하는 위대하고 지혜로운 말들을 되뇌인다."라고 영감을 칭송하였다. 그들이 말하는 시인은 시인만이 아니라 모든 글을 포함하는 작가와 문인을 일컫는다. 이처럼 문인만큼 누구인지에 대하여 태곳적부터 오늘날 포스터모더니즘 시대에 이르기까지 이야기 되어온 직분이 없다.

그만큼 글과 문인에게 맡겨진 기대감은 남다르다. 고대 어느 날, 한 음유작가가 인간의 삶과 꿈과 자연을 노래한 이래로 그에 대한 애정과 기대가 사라진 적이 없다. 당연히 그에 대한 실망감도 그림자처럼 뒤따랐다. 문인에 대한 증오와 미움으로 '문학은 죽었다'라는 무용론과 "시인은 병균이다"라는 척결론이 지배하던 때도 있었다. 그럼에도 그들은 굽은 시대에 저항하고 탁한 시류에 반항하면서 문학의 지평을 넓혀 왔고 지금도 그렇다. 이러한 물굽이와 거친 조류는 문인이라면 시대를 불문하고 마땅히 감당하여야 할 짐이다.

나는 이러한 정신을 가진 문인에게 다가서기를 좋아한다. 그들은 때로는 오만하지만 진실하고, 간혹 변덕스러우나 뒤탈이 없으며, 어쩌다 분노를 참지 못하여도 열정적이다. 어눌하고 수줍지만 기개는 더없이 꼿꼿하다. 사실 그들은 오만하거나 변덕스럽거나, 분노를 참지 못하거나 어눌하지 않다. 오만하다면 사람을 지나치게 사랑하기 때문이며, 변덕스럽다면 사물에 대한 감수성이 예민하다는 뜻이며, 분노를 참지 못한다면 사회의 불의에 저항한다는 풀이이며, 어눌하다 함은 그만큼 물욕이라는 담을 낮게 보고 있다는 의미가 아닌가.

그래서 나는 문인과 함께 꽃향기 풍기는 들길을 걷고 싶다. 그의 깊은 눈을 닮고, 싶고 그의 발걸음을 뒤따르고 싶고, 한 되 막걸리를 나누어 마심으로써 풍성한 삶의 윤기가 내게 뿌려지기를 기원한다. 내가 할 수 있는 한, 그들의 글에 담긴 예지를 그대로 받아들이려 한다. 하지만 나는 아직 그 신성한 영토 밖에서 아직 헤매므로 문인의 영지로 들어가기가 어줍스럽다. 그들이 위대해서라기보다는 감당하기 어려울 정도로 인간적이고, 괴팍해서가 아니라 감내하기 어려울 정도의 자유인이기 때문이다.

문학은 자유의 극점을 추구하는 노역이라고 한다. 시는 마음을 묶은 타성의 사슬을 풀어주고 산문은 육신을 옥죈 관습의 밧줄을 풀어 준다. 그러니 그 소임을 맡은 자는 항상 우리의 선두에 서리라. 창작은 사랑을 함께 하고 비탄에 젖은 아픔을 다독이고 행복에 겨운 마음을 진정시켜 주는 손이다. 나아가 그것은 우리가 제 길을 가지만 혼자가 아님을 알려주는 발이다 그렇게 해주려는 문인은 늘 우리의 한가운데 자리하리라. 그렇게 행하는 자는 우리들 앞에 서리라. 글은 행복이라는 재산을 나누어주는 되로서 재물과 야욕에 눈먼 삶이 무익함을 우리에게 일깨워준다. 따라서 그는 항상 행렬의 마지막에 자리하리라.

만일 우리 곁에 그런 사람이 있다면 풍족한 침식조차 푸근할 것이며 반대로 그런 사람이 없다면 아무리 식탁이 화려하여도 늘 빈한할 것이다. 하지만 기억할 것이다. 문인이 우리 주변에 머무른다면 그것은 우리의 살림이 넉넉해서가 아니라 인간의 온갖 부족함을 눈감아주는 그의 너그러움이 덕분이다. 만일 문인이 주변에 없다면 자신의 안일과 명예만을 생각하는 이기심 때문이 아니라 인간의 얕은 이기심으로 생겨난 좌절감과 분노로 결별을 선언한 탓이다. 오늘날 문인다운 문인이 없다면 독자다운 독자가 없어 숨 쉴 수 있는 공기가 사라지고 헤엄칠 수 있는 물이 메말라버렸기 때문이다. 그러니 어찌 글다운 글이 없음을 면류관을 쓸만한 문인이 없다는 탓으로 돌릴 것인가.

나는 글을 쓸지언정 감히 좋은 글을 쓸 작정을 한 적이 거의 없다. 글을 쓰기 어려워서가 아니다. 그 몇 줄을 끼적거린 후 이게 글 입네,하고 말할 만용도 없지만, 단 몇 줄을 쓰기 위하여 숱한 밤을 새울 수 있는 인내가 없어서다. 글을 쓸 시간이 없어서도 아니다. 하루에도 몇 장씩 글을 쓸 부지런한 손놀림은 가졌지만 한 줄의 글을 끌어내는 영감이 며칠이 지나도 쉬 찾아오지 않는 까닭이다. 내 글을 읽어줄 독자가 없는 것도 아니다. 짧은 시간에 많은 독자를 가지려는 가벼운 유혹에 빠져버린 나머지 평생. 단 한 명의 독자를 가져도 좋다는 그 절대적 가난이 두렵기 때문이다.

나는 문인이라면 지인(知人)이기를 바란다. 아는 사람이 아니라 알아야 하는 사람, 보는 사람이 아니라 읽는 사람이기를 바란다. 자신과 글과 사람을 이해하고 무엇보다 문인을 존경하고 글을 사랑하는 독자를 아껴주는 보초병이기를 바란다. 나는 문인이라면 치인(治人)이기를 바란다. 자신을 다스리고 글 아닌 글은 발표하지 않는 견인주의자이면 좋겠다. 그리고 문인은 칭인(稱人)이기를 바란다. 자칭 작가로 나서기보다는 대상에 이름을 짓고 새로운 존재성을 주는 세례자이기를 바란다. 할 수만 있다면 문인은 현인(賢人)이고 무엇보다 철인(哲人)이기를 바란다.

철인은 누구인가. 나는 그가 자신의 작품에 대하여 야비다리 치지 않고 다른 시인의 작품에게 야살부리지 않고 여타 문학 장르를 대하여도 야발스럽지 않고, 나머지 예술 앞에서 야코죽지 않되 뭇 학문을 대하여도 야젓하기를 바란다. 헌데 나는 철인도, 현인도, 청인도, 치인도 지인도 아니 되므로 그런 문인이 내 곁에 한 명쯤 있기를 간절히 바란다. 하지만 애석하게도 아직 그런 분을 만나는 행운을 누리지 못하고 그런 글을 밤새워 읽은 축복의 기억이 없는 듯하다. 그래도 내가 바라는 글과 문인이 어딘가 있음을 확신하므로 "이런 글을 써 주소서"하고 청하는 것이다.

1940년대에 활동한 미국 시인인 니콜라스 무어는 "인간의 불행으로 미쳐버린 나는 시인이므로 더욱 슬프다."라고 읊조렸다. 갖가지 불행으로 미쳐가고 서로 쥐어뜯고 할퀴고 넘어뜨리는 오늘의 이 땅에서 그대가 그 분이라면 난 고개를 숙이고 싶다.

정이란 여린 것이다. 소유하고픈 마음을 먹는 순간 그것의 아름다움에 눈멀게 된다.
그만큼 미련은 끈끈하기도 하다.
죽어 임을 가까이하려는 마음이 차라리 자유롭다.

수필가 권남희(權南希)

1986년 『월간문학』 신인작품상 「아버지의 선인장」 가작
1987년 『월간문학』 제52회 신인작품상 수필 당선
1991년 월간 『문예사조』 소설 등단

문단 활동

2006년 5월부터 2016년 현재 사단법인 한국수필가협회 편집주간
대표에세이 주간(2회), 회장(1997년)을 지낸 후 자문위원, 미래수필문학회 고문, 국제PEN클럽 회원, 한국문인협회 이사, 송파문인협회 자문위원, 송파수필작가회 초대회장, 한국여성문학인회 이사, 『문학의 집, 서울』, 송파여성문학인회 회장 등

현재 강의

롯데문화센터 잠실목요수필, 한국문협평생교육원 월요수필, MBC롯데강남 수요수필, 덕성여대 평생교육원 월요수필

문학상 제정

2008년 4월 후정문학상, 2015년 리더스에세이 문학상 제정

국제세미나 참가

1989년 1월 뉴욕. 워싱턴. 엘에이. 하와이, 러시아, 일본 등 25차 참가

수필집

『미시족』 『어머니의 남자』 『시간의 방. 혼자 남다』 『그대 삶의 붉은 포도밭』 『육감 & 하이테크』 『목마른 도시』 『권남희 제1 수필선집』 수필과비평사 100인 수필선집, 계간 리더스에세이 (Essay, Leading by Reading) 창간 2015. 겨울호

수상

수도여자사범대학 문학상 소설 입상(1975년)
22회 한국수필문학상 수상(2004년)
새천년문학상(2006년)
제8회 한국문협작가상(2011년 12월)

수필심포지엄 주제발표 및 문학 특강

1. '지역사회 문화의 활성화 방안에 대해' 1996년 송파문인협회
2. '수필의 논리성에 대해' 1998년 대표에세이 목포세미나
3. '교양인의 정체성' 교원대학교 특강(1987년)
4. '수필의 문학성과 윤리성에 대해' 2007년 한국수필가협회 포항세미나
5. '수필의 현실성에 대해' 2007년 대표에세이 문경세미나
6. 정읍여고 문학특강 2012년 6월
7. 청주푸른솔 문학회 특강 2012년 7월
8. '감각을 잃지 않는 즉흥적 글쓰기' 2014년 6월 6일 대표에세이 공주세미나
9. '감각적 글쓰기' 청주 푸른솔문학회 2014년 7월 10일 청주문화예술회관
10. '글쓰기가 모든 공부와 인성에 미치는 영향' 2014. 11. 19. 말레이시아쿠알라룸프르 국제학교

전시

2011년 7월 한 달 8인의 소장전 햇빛나들이
2014년 12월 17일~2015년 1월 (사단법인 한국수필가협회 편집 999전시. 2006년부터 2014년 한국수필 편집주간을 하면서 모아둔 육필원고와 편집자료 등 30여 점의 액자와 걸개판넬로 전시함) 2015년 2월 이후 현대문학관(장충동) 1년간 전시 등 다수

문인극

2007년 8월 3회 공연 '위대한 실종'(박정기 연출)
2015년 8월 28일~29일 광복70주년기념 문인극 하꼬대마을사람들 3회 공연(김후란 기획, 전옥주 작, 임선빈 연출)

권남희

꽃춤

"환갑잔치 날 받은 사람은 넘의 환갑잔치 안 간다는디."

단골에게서 점을 치고 온 게 분명한 어머니의 말투는 강하기까지 하다. 이미 이모부 잔치에 가기로 마음을 굳힌 아버지는 '그게 뭐 대수냐'는 듯 대꾸도 없이 옷을 갈아입는다. 아버지는 들뜨고 흥분까지 한 얼굴빛으로 이모부 회갑잔치가 벌어지고 있는 월평리로 자전거를 타고 마당을 떠난다. 휙 바람이 일었을까. 아버지가 심어 둔 백목련 꽃송이가 투둑 떨어진다. 사람들은. 아버지가 처가행사에 안 빠지고 다니는 모습을 안쓰러워한다. 북한에 두고 온 부모형제 보고 싶은 마음에 때마다 얼마나 섧겠냐는 해설까지 덧붙이곤 한다.

어머니와 함께 도착한 저녁나절의 월평리는 동구 밖까지 잔치 분위기가 넘실거리고 있다. 너른 마당에는 목련꽃 핀 나무 사이로 천막이 몇 개 쳐져 있고 어른 아이 할 것 없이 불빛과 함께 덩실거리고 있다. 백일이 막 지난 아들을 안고 있는 나까지도 어깨짓을 달막대고 이곳저곳을 더덩실 떠다닌다. 흥이 고조된 마당은 술 단지와 통돼지와 노래에 흠뻑 취해 밤을 밝혀야 성이 풀릴 듯 싶다. 나는 어울릴 또래를 찾느라 이 방 저 방 기웃거리다 비슷한 또래의 사촌언니. 형부가 무리져 있는 골방으로 자리를 잡아 이런 저런 이야기로 시간을 보낸다. 가끔은 시끌시끌한 마당이 궁금하여 귀가 맞지 않아 한쪽으로 일그러진 골방 문틈을 내다본다. 도시에서 만나지 못하는 이런 축제 같은 마당놀이에 가슴이 뻐근해짐을 느낀다. 가을 환갑 잔칫날을 받아 둔 아버지도 분명 천막 친 마당놀이를 꿈꾸고 있으리라. 훈감한 집안 풍경에 목말라하는 아버지는 어머니 집안 행사에 빠지지 않고 참석해 왔기에 초대손님은 모두 이모들과 이모부, 사촌, 육촌 등 어머니 친척들일 게 분명하다.

마당으로 고개를 돌리던 나는 갑자기 뭐라 형언할 수 없이 가슴이 미어지는 충격을 받고 만다. 잘 마시지 못하는 술 몇 잔에 휘청거리는 아버지가 보였던 것이다. 못 볼 것을 본 양 고개를 돌리다 나는 다시 아버지를 훔쳐본다. 눈물이 솟아 고개를 돌리고 다시 또 훔쳐보기를……

하얀 목련꽃 아래 춤 굿이 벌어진 마당에서 난생 처음 춤추는 아버지를 목격한 것이다.

동네 사람들과 이모부와 이모들, 삼촌들이 어우러져 춤을 추는 무리에서 절름거리지 않으려 애를 쓰며 춤을 추는 아버지. 의족을 낀 다리 때문에 깨금춤인 듯, 동작이 끊어지는 매듭춤인 듯, 떼춤꾼들 사이에서 비틀거리는 아버지는 한 마리 까치다.

사람들은 노랫가락을 따라 빙빙 돌고 너울춤을 추다 어깨춤을 추고 이모들이 나비춤을 추는 그 밤 귀퉁이에서 아버지의 춤 그림자만 유난히 크게 담벼락 쪽으로 휘청거린다. 한 번도 볼 수 없었던 아버지의 춤. 살풀이춤을 추듯 몸짓하는 아버지의 그림자는 그동안 느낄 수 없었던 슬픔의 일인극을 벌이고 있는 중이다. 안고 있는 아들의 얼굴로 나의 눈물이 마구 떨어져버린다. 나는 아이를 안고 방을 나와 불빛이 없는 곳으로 가 목련꽃 흔들리다 떨어지곤 하는 마당을 바라본다. 가족과 헤어지고 6·25전쟁 중에 다리를 잃었던 아버지의 한이 풀린다면 밤새 아버지의 춤은 이어져야 할 것이다.

그동안 너무 아버지에게 무심했다는 자책이 쇠망치처럼 나의 등을 후려친다. 아버지의 고독에 고개 돌린 채 도망치듯 결혼하여 떠나버렸던 딸이었다. 언제부턴가 아버지는 마지막 같은 이별을 생각한 것인지 모든 시련과 고독을 원고지 몇 권에 담아 나에게 맡겨두었다.

이모부 잔치에서 신명을 풀어냈던 아버지는 집으로 돌아와서 목련나무 아래 줄줄이 국화꽃을 심는다. 마당에서 꽃과 함께 춤을 추며 잔치 한판 벌일 생각으로 여름 내내 얼마나 분주했던가. 하지만 손님들 맞을 방까지 새집 설계도면에 넣고 헌집을 허물어버리던 날 아버지는 과속 차에 치이는 교통사고를 당해 아버지가 꿈꾸던 시간들은 처참하게 부서졌다.

"이 꽃을 두고 어디갔단 말여. 조금만 참지. 벽이라도 기대고 살아서 꽃을 봐야지."

어머니는 느닷없는 아버지의 죽음에 충격을 받아 꽃봉오리를 쓸어안고 가을 내내 눈물을 흘렸다. 불길함을 담은 꽃은 모두 뽑힌 채 태워지고 아버지는 당신의 죽음에 꽃을 바치고 고향으로 돌아간 모습이다. 결코 잊지 못하던, 황급히 떠나느라 마지막 인사도 나누지 못했던 첫 부인을 만난다면 걸어줄 꽃목걸이는 챙기신 것일까.

목련꽃 피는 어느 해 4월 나는 집 마당에 피어 있는 목련을 보다가 꽃봉오리가 모두 북쪽으로 향하고 있는 걸 깨닫는다. 애초 북극지방 꽃이었다는 목련이었으니 북향으로 기우는 건 당연한 것을…… 늘 고향을 그렸던 아버지의 춤은 꽃봉오리 속에서 그렇게 살아 있었던 것이다. 흰빛은 꺾음춤사위로 일렁이고 전장터에서도 한쪽다리로 살아남았던 용감한 전사. 꽃으로 뒤덮여 떠나버린 아버지가 안타까워 내 가슴속에서는 꽃들이 춤을 추는 계절을 만나곤 한다.

못을 뽑다

벽이 갈라진다. 너무 큰 못을 벽에 겨누고 두드려 박은 것이다. 오래된 벽이 더 이상 감당할 수 없다는 것을 왜 깨닫지 못했을까. 새해 아침부터 못 박을 곳이 없나 벽을 바라보다 일을 냈다. 집안 곳곳에 못을 박고 뽑아낸 흔적과 새로 박은 못들이 있다. 벽은 이미 간격 조정을 할 수 없을 만큼 박힌 못으로 가득 찬 느낌이지만 미처 비명 지를 틈도 주지 않고 대못을 박기 시작한다. 못 박히는 소리는 온 집안을 울리고 아래 위층까지 대못 치는 소리가 퍼져나간다. 망치 소리는 내 팔을 따라 몸 안으로 돌아다니며 진동 하다가 머리까지 흔들기 시작한다. 엘리베이터 안에는 밤 아홉시 이후에는 벽에 못을 박지 말아달라는 문구가 붙어 있다. 아침이지만 잠시 숨을 고른다.

새집을 계약하고 이사했을 때 벽들은 얼마나 순결했던가. 저 눈밭에 사슴이라더니 벽들은 손대면 절 대 안 될 것처럼 잡티 하나 없는 뽀얀 얼굴로 우리를 맞이했다.

하얀 실크벽지로 마감한 그 우아함에 매혹당해 벽을 보고 맹세를 했다. 오래도록 벽의 순결함을 지켜주고 그 어떤 상처도 내지 않을 것이라고. 아주 작은 못조차 박는 일을 스스로 용서하지 않을 것처럼 벽을 바라보다 행복한 상상까지 했다. 이 벽은 앙드레지드나 모파상, 화가 파울 클레가 드나들며 영감을 얻었던 튀니지 시디부사이드의 카페 드나트 하얀 집처럼 행운을 불러올 것이라고…… 지중해를 연상시키는 쪽빛 그림의 커다란 액자를 건 다음 아무것도 걸지 않았다. 대부분 액자는 조심스럽게 벽에 기대어 두거나 창고에 넣어두었다. 꼭 걸어두고 싶은 그림이 있을 때는 벽과 얼마나 조화를 이룰까 간격을 재고 망설이기를 수없이 하며 벽을 아꼈다. 벽이 다칠까 봐 늘 조심조심 바라보기만 했기에 아무것도 하지 않아도 벽은 한동안 그 존재만으로 충분한 사랑을 받았다.

한 해 두 해 지나면서 슬슬 못을 찾기 시작했다. 벽을 위한 순결서약서는 지킬 수 없는 약속이었다. 지쳐가던 나는 지루하다는 핑계를 댔다. 아무 것도 걸어둘 수 없는 벽은 바보 같고 할 말 있는 것들이 그동안 참을 만큼 참았다고 얼굴을 내밀었다. 수많은 사람들이 남긴 낙서로 가득한 술집의 벽은 예술성을 얻는 경지인데 아무도 찾지 않는 벽은 이기적일 뿐이었다. 시간이 흐를수록 벽은 음식물이 튀고 먼지가 내려앉고 누렇게 바래 더 이상 우아하지도, 순결하지도 않았다. 더러워진 벽을 가린다며 우리는 각자 젊은 날 받았던 상장부터 갖가지 걸개액자를 꺼내어 걸기 시작했다. 벽을 함부로 다룰수록 못이 수시로 박혀 벽이 흔들렸다. 거실에, 안방에, 점점 더 많은 액자. 더 큰 액자가 걸리는 날은 대못이 벽에 박혔다.

벽은 못을 거부하는 것으로 말을 하고 새해 아침 못 박는 소리가 거슬렸는지 남편은 정초부터 왜 못을 박느냐고 불평을 한다. 그의 소리를 무시한 채 못을 더 세게 두드리다 문득 남편에게 하지 못하는 말을 못 박기로 대신하고 있는 자신을 깨닫는다. 그와 나의 관계도 그렇게 서로에게 못 박기나 하다가 가슴은 점점 멀리 갈라져나가고 있음을 느낀다.
처음 만남을 시작했을 때, 사랑을 키워 나갈 때 우리는 상대를 배려하는 말만 해주고 마음 상할까 봐 참아 주고 기다려 주며 노력했었다. 새로

314

사들인 화초에 정성 들여 꽃을 피우는 것처럼 언제나 꽃을 피우고 가꾸는 일에 몰두했다.

어느 순간 서로가 주는 덕담 한 마디에 환호하고 아끼는 마음으로 바라보는 시간이 사라졌다. 마음은 투박해진 채 허물이 없어졌다는 핑계로 못 박는 말을 서슴지 않는다. 서로는 못이나 박는 벽이 되어 주고 상처받은 벽은 비명을 지르며 여기저기 뚫린 구멍으로 담아 둘 수 없는 말들을 쏟아 놓기도 한다. 벽은 더 이상 행복을 주지 않고 카페 드나트처럼 영감을 주지도 않는다. 보고 싶지 않고 듣고 싶지 않을 때 벽에게 못질을 시작하는 것이다. 못 박힌 채 더렵혀진 벽은 자꾸만 부스럭거리고 있다.

우리는 못이 뽑히지 않아 견딜 수 없는 아픔이 밀려들 때 서슴지 않고 서로에게 더 큰 못을 박았다. 너무 큰 못을 견디지 못하고 갈라진 벽을 어루만진다. 계속되는 못질로 믿음을 잃은 벽, 이곳저곳의 균열은 벽 안에 갇혀 있다가 큰 못 한방에 끝내 무너질 수도 있을 것 같다.

이제 나는 못 박기를 그만두어야한다고 생각한다. 장도리를 살펴본다. 박기기능도 있지만 못을 뽑을 때도 필요한 장치가 있다.

오늘 그동안 박았던 못을 뽑는 일부터 해야 할 것 같다.

<작가 메모>

나에게 콤플렉스가 있습니다. 무엇이든 일목요연하게 정리를 하지 못하고 관리를 못한다는 죄책감입니다. 그것은 이사를 다닐 때마다 벽을 보면서 점점 더 심해집니다. 새집으로 처음 이사할 때는 항상 맹세를 합니다. '절대 벽을 더럽히지 말자!' 하지만 약속은 잘 지켜지지 않습니다. 시간이 흐르면 벽은 점점 먼지와 오물로 더럽혀지고 색깔도 바랩니다. 그러면 자포자기한 채 벽을 아끼던 마음은 버리고 아무렇게나 못을 박고 벽을 홀대합니다. 점점 못이 많이 박히고 걸리는 액자도 많아지고 구멍 뚫린 벽을 외면합니다.

어느 날 집안 곳곳에 못이 너무 많이 박혀 있다는 것을 깨달았습니다. 이상하게 가슴이 아팠습니다. 벽이 내 가슴처럼 느껴져 미안했습니다. 사람이나 물건이나 무엇이든 관계가 헐거워지고 익숙해지고 편안해지면 그때부터 방심을 한 채 언동을 함부로 하기 시작합니다. 관심은 줄고 요구만 많아진 채 사랑을 잃은 벽은 피폐해져 무너지고 말겠지요. 오래된 관계일수록 큰 못을 박으며 자극을 주지 못해 안달하는 것을 느낍니다. 편안한 것은 좋지만 무덤덤해진 채 사랑은 없고 서로에게 장벽 같은 벽인 된 채 구멍을 남기는 그런 관계가 슬퍼지는 시간을 만났습니다.

양파 까는 날

양파 껍질 벗기기는 어느 누구도 울지 않을 수 없게 만든다. 우아하게 화장한 날은 양파를 건드리지 말 것이다. 최루탄 못지않은 양파의 술폭시드 성분이 분무기처럼 얼굴에 뿌려지면 눈물은 트로트 가락처럼 구슬프게 흘러내리고 만다. 굳이 울지 않으려 애를 쓸 필요도 없다. 그저 물세수한 얼굴로 침착하게. 벗겨지는 껍질만큼 울어 주면 될 일이다. 언제나 웃음 띤 얼굴인 채 밝아야 할 뿐 마음 놓고 울 만한 곳도 찾을 수 없는 세상. 양파 까는 날처럼 핑계 김에 울기 좋은 날이 어디 있을까.

양파 한 박스를 받았다. 장아찌 만들기 좋은 크기다. 양파가 풍년이라 길가에 잔뜩 쌓아 두었다고 하니 그 또한 가슴이 먹먹해져 양파 한 상자를 보고 벌써 울컥하여 눈물을 찔끔거린다. 농사 짓는 이의 노고와 애잔한 마음이 보여 안타까운 것이다.

네팔 지진을 집중 보도하고 있는 TV 앞에 양파를 쏟아놓는다. 큰 마음 먹고 딴청 부리듯 해찰하며 양파를 깐다. 몇 개를 깔 때만 해도 견딜 만했는데 자제했던 나의 눈물샘이 터졌는지 슬슬 눈이 따갑고 눈물이 질금거리기 시작한다.

문화유산도 무너진 네팔. 주저앉은 집 사이로 구조하는 장면이 너무나 더디다. 집들은 온 데 간 데 없고 취약한 장비와 애타는 가족들의 모습만 클로즈업 된다. 너 댓살 남자아이가 동생으로 보이는 두 살 정도의 여자

아이를 감싼 채 길거리에 주저앉아 있는 장면에 가슴이 무너진다. 그들 앞 길이 막막해 보여 양파를 핑계로 눈물을 쏟는다. 가방 하나를 8년 넘게 대물림하느라 사방이 뜯어졌는데 해맑게 학교를 가던 네팔 고아원 아이들이 떠오른다. 어미가 되고 나니 세상은 울 일이 더 많아져버렸다.

우는 일 앞에서 나는 늘 자존심을 세우느라 비겁했었다. 커피타임이 없던 시절, 동네 아줌마들은 우리 집에 모여 멀쩡하게 김치 담다가도 막걸리 타임을 만들어 '여자의 일생'을 노래 부르고 여자를 구속하는 사회에 저항하듯 집합체가 되어 눈물을 쏟았다. 그 중심의 어머니가 부끄러웠던 사춘기의 나는 '청승맞다'고 쏘아붙이며 차갑게 굴곤 했다.

양파 껍질이 쌓여갈수록 울음거리는 점점 늘어난다. 여간해서는 냉소적일 뿐 빨려 들어가지 않던 막장드라마의 뻔하고 험난한 주인공 삶에 나는 분개하여 눈물 흘리고 욕을 뱉으며 제대로 유치해진다. 끝내 나도, 막장드라마처럼 치밀하게 접근하여 보란 듯이 남편과 살림을 차려 내게 치명타를 날렸던 그 여자를 등장시킨다. '그래. 남의 눈에서 피눈물 흘리게 했으니 문밖에 나설 때마다 저승길이 열릴 것이다'

막걸리를 같이 마셔주는 동네 아줌마들도 없고 양파도 깔 줄 몰랐던 나는 자존심을 세우고 있다가 비오는 날이면 우산을 들고 길거리를 돌아다니며 우산 속에서 중얼거렸다.

양파 껍질 벗기는 속도가 빨라지고 거칠어진다. 둥근 알몸을 드러내는 양파가 쌓일수록 내 가슴속에서 평생 사라지지 않는 뱀파이어 그 여자와 다시 얼굴을 맞대고 서로의 약점을 찾아 할퀴고 물어뜯는 일을 멈추지 않는다.

'하다못해 말도 부끄러우면 땀을 흘린다는데 뻔뻔한 줄 알아요.'

본전도 찾을 수 없는 빤한 말에 다이아반지와 목걸이를 하고 나온 그 여자는 한껏 교양을 뽐내며 응수했다.

'이봐요. 나는 말이 아니니까 댁 남편에게 물어 봐요.'

뜨겁게 지지고 볶아 단맛 뽑아내는 재주가 약했던 내 인생은 양파처럼 끊임없이 같은 모습으로 벗겨지기 할 뿐 달라지지 않았다. 표피마다 매운 맛을 둥글게 말고 있다가 가끔씩 눈물을 흘리게 만들고 사라지는 것이다.

시간이 갈수록 양파 껍질 벗기기는 경지에 올랐는데 양파는 영문도 모른 채 살점이 뜯겨나가고 내 눈물은 점입가경으로 얼굴을 뒤덮는다. 양파에 무너지면 체면이고 교양이고 없다.

수돗물에 얼굴을 씻고 다시 정좌를 한다. 사람들을 울게 하는 양파 앞에 백기를 들고 울음 울 준비를 다시 하는 것이다.

나의 상처는 양파를 닮아 그 껍질을 벗길 때마다 최루성 눈물을 흘려야 한다. 형체도 가뭇하던 것들이 흘리는 눈물과 함께 양파 껍질이 되고 만다.

시간이 흐르면서 양파 껍질 까기는 내 일상에서 제례의식이 되었다. 양파 껍질로 환생한 내 아픔은 얄팍하고 고단하게 나뒹굴다 그토록 우습게만 보았던 세상 어미들의 눈물이었음을 확인하게 된다.

양파 껍질이 수북하게 쌓일수록 나는 정제되어 다시 태어나는 것이다.

포도알의 수를 기억해야 하는가

포도 한 송이를 놓고 들여다보다가 포도알이 몇 개나 달려 있는지 세어 본다. '몇 개 달려 있는지 세어 본다는 것도 쓸데없는 일인데 바로 잊어버릴 숫자이지 않은가. 왜 이러지? 기억의 천재 푸네스가 되려나……' 그런 생각으로 숫자 세기를 포기한 채 포도를 먹기 시작한다.

아르헨티나 소설가 보르헤스는 단편소설 「기억의 천재 푸네스」에서 불면증을 앓으며 끊임없이 전 인생을 기억하는 일에 몰입하다 죽은 열아홉살의 이레네오 푸네스를 묘사했다.

푸네스는 포도나무에 달려 있던 모든 잎들과 가지들과 포도 알들의 수를 기억하고, 모든 숲의 나무들 나뭇잎과 그 순간까지 기억한다. 1882년 4월 30일 새벽 남쪽 하늘에 떠 있던 구름들의 형태를 기억하고 있다. 라틴어도 몰랐던 푸네스는 라틴어 사전을 읽고 대화가 아닌 어떤 단락을 통째로 암송한다. 하루 전체를 복원하는 작업으로 하루를 보내느라 그는 잠들지 못한다. 다른 각도에서 거울을 볼 때마다 달라지는 자신의 얼굴을 이해하지 못해 화들짝 놀라는 푸네스의 세계는 풍요롭지만 즉각적으로 인지되는 세부적인 것만 있을 뿐이어서 플라톤적인 생각을 할 수 없는 것이 문제였다.

"나의 기억은 쓰레기 하치장과 같지요" 푸네스는 말했다.

보르헤스는 푸네스를 등장시키면서 기억세포가 끝없이 증식되는 세상이 올 것을 내다 본 것일까. 스마트폰의 무한 기억 능력을 예견한 것처럼 '기억'해내느라 '불면증'을 앓는 사람에 대한 글을 20세기 초 세상에 내놓은 것이다.

우리는 모두 잠들지 않는 「기억의 천재 푸네스」를 닮은 스마트 폰을 갖고 산다. 언제 어디서나 잠들지 않은 채 저장과 기억의 반복뿐인 기기에 매달린 사람들을 만난다. 모든 정보와 자료들이 수천 수만 가지의 형태로 나타나는 기적에 놀라며 검색과 입력, 무한복제와 퍼 나르기에 몰입한다.

무슨 이유인지 대용량의 기억 기계 앞에 나의 기억력은 곧 불도저에 뭉크러지고 말 형편없는 모습이다. 이제 무엇이든 굳이 힘들여서 기억하고 생각할 낼 필요가 없다. 나는 아무 생각 없이 검색기계에 원하는 식당, 가고 싶은 여행지, 궁금한 인물, 읽고 싶은 책에 관한 단어를 친다. 예전처럼 내 머릿속 뇌의 지도를 꺼내거나 수첩을 열고 이리저리 생각하고 연구하면서 따져보지 않는다. 택시를 타도 기사는 자연스럽게 검색창에 갈 곳을 입력하고 어느 길로 가야 지름길인지 실시간으로 기계가 가르쳐주는 대로 움직인다. 경험이 풍부하다는 의미가 달라지고 있는 것이다.

노래방 기계가 나온 뒤 나는 노랫말을 잃어버렸다. 어느 한 구절이라도 암송하느라 애쓰고 곱씹으면서 불렀던 그 노래 맛을 느끼지 못한다는 사실을 고백한다. 총기가 좋다며 어머니 앞에서 노래 가사를 들려주던 나의 시간도 묻혀 버렸고 향수와 애절함을 잊은 지 오래이니 모락모락 피어오르던 정감도 가뭇하다. 학생들은 수업 도중에도 스마트폰으로 검색하여 선생에게 틀린 부분을 지적한다. 학생출석부를 받아들고 자기반 학생들 이름을 외우던 선생님의 기억력은 관심과 사랑이지 않았을까. 더 이상 종이성적표에 점수를 주면서 고민하지 않아도 된다. 기기에 저장하고 불러내고 관리하는 일만 남아 실체가 약한 세상이다. 상처에 아파하고 어른들의 잔소리를 곱씹고 친구를 배려하던 그런 내 인생의 맛은 어디로 간 것일까. 단수수대를 씹으면서 단물을 삼키고 거친 밀과 질긴 나물을 씹던 튼튼한 나의 턱은 기억을 잃고 바슬거리기 시작한다.

불러내기와 퍼즐 맞추기 앞에 내 상상력은 곧 절단 나버릴 모양새다. 기억을 어떤 형태로 빚을 것인가. 작가의 기억력은 기억의 천재 앞에서 새로운 시험대에 올랐다. 작가들의 기억장치는 효모라도 있는 듯 세상사를 발효시키고 숙성시켜 슬픔까지도 얼마나 아름답게 그려내는 필기도구였던가. 그냥 기억만 해내도 독특하면 대단한 금맥이라도 찾아낸 것처럼 빛을 보고 그 이야기 자체로 사랑받던 기억담이었다.

우주질서까지 상상력으로 버무려 내던 작가의 기억력은. 스마트폰 안에 떠도는 기억의 천재 푸네스 유령들을 치유해야하는 숙제를 안고 있다. 포도알이 몇 개나 되는지 집착하는 천재들에게 포도송이마다 하늘이 울다 웃고 비바람이 춤을 추어 포도주가 익어가는 그 시간의 유산을 들려 주어야 한다. 우리들은 날마다 수 억 건씩 기억되는 부질없음에 보르헤스의 말처럼 쓸데없는 몸짓들을 증식시키지 않을까 두려워하면서 까마득한 현기증을 느껴야 한다.

포스트휴먼(Post human)의 죽음

늙지도, 죽지도 않는 생물학적 한계를 뛰어넘는 포스트휴먼(Post human) 시대다.

죽지도 않으면서 비슷하게 반복되는 사랑 놀음도 지겹다. 죽을 방법은 없을까.

헤어져도 신출귀몰 나타나는 애인들. 달나라에서도 소식을 전송해 온다. 헤어진 어떤 애인은 내 눈동자에까지 자기 영상을 전송하여 집어넣는다. 다른 사람에게 한 눈 팔지 말라는 것인데 눈을 감는 수밖에. 비밀번호를 바꿔도 소용이 없다. 내 홍채를 스캔해둔 게 분명하다.

하지만 나라고 가만히 있을 수 있나? 분명 헤어진 그쪽도 다른 사람과 즐기고 있을 텐데 나도 같은 방법으로 나를 투사시켜 보복성 영상을 보내니 연애마당은 복수혈전의 지존들만 판을 친다.

슬프고 애절한 이별 스토리는 전설이 된 지 오래다. 사랑하다 헤어지면 바로 눈동자 색깔부터 피부 색깔까지 성형하고 새로운 사람과 사랑놀이에 열중한다. 가짜 기억을 입력해주는 회사에 가서 원하는 프로그램을 골라 조작한 기억을 뇌 속에 집어넣으니 이별의 아픔도 모르는 연인들이다.

포스트휴먼(Post human) 시대에는 사이보그, 장기 교체인간, 유전자 조작으로 태어난 인간, 컴퓨터 망 인간들이 대체적으로 우월하고 좋은 대접을 받는다. 가장 하등 인간이 남녀가 무계획적으로 사랑을 하여 태어난 제 5의 인간이다. 100년 전의 침팬지 정도의 취급을 받는다. 생명공학의 혜택을 거부하는 그들은 보호구역에 살고 그들끼리 원시적으로 결혼하고 살다 죽는다. 그런데도 그들 눈빛은 왠지 빛나고 알 수 없는 자부심까지 보인다. 죽을 수 있는 자유를 선택했기 때문이다.

죽어서 아름다운 방법은 없을까? 나의 애인들은 사이버 연인까지 1대부터 모두 죽지 않았다. 죽은 애인도 그대로 살려 놓는다. 물론 내 몸에 심은 컴퓨터 프로그램에 따라 관리를 한다. 일 년 스케줄이 꽉 차 있다. 복고풍의 낭만주의부터 르네상스시대. 아방가르드스타일 초현실주의 포스트모더니즘. 해체주의 등 없는 게 없는 연애만능주의 시대지만 빠진 게 있다.

진지함이나 가슴 찢어진다는 슬픔이 없다. 이루어질 수 없는 사랑도 없는 세상이기 때문이다. 자식도 낳지 않고 폴리거미(복수파트너) 체제에서 즐기는 문화만 반복되고 있다.

문학사 속에서 죽어버려 아름답게 빛나는 전설적 이야기들을 찾아내려 제5의 인간보호구역의 도서관을 방문한다. 그야말로 '사랑의 전설따라 지구촌 기행'이다. 세상을 떠들썩하게 한 아름다운 사랑일수록 죽음으로 끝나 사람들이 가슴 아파하며 기록으로 남기고 있다.

그렇다. 죽어야 한다. "제대로 사랑하다 죽기로 한다!" 마음속으로 외친다.

이루어질 수 없는 사랑일수록 한쪽은 죽고 슬픔으로 장식된 이야기들이다. 가장 오래된 비극적 사랑의 주춧돌은 북유럽 신화 「바빌론의 벽」이다. 셰익스피어가 쓴 「로미오와 줄리엣」은 말할 나위 없이 「바빌론의 벽」을 표절했다.

어쭈! 자기들의 껍질을 벗어버리고 사랑을 나누다가 말라죽는 달팽이 사랑도 있다. 사랑을 해도 해도 채워지지 않는 그들이 마지막 선택한 '짊어진 각자의 껍질을 버린 일'의 대가로 죽음을 당하는 것이다.

오르한 파묵의 「순수 박물관」은 집착 형태 사랑의 모습으로 우리와 비슷

하지만 오로지 한 사람에 대한 순수함으로 가득 찬 점이 독특하다. 미인대회 입상자였던 여자 주인공 퓌순이 죽자 남자 주인공 케말이 순수박물관을 세워 퓌순의 모든 것을 수집해 두어 관광객들이 방문하도록 했다. 제5인간 보호구역 안의 사랑에 대한 자료들은 모든 이루어질 수 없는 사랑의 파노라마이며 인쇄술이 발달하기 전 세계에서 가장 컸다는 알렉산더 도서관의 전형이다.

죽지 않아 지쳐가고 있는 포스트휴먼시대 연인들에게 바치는 작품을 전설적 작품 중에서 골라 멋지게 표절해야겠다. 솔로몬 왕이 말한 것처럼 '하늘 아래 새로운 것이 없나니' 답은 하나다.

썩는 플라스틱처럼 사랑도 시들고 죽고 잊혀야 아름다운 것이다.

제목 「포스트휴먼의 죽음」으로 나는 글을 쓰고 이 무한반복의 무의미한 사랑놀음을 끝내고 싶다.

*포스트휴먼(Posthuman): 늙지도, 죽지도 않는 생물학적 한계를 뛰어넘는 인간.

시간이 흐르면서 양파 껍질 까기는 내 일상에서 제례의식이 되었다.
양파 껍질로 환생한 내 아픔은 얄팍하고 고단하게 나뒹굴다
그토록 우습게만 보았던 세상 어미들의 눈물이었음을 확인하게 된다.